COURSE À LA VENGEANCE

« L'ART DE LA VENGEANCE »
TOME 1

DAN PETROSINI

DAN PETROSINI
MYSTERY & SUSPENSE AUTHOR
www.danpetrosini.com

MENTIONS LÉGALES

Disponible en version numérique, imprimée et audio.

ISBN imprimé : 978-1-960286-58-1

Imprimé à Naples, FL, USA

LIVRES DE DAN PETROSINI

Art Of Payback

Autres œuvres de Dan Petrosini

REMERCIEMENTS

Je suis reconnaissant pour l'amour et le soutien de mon épouse, Julie, et de nos filles, Stephanie et Jennifer.

Un merci tout particulier à Scott Klabunde, dont la passion discrète pour les voitures exotiques m'a donné l'inspiration de mettre un pied dans ce monde.

PROLOGUE

Les choses allaient mieux depuis qu'on avait fui notre famille d'accueil. Mais il restait une affaire à régler. Le jour de solder les comptes était enfin arrivé.

La lune était voilée par les nuages. Mario a garé la voiture à quatre rues de l'océan, à la lisière nord de Sea Girt, dans le New Jersey. C'était parfait ; le mois de janvier garantissait que la zone serait déserte.

Alors que Mario coupait le moteur, mon estomac s'est noué. En serais-je capable ? J'ai passé les doigts sous mon bonnet, touchant la cicatrice qui avait autant bouleversé ma vie que le meurtre de maman.

C'était difficile de ne pas se dire qu'on aurait pu faire plus pour protéger Beverly. Mais l'emmener avec nous quand on a fui le New Jersey était impossible. Il y avait trop d'inconnues, et Bev était trop jeune pour survivre dans la rue. On a dû laisser derrière nous ma sœur de cœur.

Dire qu'on en bavait était un euphémisme qui justifiait qu'on la laisse chez les Bryant. Mais ne pas avoir trouvé le moyen de rester en contact avec elle était un regret qui me hantait. J'espérais que me venger de notre père d'accueil, Bryant, serait un pas dans la bonne direction.

Il le fallait. Ce qui s'était passé ce jour-là me hantait. Mario et moi faisions rebondir un ballon sur les marches du perron.

Bev a crié. Mario et moi sommes entrés dans la maison en courant et nous nous sommes figés.

La terreur dans les yeux, Bev était recroquevillée, blottie de peur entre le canapé et le mur. Le visage rouge, Bryant la dominait de toute sa hauteur. Il a retiré sa ceinture. « T'es pas chez toi, ici ! C'est moi qui paie ces putains de factures. »

Bev a gémi : « Je suis désolée, je suis désolée… »

« Tu manges en même temps que nous ! »

Mario a dit : « Elle avait faim. Laisse-la tranquille. »

Bryant a levé le poing. « Fous le camp d'ici ! »

J'ai dit : « Allons, ce n'était qu'un foutu sandwich au beurre de cacahuète et à la confiture ! »

Bryant a fait claquer la ceinture. « Surveille ton langage. T'es le plus âgé. Tu connais mes règles. »

Mario a dit : « Ne la touche pas ! »

« Mêle-toi de tes affaires, ou bien tu seras le prochain. »

« Elle n'a rien fait ! »

« La ferme, avant que je vous défonce la gueule à tous les deux. »

« Laisse Bev tranquille, espèce de sale brute ! »

Bryant a ri et a frappé Bev avec la ceinture. Son hurlement m'a percé les tympans. J'ai repoussé Mario. « Reste ici. »

Baissant la tête, j'ai chargé, percutant Bryant.

Bryant s'est écrasé sur le canapé. « Espèce de petite merde ! »

« Cours, Bev, cours ! »

Beverly s'est relevée avec difficulté.

Ma tête a été tirée violemment en arrière. Bryant m'avait attrapé par les cheveux. Je fonçais droit sur la table basse.

Crack.

Un éclair m'a fendu le crâne. Ma main s'est envolée vers le côté de ma tête.

Un filet de sang chaud de plus en plus abondant a coulé sur mes doigts. Mario a hurlé. Alors que mon champ de vision se rétrécissait, tout est devenu noir.

La tête battante, j'ai repris connaissance. Mme Bryant me tenait la main, en pleurant. Son salaud de mari parlait au médecin des urgences. « Il courait dans la maison. Je lui ai dit d'arrêter et, bingo, il a trébuché, s'est cogné la tête, et nous voilà. »

« Vous seriez surpris du nombre d'enfants que nous soignons ici. Les enfants sont des enfants. »

« Je sais, mais celui-ci, il faut le surveiller ; il peut être imprudent. »

« Ne vous inquiétez pas, il s'en sortira. Je vais le recoudre et il sera comme neuf. »

À ce moment-là, j'ai juré de lui faire payer ce qu'il méritait. Les gens ne pouvaient pas s'en tirer en étant des monstres…

Mario m'a tapoté le bras. « Alors, t'es prêt ? »

« Ouais. Mets tes gants. »

Nous sommes sortis et avons commencé à marcher le long d'Ocean Avenue en direction de Spring Lake, bien que Bryant pêchât habituellement à quelques rues de là. Je me suis arrêté en traversant la rue. Mario a dit : « Allez, viens. Finissons-en. »

Nous avons gardé un rythme régulier. Mario a dit : « On se les gèle, dehors. »

Une goutte de sueur a coulé le long de mon dos. J'ai dit : « C'est le vent qui aggrave les choses. »

Un éclat de lune a rebondi sur la mer rugissante. J'ai donné un coup de coude à Mario. Il s'est arrêté. J'ai chuchoté en désignant une jetée : « Regarde, c'est lui. »

« Le salaud. »

Le cœur battant, j'ai dit : « Tu penses que quelqu'un nous a vus ? »

« Non. » Il a fait un geste de la main vers les maisons sombres de l'autre côté de la rue. « Il n'y a personne. »

Nous sommes descendus par les escaliers jusqu'à la plage. Dans l'ombre de la promenade, nous nous sommes dirigés vers un démon que je devais exorciser.

À quelques pas de la jetée, Mario m'a fait signe d'abaisser nos passe-montagnes. Le doute s'est insinué en moi tandis que les vagues battaient les rochers. Mario a chuchoté : « Tu le pousses toujours à l'eau ? »

J'ai hoché la tête de force. « Tu es sûr qu'il a assez bu ? »

« Il est plus de minuit ; il doit être complètement bourré. »

Je me suis arrêté. « On ne dirait pas. »

« Qu'est-ce que tu racontes ? Il titube. »

« Et si quelqu'un nous voit ? »

« Tu te dégonfles ? »

J'ai grimpé sur les rochers. « Non. »

Accroupis, nous nous sommes approchés de Bryant. Notre ancien père d'accueil a ramené sa canne en arrière et l'a lancée.

J'ai glissé sur un rocher couvert d'algues et je me suis tenu la cheville. Alors que les embruns nous fouettaient, Mario a chuchoté : « Ça va ? »

« Je me la suis tordue. » C'était une légère entorse. Je me

suis relevé et j'ai mis du poids dessus. J'ai feint une grimace. « Je me la suis bien bousillée ; il faut qu'on rentre. »

« Non, reste ici. Je m'occupe de lui. »

« Non. On ne peut pas prendre ce risque. »

« T'inquiète pas, je vais pousser ce salaud à l'eau. J'ai hâte de le voir se noyer. »

« Non ! C'est à moi de le faire. » J'ai montré derrière mon oreille. « C'est lui qui m'a fait ça ! »

Bryant s'est retourné. Avec les vagues qui s'écrasaient sur la jetée, il était impossible qu'il ait entendu ce qui avait été dit.

J'ai dit : « Viens. Tirons-nous d'ici. »

« Non. On a fait tout ce chemin. Laisse-moi pousser ce connard à l'eau. Je m'en fous qu'il me voie ou pas. »

« C'est stupide de dire ça. Je trouverai une meilleure idée. »

Je lui ai attrapé le bras et l'ai entraîné vers le sable.

C'est une nuit que je regrette encore. Bryant est mort un an plus tard, m'enlevant toute chance de racheter le manque de courage qui a teinté ma vie depuis lors.

1

Il y a la justice, et puis il y a le fait d'obtenir réparation – deux choses bien différentes. Nous avons un système judiciaire, mais même quand il fonctionne parfaitement, ce qui est rare, il reste insatisfaisant.

Où est la justice quand on libère un criminel en attente de son procès ? Larry Boyd, l'homme qui a tué ma mère, était en liberté sous caution. Boyd avait un casier judiciaire. Un casier bien rempli. Je comprends le principe de la procédure régulière, mais la balance de la justice est déséquilibrée. De beaucoup.

Il faut des années pour faire passer quelqu'un en jugement. S'il est condamné, il y a les appels interminables qui font vivre un enfer à la famille de la victime. Et puis il y a la libération conditionnelle. Tout le monde mérite une seconde chance, mais la victime, elle, n'a pas le droit de rejouer la partie ; elle se fait avoir. Encore une fois.

C'est là que j'interviens. Je suis ce qu'on appelle un « régleur de comptes ».

Les humains ont un désir de vengeance insatiable. Un

besoin viscéral de régler les comptes. C'est probablement inscrit dans notre ADN. Même si ce n'est pas biologique, nos émotions exigent une réponse.

Les gens veulent que quelque chose soit fait face à une injustice, mais ils agissent rarement eux-mêmes.

Le désir de revanche est compréhensible, but il est impossible à satisfaire dans la plupart des cas. Si un de vos proches est assassiné, tuer le meurtrier peut procurer une satisfaction, mais ça ne ramènera pas votre être cher, et vous finirez en prison. D'où le dicton : la meilleure des vengeances est celle qui va trop loin.

Existe-t-il une meilleure solution que la loi du talion ? Les gens que j'aide savent que oui.

Vous pensez à la mafia, mais il ne s'agit pas de casser des jambes ou de proférer des menaces. Je travaille souvent avec la police, mais il y a des choses qu'elle ne peut pas ou ne veut pas faire. Il s'agit de faire preuve de créativité dans le châtiment.

On nous dit que la clé du bonheur est l'acceptation. Acceptez la vie telle qu'elle est et les gens tels qu'ils sont, sans amertume, et vous serez libre. Je n'y crois pas. Marc Aurèle a vécu il y a très longtemps, mais il a visé juste en disant : « La justice est la source de toutes les autres vertus ».

Je n'avoue jamais rien, mais je dois parfois nager en eaux troubles, donc ce qui précède n'est peut-être qu'une justification pour ce que je fais. Et ça me va ; ça m'aide à tenir le coup.

————

LE TÉLÉPHONE prépayé dans ma poche a vibré.

« D'où tenez-vous ce numéro ? »

« Mario me l'a donné. »

« D'accord. »

« Est-ce que je parle à M. Beck ? »

« Qui le demande ? »

« Tom, Tom Peterson. »

« Que voulez-vous ? »

« Mario a dit que vous pourriez m'aider. Je me suis fait avoir. »

« Cambier Park. Près du panneau sur Eighth Street. Quatorze heures. »

« Je ne sais pas à quoi vous ressemblez. »

« Je vous trouverai. »

2

UN HOMME EN SHORT CARGO ET T-SHIRT VERT NE CESSAIT DE scruter la rue. Cinq cents personnes, assises sur des chaises de jardin, remplissaient le parc. J'ai attendu que la musique commence à s'élever du parking.

Le Big Band de Naples jouait « This Could Be the Start of Something Big ». Était-ce le présage d'une grosse rentrée d'argent ?

Peterson a sursauté quand je lui ai tapoté le dos. « M… M. Beck ? »

« Beck, tout simplement. Allons faire un tour. »

« Où allons-nous ? »

J'ai montré le sud du doigt. « Là où c'est plus calme. »

« Vous habitez dans le coin ? »

« Belle musique. »

« Ils sont bons. »

En passant près des courts de tennis, j'ai demandé : « Pourquoi m'avez-vous contacté ? »

Il s'est mordu la lèvre. « Ce salaud a tué ma femme et n'a pas passé un seul jour en prison. »

Je me suis arrêté devant le Norris Center. « Racontez-moi tout. »

« Marilyn rentrait à la maison ; elle sortait de chez le coiffeur en centre-ville, juste au bout de la rue. Elle était presque arrivée quand ce taré l'a percutée. Le type s'appelle Brett Caden. »

« Où l'accident a-t-il eu lieu ? »

« Ce n'était pas un putain d'accident ; il était ivre. Le salaud était complètement défoncé. »

J'ai hoché la tête.

« Marilyn était sur Livingston Road, et Caden a grillé le feu à l'intersection de Vanderbilt. Il l'a percutée de flanc. » Peterson a baissé la tête. « On dit qu'elle est morte sur le coup, mais comment peuvent-ils le savoir ? »

« Et l'autre conducteur ? »

« Caden était dans un de ces putains de Tahoe. Ils devraient être interdits, tellement ils sont gros. »

Je n'ai rien dit.

« Il n'a presque pas eu une égratignure. »

« A-t-il été arrêté ? »

Il a hoché la tête. « Mais ça n'a servi à rien. Caden s'en est tiré. »

« Les charges ont été abandonnées ? »

« Non, c'était un procès bidon. Une arnaque complète. C'est pour ça que je suis là. Allez-vous m'aider ? »

« Aucune promesse. Je vais examiner l'affaire. »

Quand les gens n'obtenaient pas les résultats escomptés, beaucoup disaient que le système était truqué. Parfois, c'était de la corruption ; d'autres fois, ils étaient en colère et se trompaient. Mon intérêt se portait sur les cas où le système s'était trompé.

Alors que Peterson montait dans sa voiture, j'ai traversé la rue et je me suis arrêté devant la mairie. Une odeur de cigare flottait dans l'air tandis que j'envoyais un texto à Mario : *Rejoins-moi au country club.*

3

Le parking du North Naples Country Club était presque plein. L'happy hour commençait dans une heure et demie, et trouver une place à ce moment-là n'avait rien de réjouissant. Pliant le *Florida Weekly* autour d'une enveloppe, je suis sorti de la voiture.

Les propriétaires de l'établissement avaient le sens de l'humour, pour l'avoir appelé Country Club. Ils affichaient également des traits d'esprit sur le panneau à l'extérieur du bâtiment vert. Aujourd'hui, on pouvait y lire : « Offrez un Margarita à votre mère. C'est probablement à cause de vous qu'elle boit. »

Le sourire que cela m'a arraché s'est vite évaporé. Plus de vingt ans s'étaient écoulés, et le souvenir de la mort de Maman me cuisait encore.

J'ai pris une table près d'un mur couvert de plaques d'immatriculation. La fumée de cigarette entrait depuis la terrasse qui longeait la Route 41. L'envie d'une cigarette était une autre chose qui ne s'était pas estompée avec le temps.

Une serveuse, sa queue de cheval se balançant, a lancé d'une voix guillerète : « Qu'est-ce que je vous sers ? »

« Une Tito on the rocks. » Mon frère d'une autre mère, Mario, passait la porte. « Mettez-en deux. »

Mario a tendu le poing pour un check et s'est glissé sur une chaise. « Comment ça va, Beck ? »

J'ai hoché la tête et j'ai poussé le journal au centre de la table. Mario l'a attrapé et l'a posé sur ses genoux. « C'était du gâteau. »

« C'est toujours facile jusqu'à ce qu'on doive le faire soi-même. »

Il a souri.

« Ce type, Peterson, c'est quoi son histoire ? »

« Il a de l'argent, il possède une agence d'assurances Allstate sur Bonita Beach Road. »

« Comment il t'a trouvé ? »

« Un ami de Squire lui a dit de m'appeler. »

« Quel ami ? »

« Doucement, Beck. »

La serveuse a posé nos verres et s'en est allée.

« Plus la piscine est profonde, plus il y a de noyades. »

« Encore une citation stoïcienne ? »

« C'est une originale. »

« Tu penses lui demander combien ? »

« Pas encore décidé. » L'argent faisait plaisir, mais ce n'était pas la seule motivation.

« Ça doit être beaucoup. C'est une histoire de fou ; le type qui a tué sa femme s'en est tiré. »

J'ai pris une gorgée de ma vodka. « Qu'est-ce que tu sais ? »

« Il faut que tu parles à Larson, mais d'après ce que j'ai vérifié, le conducteur s'en est sorti sur un vice de procédure à la con. Il était saoul, son taux d'alcoolémie était au-dessus de la limite, mais… »

Une serveuse, portant un plateau, est passée devant notre table. Mario a dit : « Mec, t'as vu ça ? De la bière Pabst. Je savais pas qu'ils en faisaient encore. Tu te souviens de la fois où on en a piqué à Bryant ? »

J'ai hoché la tête.

« Mec, on avait quoi, douze ans ? Dès que t'as vomi, il a su. Putain, il nous a défoncés. »

« Il n'a jamais eu besoin d'une raison pour nous tabasser. »

« T'as bien raison, mon frère. Si on ne s'était pas serré les coudes, il en aurait tué un de nous deux. »

J'ai touché du doigt la cicatrice de cinq centimètres derrière mon oreille, un cadeau de notre père d'accueil. « Même ça, ça n'a pas suffi pour le Département de l'Enfance du Jersey. »

« C'est pour ça qu'on a dû foutre le camp de là-bas. »

J'ai haussé les épaules. « Je pense encore à Bev. J'espère que Bryant l'a laissée tranquille. »

« T'inquiète pas. Mme Bryant s'est occupée d'elle. Elle allait bien. »

« Mme B n'avait pas de couilles. » Dès que je l'ai dit, j'ai su que c'était injuste.

« Allez, mec. Elle nous a donné l'argent pour nous enfuir. Le vieux Bryant a dû lui en faire voir de toutes les couleurs quand il l'a découvert. »

C'était vrai, mais ce n'était pas la raison pour laquelle je regrettais mon commentaire injuste. « Il faut que j'y aille. »

―――

La cabane de Cabana Dan avait été détruite par l'ouragan Ian, mais il louait toujours du matériel de plage sous un parasol sur Vanderbilt Beach. L'eau avait une teinte brunâtre et était agitée, pour le golfe du Mexique.

J'ai fait un signe de tête au préposé. « Larson est là ? »

« Ouais, il est arrivé il y a une heure. Il est à sa place habituelle. »

Me faufilant à travers la foule de plagistes, je me suis dirigé vers un abri de soleil vert au bord de la plage du Ritz-Carlton. Niché à l'ombre, Larson dormait sur une chaise longue. Je lui ai tortillé le gros orteil.

Ses yeux se sont ouverts d'un coup. « Salut, Beck. Je crois que je me suis assoupi. »

M'allongeant sur la chaise à côté de lui, j'ai dit : « Je t'entendais ronfler depuis ma voiture. »

« Encore une journée magnifique. »

« Début février peut être capricieux. Mais jusqu'ici, c'est incroyable. »

« Tu as raison. » Il a souri. « Je n'ai pas eu l'occasion d'utiliser la cheminée. »

« Le plus fou, c'est qu'il se vend plus de cheminées à gaz entre ici et Sarasota que n'importe où ailleurs dans le pays. »

« Je te crois. Il y a de l'eau dans la glacière si tu veux. »

Soulevant le couvercle, j'ai attrapé une San Pellegrino. « La Poland Spring est indigne de toi ? »

« L'eau pétillante est rafraîchissante. »

« À l'époque, Ray, tu buvais de l'eau du robinet. » Larson avait amélioré son ordinaire après avoir gagné un énorme dédommagement pour préjudice corporel. Avocat pénaliste, il avait je ne sais comment déniché un client blessé dans un Walmart en rénovation. Ça avait été un beau pactole ; la sécurité financière lui avait permis de faire un passage de dix ans comme officier au bureau du shérif du comté de Collier.

« À l'époque ? Tu as quoi, trente-neuf ans ? »

« À peu près. »

« Mario a un an de moins que toi ? »

« Ouais. »

« Je pensais à toi l'autre jour. Tu étais le meilleur enquêteur qu'on n'ait jamais eu. »

J'ai haussé les épaules.

« Et tu n'avais aucune formation officielle. »

« On sous-estime la vie dans la rue. »

« La survie est le meilleur des professeurs. »

« Sénèque a dit : "Tout peut arriver, alors anticipez tout." »

« Il faut que tu te détendes. Tu ne peux pas être sur tes gardes vingt-quatre heures sur vingt-quatre, sept jours sur sept. »

Facile à dire pour lui. « Mario a dit que tu étais au courant pour Tom Peterson, et l'accident de sa femme. »

Il a secoué la tête. « C'est une triste affaire. Il y a la loi, et puis il y a la justice. Je ne suis pas surpris que Peterson ait pris contact. »

Un ballon de plage a roulé jusqu'à nous. Je l'ai renvoyé d'une pichenette à un gamin et j'ai dit : « Mets-moi au parfum. »

4

LARSON A DESCENDU SES JAMBES DE LA CHAISE LONGUE.
« Son avocat a déjoué l'accusation. Je ne suis pas d'accord
avec ses tactiques, mais Puzo est un sacré avocat. »

En tant qu'avocat, il était bien placé pour le savoir. J'ai
creusé un sillon dans le sable avec mon pied. « Puzo fait
partie du problème. »

« Ça se discute. Il fait ce que la loi autorise. »

« Mario a dit que Puzo avait profité d'un vice de
procédure. »

« Le taux d'alcoolémie de Caden était plus du double de
la limite légale. Il ne faisait aucun doute qu'il était légalement en état d'ivresse. »

« Alors pourquoi s'en est-il tiré ? »

« Puzo a fait annuler les résultats de l'éthylotest. Le
comté n'avait pas recalibré ou testé l'appareil dans les délais
requis. »

« Ils avaient combien de retard ? »

« Juste un jour ou deux après la date limite. Le comté a

prouvé qu'il était en état de marche et a fourni les données de test au juge, mais elles ont été jugées irrecevables. »

« Et les tests de sobriété sur le terrain ? »

Larson a pioché dans la glacière. « Puzo les a aussi attaqués. Il a soutenu que Caden avait raté les tests sur le terrain parce qu'il avait une fracture de fatigue au pied gauche. »

« Il se baladait avec un pied cassé ? »

Larson a haussé les épaules. « Puzo est rusé. D'après ce que je sais, les fractures de fatigue ne se voient pas sur les radios standard, et si c'est le cas, c'est des semaines après la fracture. Il avait les dossiers médicaux de deux médecins qui soignaient Caden. Naturellement, Caden est arrivé au tribunal avec un plâtre. »

« Tu penses que la fracture était réelle ? »

« Qui sait ? Puzo travaille avec une bande de médecins véreux. Peut-être que l'un d'eux a fait sauter Caden d'une échelle pour provoquer une fracture. »

« Tu penses qu'il ferait un truc pareil pour créer un doute raisonnable ? »

Larson a haussé les épaules. « C'est ce qu'il visait, et Caden s'en est sorti. »

« Tu crois que Caden était coupable ? »

« Oui, mais tu sais que ce n'est pas comme ça que le système judiciaire fonctionne. »

« Mais tu as dit qu'il était au-dessus de la limite légale et qu'il conduisait en état d'ivresse. »

« C'est vrai, mais la culpabilité factuelle et la culpabilité légale sont deux choses distinctes. Toute personne est présumée innocente jusqu'à ce que sa culpabilité soit prouvée devant un tribunal. Quelqu'un peut être factuellement coupable mais pas légalement coupable s'il n'y a pas assez de preuves. »

« Et c'est tout ? »

Larson a écarté les mains. « Puzo a joué avec le système comme un virtuose, et son client s'en est tiré. »

« Et la famille Peterson s'est fait avoir. »

Larson s'est levé. « Ça arrive tout le temps. Tu veux faire une promenade ? »

« Tu vas jusqu'où ? »

« Pelican Bay, au nord. »

J'ai attrapé une autre bouteille d'eau. « D'accord, allons-y, j'ai des choses à faire aujourd'hui. »

Larson m'a jeté un regard alors que nous marchions vers l'eau. « Oh ouais, j'avais oublié que demain, on est le seize. »

« Ce n'est rien, mec. »

« On devrait faire quelque chose demain. Tu veux faire du kayak ? »

« Non. »

« Je passerai chez toi. On traînera ensemble. »

« J'ai besoin d'être seul. »

« J'enverrai quelqu'un prendre de tes nouvelles. »

J'ai donné un coup de pied dans les vagues. « Je n'ai pas besoin d'une baby-sitter. »

« Promets-moi de ne pas en faire trop. »

Une vague m'a éclaboussé les chevilles. « L'eau est chaude pour un mois de février. »

———

JE ME SUIS ÉPOUSSETÉ les pieds et j'ai sauté dans ma voiture.

Le parking du Publix faisait de son mieux pour ressembler à une piste d'autos tamponneuses. J'ai esquivé une femme qui reculait et je suis entré dans le magasin.

Le choix de roses était correct. J'ai attrapé les deux plus

beaux bouquets et je suis passé à la caisse. J'ai descendu la 111e Rue, me suis engagé sur une voie de service et je me suis garé.

Un couple assis sur un banc m'a gratifié d'un hochement de tête et d'un sourire crispé. Un ballon d'anniversaire flétri était collé avec du ruban adhésif sur la pierre tombale à côté de la tombe de mes parents.

J'ai posé les roses sur le rebord, allumé une cigarette et fermé les yeux. Visualiser Maman était le plus facile, mais ce n'était pas simple de faire apparaître une image de Papa. Selon le docteur Google, c'était à cause de ce qu'il était devenu après que ma mère avait été tuée.

Papa avait toujours apprécié la tequila, mais on ne trouve jamais de remède au chagrin au fond d'une bouteille. Il a bu jusqu'à en mourir, mais avec un cœur brisé, il était une proie facile.

N'ayant personne pour s'occuper de moi, j'ai été balloté de foyer d'accueil en foyer d'accueil. Il m'a fallu dix ans pour lui pardonner.

La colère et le combat pour survivre avaient court-circuité ma capacité de raisonnement.

Mais c'était clair, la balle qui avait pris la vie de ma mère était aussi responsable de la mort de mon père et du chamboulement de ma vie. Le tueur, Larry Boyd, avait appuyé sur la gâchette, mais le système était responsable de ce qui était arrivé à ma famille.

Boyd était en liberté sous caution quand il a tiré sur Maman. Avec une condamnation antérieure pour agression mortelle, pourquoi avait-il été libéré ? Jamais il n'aurait dû se promener dans les rues. Les clowns qui dirigeaient New York avaient tout à l'envers ; ils traitaient les criminels comme des victimes, les laissant retourner dans la rue quelques heures après leur arrestation pour terroriser à nouveau.

Les vrais coupables étaient les élites et les belles âmes qui votaient des lois sous couvert de réforme, tandis que les gens ordinaires en payaient le prix fort.

––––––

« BONJOUR, docteur. J'ai une petite question à vous poser. »

« Bien sûr, Beck. Je vous écoute. »

« J'ai besoin de comprendre ce que sont les fractures de fatigue au pied. »

« Eh bien, les deuxième et troisième métatarsiens sont fins et sujets aux fractures de fatigue. »

« Sont-elles faciles à détecter ? »

« Pas particulièrement. Ces fractures sont souvent des lésions invisibles et ne présentent pas toujours de signes à la surface de la peau. Souvent, il n'y a ni ecchymose ni œdème. »

« Sont-elles douloureuses ? »

« Elles peuvent l'être. Les patients confondent souvent la douleur avec d'autres blessures, comme une déchirure tendineuse, une entorse ligamentaire ou un claquage musculaire. »

« Est-ce que ça modifierait la façon de marcher ? »

« La douleur pourrait entraîner une altération de la démarche d'une personne. »

« Est-ce qu'il est possible de s'infliger soi-même une fracture de fatigue ? »

Il a cligné des yeux. « Vous voulez dire intentionnellement ? »

« Exactement. »

« Je ne vois pas pourquoi quelqu'un voudrait faire ça, mais bien sûr, on pourrait sauter de quelque chose, disons, d'une hauteur d'environ un mètre quatre-vingts, en atterrissant sur la partie du pied avec laquelle on prend appui pour marcher. Si vous faites ça, vous risquez fort de vous provoquer une fracture. »

À quel point Puzo était-il créatif ou corrompu ? Caden avait-il vraiment une fracture ? Ou était-ce une excuse pour masquer son échec à la partie physique du test de sobriété ? S'il avait une fracture de fatigue, est-ce que Caden se l'était infligée après l'accident ?

Il ne faisait aucun doute que les gens étaient prêts à tout pour éviter une accusation de meurtre, mais cette situation exigeait de l'imagination et l'aide de professionnels. L'accusation, avec ses ressources illimitées, n'était pas parvenue à révéler la vérité. Était-ce par manque d'efforts, ou parce qu'il n'y avait rien à cacher ?

5

Alors que la lumière du jour filtrait sous mes paupières, je les ai refermées d'un coup et j'ai tiré un oreiller sur ma tête. Le téléphone continuait de vibrer sur la table de nuit. Il a fini par s'arrêter et j'ai essayé de me rendormir.

Une tondeuse à gazon s'est mise en marche ; les paysagistes étaient là. Plutôt que de lutter contre la bande-son floridienne, j'ai basculé mes jambes hors du lit. La tête me martelant les tempes, je me suis traîné jusqu'à la salle de bain.

J'ai renversé le flacon d'Advil, j'en ai versé quatre que j'ai enfournés dans ma bouche. Buvant l'eau à même le robinet, je les ai avalés.

En attendant que ça fasse effet, je me suis assis sur le lit et j'ai pris mon téléphone. Quatre appels en absence de Mario et deux de Larson. J'ai fait défiler mes SMS. En voyant le deuxième GIF d'anniversaire, je l'ai balayé de l'écran et je suis allé dans la cuisine.

En apercevant la bouteille de Tito's à moitié vide sur la table basse, mon estomac s'est retourné. J'ai allumé la machine Nespresso. Pendant qu'elle préchauffait, j'ai vidé un cendrier et je me suis juré d'arrêter l'alcool et le tabac.

L'odeur de café corsé m'a remonté le moral. Alors que je le sirotais, mon téléphone a vibré. C'était Mario. « Hé, ça va ? »

« Je vais bien. Quoi de neuf ? »

« Tu couves un rhume ? »

« Non. »

« On dirait, à ta voix. »

« Juste fatigué, mec. »

« Tu veux que je te rappelle ? »

« Pourquoi tu as appelé ? »

« J'ai une piste sur la mère d'un ami d'un ami. »

« Et ? »

« Un type du nom de Bert Hartmann a dit qu'un escroc lui avait piqué la moitié de ses économies. »

« Il a perdu combien ? »

« Cent cinquante mille. »

« Quel genre d'arnaque ? »

« Un investissement qui a foiré. »

« Il a quel âge, ce type ? »

« Soixante ans. »

« Il veut récupérer son argent ? »

« Je n'en suis pas arrivé là. Je me suis dit que… »

J'ai vérifié l'heure sur le micro-ondes. Il était dix heures et demie. « Appelle Yushenko pour moi. Il me faut une intraveineuse pour me réhydrater, sinon je ne ferai rien aujourd'hui. »

« D'accord. Tu veux que je dise à ce Hartmann que ce sera pour un autre jour ? »

« Non. Quatorze heures. Au Bean to Cup. »

« D'accord. Je t'enverrai une photo de lui par texto. »

———

YUSHENKO EST ENTRÉ d'un pas nonchalant dans la salle d'examen. Il a vérifié la poche suspendue à une potence. « Vous vous sentez mieux ? »

« Ouais, vous pouvez l'enlever. »

« Vous en êtes certain ? »

J'ai hoché la tête. « Dépêchez-vous, toubib, j'ai une envie de pisser d'enfer. »

Tout en retirant la perfusion de mon bras, le docteur a dit : « La biture express est dure pour votre corps. C'est hautement inflammatoire, sans parler des dommages que vous infligez à votre foie. »

« Je ne le fais pas souvent. »

« Une fois les dégâts causés, aucune réhydratation ne pourra les inverser. »

Fouillant dans ma poche, j'ai sorti cinq billets de cent dollars et les lui ai pressés dans la main. « Merci, docteur. Bonne journée. »

———

J'AI QUITTÉ Bayshore Drive pour m'engager dans une petite rue commerçante, je me suis garé et je suis sorti. Je me suis penché pour caresser une boule de poils marron dont la laisse était attachée à une chaise. Les gens étaient négligents.

L'odeur de café m'a attiré à l'intérieur. Le Bean to Cup avait une ambiance années 60. Il hésitait seulement entre Greenwich Village ou une ville balnéaire de Californie. J'ai commandé un café et j'ai balayé du regard les personnes éparpillées dans la petite boutique.

Bien que l'air renfrogné sur son visage ne corresponde

pas à sa photo du permis de conduire, l'auréole de cheveux monacale, elle, correspondait. Hartmann a regardé dans ma direction. J'ai hoché la tête et j'ai pris mon café.

Alors que je me laissais glisser sur une chaise bleu marine, Hartmann a dit : « Ravi de vous rencontrer. »

« De même. Que se passe-t-il ? »

« Mario ne vous a pas mis au courant ? Je lui ai dit... »

« Rien ne vaut une version de première main. »

Il a parlé avec le ton feutré d'un croque-mort. « Je me suis fait arnaquer de trois cent mille dollars par un connard du nom de Dave Engle. Il a pris la moitié de mon argent. Maintenant, je n'ai plus assez pour prendre ma retraite. Je vais devoir me tuer à la tâche jusqu'à mes quatre-vingts ans. »

« J'ai besoin de savoir ce qui s'est passé. »

Il a sifflé : « Il m'a embobiné. Il a dit que c'était un bon investissement, sans risque, et que je doublerais ma mise en deux ans. »

« Quel genre d'investissement ? »

« Un truc sur le métabolisme. Il a dit que leur outil fournirait des informations pendant l'exercice et permettrait, vous savez, d'*optimiser* — c'est le mot qu'il utilisait tout le temps —, d'*optimiser* ses performances. »

« Pour les athlètes ? »

« Non, c'était ça le truc. Il a dit que certaines équipes professionnelles l'utilisaient déjà, et que sa société allait le lancer sur le marché grand public. »

« Comment s'appelle la boîte ? »

« Core Analytics. »

Un nom ronflant. « Alors, il vous a parlé de cette opportunité et vous avez investi ? »

« Ouais, il a dit que c'était une chance d'entrer au capital dès le départ. Il a dit que ça ne pouvait pas rater. »

« Vous avez fait des recherches sur la société ? »

« Un peu, mais un de mes voisins a fait des recherches et m'a dit que c'était réglo. »

« Il a aussi investi ? »

« Ouais, mais il peut se permettre de perdre un peu d'argent. Il s'est fait un paquet de fric en vendant sa boîte dans le Michigan. »

« Il a perdu combien ? »

« À peu près la même chose que moi. »

« Que voulez-vous que je fasse ? »

« Je veux récupérer mon argent. »

« Donnez-moi les coordonnées d'Engle. »

« Vous allez récupérer mon argent ? »

Je me suis levé. « Je vais examiner la situation. »

Après avoir bu une grande gorgée, j'ai jeté le reste de mon café à la poubelle et je suis sorti. J'ai reçu un texto. Larson, mon pote avocat qui avait un carnet d'adresses long comme le bras, voulait me voir. J'ai sauté dans ma voiture et j'ai mis le cap sur le nord de Naples.

Le garde à l'entrée de Pelican Marsh m'a fait signe de passer. Larson habitait dans les Arbors, l'un des quelque vingt quartiers du complexe résidentiel. Sa maison était l'une des plus petites de la rue, mais elle offrait une vue imprenable sur un lac et leur parcours de golf.

J'ai suivi Larson sur la terrasse, où un ventilateur tournait paresseusement. Nous nous sommes assis à une table sur laquelle trônait un plateau avec un pichet de thé glacé couvert de condensation et deux verres.

Un pélican a amerri sur le lac. J'ai dit : « Tu as une sacrée vue. »

« C'est ce qui m'a attiré dans cette propriété. » Il a souri. « Hier soir, une famille de loutres est passée juste là. »

« Ça devait être sympa. »

« Ça l'était. Sers-toi un verre. Il faut que j'aille te chercher un dossier. »

J'ai rempli les deux verres et j'ai bu une gorgée. Il n'était pas sucré. Il n'y avait rien sur le plateau pour le rendre buvable.

Larson a ouvert la baie vitrée et a tendu la main. Il tenait deux sachets de Sweet'N Low. « J'allais oublier. »

« Merci. » J'ai vidé le faux sucre dans mon verre.

Il s'est assis, posant sur la table un dossier portant l'inscription « Royal ». Le dangereux chef de gang s'était révélé doué pour se faire de l'argent et éviter la prison.

Larson a dit : « Il faut qu'on fasse quelque chose au sujet de Royal. »

« Comme quoi ? J'ai entendu dire qu'il allait être libéré, qu'il n'a pas fait le coup. »

« Il est coupable comme pas deux. Rocco a mis la pression sur les deux hommes avec qui Royal prétendait être. »

« C'était un alibi bidon ? »

« Oui. Les deux devaient chacun plus de cinquante mille dollars à Royal. »

« Ce genre de crédit ne m'étonne pas de Royal. J'ai déjà vu ça. »

Il a fait glisser le dossier vers moi. « Royal a effacé leur dette en échange de leur témoignage, disant qu'ils regardaient le *Monday Night Football* ensemble chez lui. »

J'ai parcouru la première page. « Il s'est payé un alibi. Cent mille dollars, ce n'est pas cher payé. Royal est un récidiviste. »

« C'est une brute. Je l'ai toujours su, mais je ne pensais pas qu'il tomberait si bas au point d'agresser Cece. »

« Cece n'est pas une sainte, mais cette pauvre femme est restée à l'hôpital pendant des semaines. Royal n'est rien d'autre qu'un lâche. »

« Il faut qu'on dise à O'Leary ce qu'on a découvert. »

« Si ça s'ébruite, Royal va devenir fou. Il va se déchaîner, c'est sûr. »

« Je sais. Il faut qu'on soit hyper prudents. »

« Qui est au courant ? »

« Pour autant que je sache, juste Rocco. »

« Ce sont mes copies ? »

« Oui. »

Je me suis levé. « Très bien. Laisse-moi m'en occuper. »

6

Le dossier de Larson était précieux, mais comme une matière nucléaire, mortel s'il était mal manipulé. Mieux valait s'en défaire au plus vite.

J'ai passé un appel, mais j'ai dû attendre : O'Leary était au tribunal pour une affaire de trafic de drogue dans le comté de Collier. En ouvrant le dossier, j'ai aperçu le coin d'une photo. J'en ai sorti trois clichés que j'avais pris à l'hôpital, me replongeant dans la nuit de l'agression.

En entrant dans la chambre de Cece, j'ai eu le souffle coupé. Son visage tuméfié commençait à virer au violet. Un œil était complètement clos et, pour son nez, il fallait un magicien, pas un chirurgien esthétique.

Elle ronflait. J'ai posé les fleurs sur sa tablette de lit. L'estomac noué, je me suis assis. Nous n'étions pas proches, mais j'avais un faible pour elle depuis que Ventura, un autre ami avocat, nous avait présentés lors de l'un des rares événements caritatifs auxquels j'avais assisté.

Ventura était impliqué dans Youth Haven, une organisation dont la mission me tenait à cœur. Cece en était une diplômée modèle qui avait reconstruit sa vie et respirait la confiance en soi. Qu'elle soit feinte ou réelle n'avait pas d'importance. J'ai signé un deuxième chèque à l'organisation pour jeunes sans-abri après l'avoir entendue parler devant la foule de donateurs.

Tous les progrès qu'elle avait faits sont partis en fumée quand elle s'est acoquinée avec Royal.

Toby a sauté sur le canapé. « Hé, mon grand. Fais attention. » Le dossier est tombé par terre, répandant son contenu. Une photo de Royal a glissé sous la table basse.

Je l'ai ramassée et l'ai fixée du regard. Royal avait le regard fixe d'un prédateur. Son penchant pour la violence le rendait redouté, mais signifiait aussi que quelqu'un finirait par le tuer. C'était la loi de la rue. Cela prendrait quelques années, mais l'organisation qu'il avait mise sur pied continuerait d'exister. C'est aussi comme ça que les organisations criminelles fonctionnaient, mais sa récente collaboration avec les Russes signifiait que la crise du fentanyl allait exploser.

L'un des téléphones prépayés a sonné. C'était l'inspecteur Moreno. « Salut, Mo. »

« Yo, Beck. J'ai vérifié pour Engle. Il est clean, pas de casier ni de démêlés avec la justice. »

C'était inhabituel pour un escroc de ne pas avoir eu affaire à la loi. « Et pour ce qui est des poursuites au civil ? »

« J'ai vérifié les casiers criminel et civil ; rien n'est ressorti. »

« D'accord. Merci. Je suis en route pour voir Engle, donc tu tombes à pic. »

« Ce n'est qu'un de mes nombreux talents. »

J'ai rigolé et j'ai dit : « Exact. On pourrait aller boire un verre la semaine prochaine. »

« Ça marche. À la prochaine, alors. »

Depuis Airport Pulling Road, on ne voyait que de l'eau. Le quartier de Lakeside portait bien son nom ; une évidence, comme Jane Fonda et la chirurgie esthétique. Après avoir fait le tour du lac, je me suis arrêté devant un bâtiment abritant quatre appartements-terrasses.

Le lotissement, vieux de plusieurs décennies, était très bien situé, mais si Engle était un escroc, il n'était pas très doué. Il a fallu qu'il sonne deux fois pour qu'Engle ouvre la porte. Vêtu d'une tenue à la limite du débraillé, il a dit : « Qu'est-ce que vous voulez ? »

J'ai sorti un portefeuille avec un badge. « Je travaille pour l'agence commerciale de l'État de Floride. »

« C'est à quel sujet ? »

« Vous étiez impliqué dans la vente de parts d'une, euh... laissez-moi vérifier. » J'ai ouvert mon bloc-notes. « Ah, oui, une société de métabolisme. Je dois admettre que je ne sais même pas ce que c'est, le métabolisme. »

« Ce sont tous les processus chimiques qui se déroulent dans votre corps. »

« Ah, oui, d'accord. Alors, que s'est-il passé ? »

« Nous étions trop en avance. »

« Que voulez-vous dire ? »

« Ça va cartonner, je vous le dis. »

« Mais vous avez fermé. Du moins, c'est ce que nos dossiers indiquent. »

Il a froncé les sourcils. « C'est exact. Nous étions à court d'argent. Si j'avais su qu'il en faudrait plus, j'aurais attendu. »

« Aidez-moi à comprendre. Je ne suis qu'un bureaucrate. Que devait faire l'entreprise ? »

« Elle avait un logiciel qui analyse votre sang pendant que vous faites de l'exercice. »

« Pendant qu'on s'entraîne ? Comment fait-on ça ? »

« Avec une toute petite piqûre sur le lobe de l'oreille. C'est indolore. On prélève l'échantillon et on le passe dans des ordinateurs avec un logiciel spécial. »

« Et qu'est-ce que ça vous dit ? »

« Vos niveaux métaboliques, et ça génère un rapport qui montre comment optimiser vos entraînements. Vous savez, la plupart du temps, on travaille trop dur pour les bénéfices qu'on en tire. »

« Ça a l'air d'une super idée. Je veux dire, les gens passent tellement de temps à la salle de sport, autant faire ce qui fonctionne. »

« Exactement, ça vous dira de faire plus d'aérobic ou plus de musculation. Ça change la donne. Vous savez, les pros l'utilisent déjà. »

« Waouh. Combien avez-vous levé ? »

« Un peu plus de deux millions, mais il nous en fallait trois fois plus. »

« Combien d'investisseurs aviez-vous ? »

« Plus d'une vingtaine. J'y ai mis tout ce que j'avais. J'ai essayé de sauver l'entreprise, mais je n'ai pas pu. »

« Combien avez-vous perdu ? »

« Tout ce que j'avais, presque six cent mille. »

« Aïe. »

« Vous l'avez dit. Et j'ai aussi perdu ma femme. »

« Elle vous a quitté à cause de ça ? »

Il a hoché la tête. « Sortir la valeur nette de la maison a été la goutte d'eau. »

« Désolé d'apprendre tout ça. Qu'allez-vous faire maintenant ? »

Son visage s'est illuminé. « L'IA. J'essaie de recruter quelques programmeurs, vous savez, pour les ordinateurs, des développeurs. On doit pouvoir surfer sur la vague de l'IA. Tout va dans cette direction, et on peut en profiter. »

« L'intelligence artificielle ? »

« Oui. Vous devriez investir dans ce projet. Ça va décoller. »

Les escrocs ne sont jamais de bons parleurs. Leur talent est de bien écouter, d'obtenir assez d'informations pour ferrer quelqu'un. « Vraiment ? »

« Sans aucun doute. De tout ce que j'ai entendu, mon instinct me dit que ça va être un coup de maître, un grand chelem. »

Mon portable a vibré. C'était le procureur O'Leary. « Désolé, il faut que je réponde. »

Je suis sorti au soleil. « Bonjour. Je pensais que vous passiez la journée au tribunal. »

« Un témoin ne s'est pas présenté, et le juge a accordé un report à la défense. »

« Nous devons nous voir. »

« Qu'est-ce qui se passe ? »

« Ça vous va, à Baker Park dans une heure ? »

« Ça me va. Près de la butte herbeuse ? »

« Non. Il fait trop chaud. Près des tables de pique-nique, elles sont à l'ombre. »

———

DEUX OU TROIS ados tapaient dans un ballon de foot sur la grande pelouse. Reconnaissant à quel point je m'étais trompé sur le fait que le foot deviendrait un grand sport de spectateurs en Amérique, je me suis glissé à l'ombre.

O'Leary retroussait ses manches en s'approchant. « Ça

doit être le mois de février le plus chaud depuis que je suis ici. »

« Il fait trente degrés aujourd'hui. »

« Ça doit être le réchauffement climatique. »

« Alors pourquoi la moitié du mois de janvier était-elle bien en dessous des normales ? »

Il a souri. « Le réchauffement climatique. »

« Exactement. »

« Qu'est-ce qui se passe ? »

J'ai fait glisser le dossier que Larson m'avait donné sur la table. « Royal a acheté son alibi. »

Les épaules d'O'Leary se sont affaissées. Il a ouvert le dossier d'un coup sec. « Vous en êtes sûr à quel point ? »

« Sûr à mille pour cent. Rocco a fait admettre aux deux hommes qu'ils avaient menti. Ils étaient endettés jusqu'au cou auprès de Royal. »

« Ils sont prêts à revenir sur leurs dépositions sous serment ? »

« On dirait bien. »

« S'ils ne le font pas, vous savez, Royal s'en sortira. »

« Ne vous en faites pas pour ça ; c'est ce qui va sceller l'affaire. Royal sera enfin hors d'état de nuire. »

« Merci. Je ne sais pas comment vous faites, Beck. »

« C'est ma vocation. »

« Je m'en occupe tout de suite. »

« Il faut que vous nous laissiez, Larson, Rocco et moi, en dehors de ça. Dites ce que vous voulez, mais que ça ne vienne pas de nous. »

« Vous n'avez aucun souci à vous faire. »

Je me suis levé. « On me paie pour que je m'en fasse. »

7

Pédalant de toutes mes forces, j'ai atteint la moitié du chemin en un peu moins de trente minutes. J'ai bu une gorgée dans la bouteille d'eau de mon sac à dos et j'ai fait demi-tour.

La chaleur était difficile à supporter quand j'ai commencé le vélo. C'était dur de faire ne serait-ce que quelques kilomètres. Maintenant, parcourir dix-neuf kilomètres était un jeu d'enfant. J'ai pensé à Hartmann et à l'argent qu'il avait si durement gagné et qu'il avait perdu. C'était dommage que les gens prennent des risques avec leur épargne-retraite. J'avais encore une chose à vérifier sur Hartmann et Engle avant de décider de ce que j'allais faire.

L'allégation dans l'affaire Peterson ne s'était pas aggravée. Mais l'essentiel tenait en ce mot : allégation. Ma rencontre avec Caden allait jouer un rôle dans l'évaluation de la situation. J'ai repris ma route, songeant à la liste des choses que je devais faire pour essayer de bien m'y prendre.

J'ai accroché mon vélo et je suis rentré à la maison prendre une douche. Tout en m'essuyant, mon estomac a gargouillé. C'était l'heure de déjeuner. J'ai conduit jusqu'au centre commercial Riverchase et je suis descendu de voiture.

À quelques pas de là, un garçon était perché sur les épaules de son père. Le papa a dit : « Qu'est-ce que tu veux faire après qu'on a déjeuné ? »

« Jouer aux jeux vidéo. »

« Non, faisons quelque chose dehors. Tu veux aller au parc pour jouer à la balle ? »

« Ouais, d'accord, ou faire du vélo. Qu'est-ce que tu veux faire, papa ? »

« Je veux faire tout ce que tu as envie de faire. »

Le gamin aux cheveux blonds était si mignon que j'avais envie de me joindre à eux. Le temps filait à la vitesse de l'éclair, et la fenêtre d'opportunité pour devenir père se refermait.

Trente-neuf ans, ce n'était pas vieux de nos jours, mais à moins que les choses n'aillent plus vite que je ne le souhaitais, j'aurais la quarantaine bien tassée si jamais je devenais père.

L'âge le plus tardif que je m'étais promis d'atteindre était cinquante ans. Ces clowns égocentriques d'Hollywood qui engendraient des enfants à soixante-dix ans passés me dégoûtaient.

Lors de notre deuxième rendez-vous, Laura avait dit qu'Al Pacino allait être père à l'âge de quatre-vingt-trois ans. On en avait bien ri. Mais pour son enfant de six ans, ce ne serait pas drôle. En ouvrant la porte d'une sandwicherie, je me suis souvenu que Laura avait trente et un ans et j'ai passé ma commande.

Elle avait un rire formidable et semblait facile à vivre. En attendant mon déjeuner, j'ai sorti mon téléphone pour l'appeler afin de convenir d'un autre rendez-vous. Cette fois, pas de sortie à quatre avec Mario. Il était important de voir comment elle était sans distractions.

Alors qu'on me tendait mon sandwich, mon téléphone a vibré. Un texto : *Un problème vient de surgir. Il faut que je te voie au plus vite.*

J'ai répondu : *OK. Parking du Walmart près d'Immokalee. R-V dans un quart d'heure.*

Le timing était parfait. J'ai emporté mon sandwich Firehouse à une table, j'en ai mangé la moitié et j'ai traversé la rue.

Je suis monté dans la voiture d'O'Leary. « Qu'est-ce qui se passe ? »

« L'affaire Royal. »

« Ne me dis pas qu'ils se sont rétractés. »

« Non, on a fait venir Carlton et Brown ce matin, et ils se sont rétractés. Ils avaient peur que Royal se venge, alors on les a placés en garde préventive. »

« Et ? »

« On examinait tout avant de remettre les déclarations de rétractation à la défense, et Bilcher nous dit qu'il avait fait une offre à Carlton et Brown pour qu'ils deviennent témoins à charge en échange de l'abandon des poursuites contre eux. »

« Il a fait quoi ? »

« C'était juste un appât pour voir s'ils disaient la vérité ou non quand on a entendu dire qu'ils étaient l'alibi de Royal. »

« Ça va poser un problème ? »

« J'en ai bien peur. La défense va argumenter qu'ils se sont rétractés en échange d'un accord pour abandonner les charges. »

J'ai secoué la tête. « Royal ne peut pas s'en tirer encore une fois. Il a tabassé Cece. »

« Je le sais, et tu le sais, mais je crains que la rétractation de ces témoins ne suffise pas. Les avocats de Royal vont prendre l'offre de Bilcher et s'en servir pour créer un doute raisonnable dans l'esprit du jury. »

« Putain ! J'étais sûr que ça suffirait. »

« Et ça aurait été le cas, si Bilcher n'était pas allé les appâter. »

« Tu sais à quel point il est rare d'amener quelqu'un à admettre que son témoignage était de la merde ? »

« Je sais. Je suis désolé. Je n'en avais aucune idée. Ce que tu nous as donné, c'était de l'or, mais ça ne va pas suffire cette fois. »

« Tu es sûr que les avocats de Royal vont démolir les rétractations ? »

« Aucun doute. Le juge pourrait même refuser qu'elles soient admises comme preuves. »

« Bon sang. Je n'arrive pas à y croire. »

« Je sais que c'est fou de te demander ça, mais y a-t-il autre chose que tu puisses faire pour nous aider ? »

« Je ne sais pas pour l'instant. Il faut que j'y réfléchisse. Peut-être qu'il y a quelque chose que je peux dénicher. »

« Le procès a lieu la semaine prochaine. »

« Rien de tel qu'un peu de pression. »

« Je suis désolé, mais c'est comme ça. »

« On doit être prudents. Si Royal a vent de mon implication, il me tombera dessus avec tout ce qu'il a. »

« Ne t'inquiète pas, je n'ai rien dit sur la provenance de l'info. »

Je suis descendu de voiture. « Je te recontacte. »

8

LE PEINTRE SORTAIT DE CHEZ MOI. JE ME SUIS GARÉ À CÔTÉ DE sa camionnette et j'ai baissé la vitre. « Bonjour. Vous avez presque fini ? »

« On a terminé, monsieur Beck. On a fait le reste des moulures aujourd'hui. »

« Il n'y a rien d'autre à peindre ? »

« Non. Le chantier est fini. »

En ouvrant la portière, j'ai dit : « Parfait. »

« Faites attention, la plinthe dans la chambre principale est encore fraîche. Laissez-lui quelques heures pour sécher. »

« D'accord. » J'ai tendu deux billets de cent dollars. « Tenez, c'est pour vous. »

« Ce n'est pas la peine, monsieur. »

« Je sais. Je voulais juste vous remercier d'avoir été là quand j'ai eu besoin de vous. »

L'argent a disparu dans sa poche. « Merci. »

Il m'avait fallu quatre mois pour remettre ma maison en état après l'ouragan Ian. C'était mieux que la plupart des gens ; de nombreuses maisons à Park Shore étaient encore à divers stades de rénovation. J'avais eu les coordonnées de l'entrepreneur par mon ami avocat, Larson, et il fallait soigner ses relations.

Une odeur caoutchouteuse m'a saisi quand je suis entré. J'ai ouvert une baie vitrée et l'humidité s'est engouffrée à l'intérieur. Alors que je contemplais le lac scintillant, la sonnette a retenti. C'était Mario.

« Les peintres ont plié bagage ? »

« Ouais, il ne reste plus que l'odeur. »

« C'est de la térébenthine. Ça s'en ira d'ici une heure. »

« Écoute, je sors de chez O'Leary. Il y a un problème. »

« Avec Royal ? »

J'ai mis Mario au courant et je lui ai dit qu'on devait dénicher quelque chose.

« Merde. Je ne m'attendais pas à ça. »

« Sénèque a dit : "Celui qui a anticipé la venue des ennuis leur ôte leur pouvoir lorsqu'ils arrivent." »

« Si tu le dis. »

« Si je le dis ? Penses-y. Si tu es préparé et que tu as envisagé toutes les possibilités, quand quelque chose arrive, tu as éliminé l'effet de surprise et tu peux y faire face rationnellement. »

« T'es vraiment à fond sur ces vieux philosophes. »

« Ils savaient de quoi ils parlaient. » Mais un de leurs conseils, « Tu peux choisir le courage ou le confort, mais tu ne peux pas avoir les deux », me suivait de plus près que mon ombre.

« Les temps sont différents maintenant. »

« Les principes sont intemporels. »

« Ils n'avaient même pas l'électricité à l'époque. Qu'est-ce qu'ils pouvaient bien savoir sur la vie dans une société moderne ? »

« Et l'importance de la justice ? Ils disaient que c'est la plus importante des vertus. Ce que nous faisons pour l'obtenir pour les autres est important. »

Il a haussé les épaules. « Je ne suis pas comme toi. Ça fait du bien de faire ces trucs, mais à la fin de la journée, je suis là pour l'argent. »

« L'argent, l'argent, l'argent… »

« Quoi ? L'argent n'est pas important ? »

« Je considère que la quête de justice est mon devoir envers les autres et la société en général. »

« Ouais, ouais, peu importe. Qu'est-ce qu'il faut faire avec Royal ? »

« Quelque chose qui prouve que son alibi est bidon. »

« Peut-être que je peux découvrir où était Royal. »

« Non. Il est trop malin. Concentre-toi sur Carlton et Brown. Si on peut prouver qu'ils n'étaient pas avec Royal au moment de l'agression, un jury croira à leurs rétractations. »

« Je vais me renseigner sur eux. »

« Tu dois être extrêmement prudent. »

« Je suis toujours prudent. »

« C'est différent. Si Royal a vent de ça, il s'en prendra à nous. »

« Ne t'inquiète pas. De toute façon, il s'en prendra aux mecs qui l'ont balancé. »

« J'ai entendu dire qu'ils sont en détention préventive pour leur protection. »

« Royal a le bras long. »

« Je sais. Écoute, on n'a pas beaucoup de temps ; le procès a lieu la semaine prochaine. »

« D'accord, je vais voir ce que je peux faire. »

« Je compte sur toi. »

Il s'est levé. « On verra bien. J'appelle si je trouve quelque chose. »

« Ce n'est pas *si*, tu *dois* trouver quelque chose. »

Mario a penché la tête. « Est-ce que je t'ai déjà laissé tomber ? »

C'était arrivé. « Celle-là, c'est du lourd. »

« Comme nous trouver des papiers. »

Il remettait toujours sur le tapis ce qu'il avait fait pour nous faire sortir du foyer d'accueil. « Je sais, mais c'était différent. »

Mario a fait sortir une cigarette de son paquet en le tapotant. « J'assure quand ça compte. »

Je me suis retenu de lui demander une cigarette. « D'accord. Et n'oublie pas, ça doit rester secret. Personne ne doit savoir qu'on est derrière tout ça. »

« J'ai compris. Dis, t'en es où avec Peterson ? Il m'a appelé deux fois. »

« Les types comme Peterson, ça me fait marrer. Ils n'ont pas les couilles de faire quoi que ce soit, mais dès qu'ils me parlent, ils s'attendent à un miracle. »

« Vas-y mollo. Tu sais comment ça se passe. »

« Oh que oui. »

« Peterson a de l'argent, et ce qui est arrivé à sa femme est un putain de cauchemar. »

« On dirait bien. »

« Qu'est-ce que tu veux que je lui dise ? »

« Que je m'en occupe, que je vois ce que je peux trouver sur ce Caden, mais ne lui fais aucune promesse. »

———

Le Mercato était bondé, ce qui m'a obligé à me garer au dernier rang du parking. En traversant l'artère principale, en face de Bravo, mon regard s'est posé sur un type en jean sale et casquette de baseball. Il regardait des enfants jouer sur la pelouse artificielle.

Je me suis arrêté au coin de la rue avant d'écarter la possibilité qu'il ne s'apprête à enlever un enfant. Il y avait trop de monde autour.

Hartmann était assis à l'ombre du Narrative Coffee Roasters, enfournant quelque chose dans sa bouche. Il a plongé sa cuillère dans un monticule de glace alors que je m'asseyais en face de lui.

Il a dit : « Vous devriez en prendre une ; elles sont excellentes ici. »

« Je ne mange pas de sucreries. »

Ses sourcils se sont haussés. « Quoi ? Comment est-ce possible ? »

Inutile de répondre.

Hartmann a posé sa cuillère. « Avez-vous jeté un œil à cet escroc ? »

« Je me suis renseigné sur Engle. »

« Bien. Quand est-ce que je vais revoir mon argent ? »

« L'entreprise dans laquelle vous avez investi a fait faillite. Vous n'allez rien récupérer. »

Hartmann s'est raidi. « Il m'a volé les économies de toute une vie. »

« Vous ne vous êtes pas renseigné. »

« De quoi parlez-vous ? Engle m'a dupé. »

« Et comment s'y est-il pris ? »

« Je vous l'ai dit, il a affirmé que ce truc de métabolisme était un coup sûr. Il a dit que j'allais tripler ma mise en un an. Ce salaud mentait depuis le début. »

Il avait dit auparavant qu'il espérait doubler sa mise. « Avez-vous fait les vérifications nécessaires ? »

« Qu'est-ce que vous voulez dire ? »

« Avez-vous vérifié la situation de l'entreprise, le marché, son potentiel et les risques liés à cet investissement ? »

« Beaucoup de gens ont investi… »

« Avez-vous vérifié quoi que ce soit de ce qu'Engle a dit ? »

Ses épaules se sont affaissées. « Je lui ai fait confiance. »

« Pourquoi ? »

Il a haussé les épaules en silence.

« Vous étiez cupide. »

« Non, non, ce n'est pas vrai. Il m'a arnaqué. »

« Engle est un rêveur, pas un escroc. »

« C'est un fraudeur. Je veux récupérer mon argent. »

« Je ne peux rien faire. »

« Mais j'ai besoin de cet argent. C'est tout ce que j'ai. »

Je me suis levé. « Vous auriez dû y penser avant de tout miser sur un coup de poker. »

« Où allez-vous ? J'ai payé ce type, Mario ; vous devez m'aider. »

« Vous avez fait une erreur… une grosse erreur. Vous auriez dû vous renseigner. » J'ai reculé d'un pas.

Il a dit : « Attendez. Je vous donnerai la moitié de ce que vous récupérerez d'Engle. »

Je me suis retourné. « Écoutez, vous avez merdé. Faites en sorte de retenir la leçon. »

9

CONNERS, À VANDERBILT BEACH, ÉTAIT UN AUTRE QUARTIER qui avait été frappé de plein fouet par l'onde de tempête de Ian. La plupart des maisons de ce lotissement en bord de baie, près de Vanderbilt Drive, avaient été inondées. En revanche, l'impressionnante maison surélevée où vivait Brett Caden était sortie indemne.

Brett n'avait pas d'enfant et avait divorcé de sa seconde femme deux ans plus tôt. Je suis passé lentement devant sa demeure contemporaine sur la côte. Elle était immense pour un seul homme. J'ai conduit jusqu'au bout de la petite rue, qui donnait sur la baie, et j'ai fait demi-tour.

Alors que je remontais la rue au pas, la porte de Caden s'est ouverte. Il est sorti et a descendu les escaliers. Je me suis garé à une maison de la sienne.

Tenant ce qui ressemblait à une bouteille de Heineken, Caden s'est dirigé vers sa boîte aux lettres. Elle était vide. Il a bu une gorgée et a regardé dans ma direction.

J'ai sorti la main par la fenêtre, puis j'ai avancé lentement et je me suis arrêté devant chez lui. « Belle maison que vous avez là. »

La seule chose qui gâchait la carrure de quarterback universitaire de Caden était un léger embonpoint. « Ouais, je l'ai conçue moi-même. »

« Vous êtes architecte ? »

Il a bu une gorgée de bière. « Non. Enfin, techniquement, j'ai dû en prendre un, mais le plan et les élévations, c'étaient mes idées. »

« Vous devez être créatif. »

« Ce n'est pas si difficile. »

« Vous n'avez eu aucun dégât avec Ian ? »

Passant une main dans ses cheveux noir corbeau, il a dit : « Rien du tout. »

« Ouah. Vous avez eu le nez creux, en surélevant la maison et tout. »

« Je l'ai vu venir gros comme une maison. Ils m'avaient dit que je n'avais pas besoin de construire aussi haut, mais je savais qu'on se ferait frapper un jour ou l'autre. »

Les règles d'urbanisme et de construction dictaient les hauteurs, pas le don de clairvoyance de qui que ce soit. « Eh bien, vous avez fait un excellent travail. On dirait que même votre garage est surélevé. Vous avez eu de l'eau dedans ? »

Il a ricané. « Ils disaient que je jetais l'argent par les fenêtres en surélevant le garage, mais je suis un passionné de voitures et je voulais que mes bébés soient à l'abri. »

« C'est malin. Quel genre de voitures aimez-vous ? »

« Si elles ne parlent pas italien, je ne les conduis pas. »

J'ai ri. « Un de mes potes les adore aussi. Qu'est-ce que vous avez ? »

« Deux Lamborghini, la Countach et l'Aventador ; trois

Ferrari, une Aperta, une 788 GTS et une F8 Spider ; et pour rouler en ville, j'ai une Maserati, le modèle Quattroporte. »

C'était du charabia pour moi, mais ça signifiait qu'il s'agissait de modèles haut de gamme. Mes contacts m'avaient dit que Caden aimait les voitures chères, mais là, c'était démesuré. « Joli. Mon ami a une Lambo, une Ferrari et tout un tas d'autres. Il essaie de me convaincre d'en acheter une. »

« Et pourquoi pas ? On n'emporte pas son argent dans la tombe. »

« Je sais. »

« Elles sont amusantes à conduire, mais j'aime aussi simplement les regarder dans mon garage. Ce ne sont pas des voitures de salon, je les conduis. Au final, ce sont des œuvres d'art. »

« C'est certain. »

Ses mains manucurées étaient douées pour souligner à quel point il était exceptionnel. « Et je ne perds jamais d'argent avec elles. En fait, j'ai vendu chacune d'entre elles plus cher que je ne l'avais payée. »

« Mon pote dit la même chose. Vous savez, vous parler m'a peut-être fait basculer. » Ce serait une promotion ostentatoire par rapport à mon Audi A5.

« Foncez. Vous ne le regretterez pas. Croyez-moi, vous serez accro à vie. »

« Vous avez probablement raison. Parfois, je vais à des rassemblements avec mon ami, et tout le monde en a plus d'une. Il y a toutes sortes de voitures à ces événements. Certaines que je n'avais jamais vues auparavant. Vous y allez parfois ? »

« Avant, oui, mais depuis un an, j'ai été assez pris. Il faut que je m'y remette. » L'accident et le procès lui avaient bouffé tout son temps. « Qui sait ? Peut-être qu'on se verra au prochain, moi dans ma nouvelle voiture. »

« Marché conclu. » J'ai tendu la main. « Je m'appelle Beck. »

« Brett Caden, enchanté de vous rencontrer. »

« De même. Au plaisir de vous revoir. »

Je me suis arrêté à Vanderbilt Drive, j'ai ouvert la boîte à gants, j'ai sorti un téléphone prépayé et j'ai appelé Mario.

« Hé, je viens de tomber sur Caden. »

« Il est comment ? »

« Si tu cherchais le mot "suffisant" dans le dictionnaire, tu y trouverais sa photo. »

Mario a ricané. « À ce point-là ? »

« Je vais avoir besoin d'une copie de la transcription du procès de Caden. »

« Pas de problème. Je m'en occupe. »

« Merci. »

« Tu seras dans le coin demain matin ? »

« Tu as quelque chose sur Royal ? »

« Pas encore, mais j'ai un truc en préparation. »

« Le temps presse. »

« Tu es dans le coin ? »

« Je dois y aller. »

Je n'oublierais jamais mon frère de cœur, Mario ; il nous avait sortis de l'enfer des familles d'accueil avant que nous ayons atteint l'âge limite, mais il posait trop de questions.

J'ai composé un autre numéro. Larson, l'as du barreau, a répondu avant la deuxième sonnerie. « Qu'est-ce qui se passe ? »

« Je vais vous envoyer la transcription d'un procès. »

« Concernant qui ? »

« Le type dont on a parlé à la plage. »

« D'accord. »

« Pouvez-vous y jeter un œil dès que vous la recevrez ? »

« Entendu. »

« Bien. Ce sera dans votre boîte de réception d'ici une heure. »

« Je surveillerai ça. »

« Si je passe vers six heures, ça vous va ? »

« Bien sûr. Je peux faire griller quelques steaks. »

« C'est gentil, mais je ne peux pas rester. »

« Allez. De toutes les années où nous avons travaillé ensemble, vous n'êtes jamais resté pour un barbecue. »

« On se voit plus tard. »

10

Melissa Lark habitait au Bear's Paw Country Club. En traversant le vieux quartier, je me suis garé devant un immeuble marron.

Lark était mince et pâle. Était-elle malade, ou manquait-elle cruellement de la vitamine D que le soleil offre gratuitement ?

« Entrez. Voulez-vous un café ? Je viens d'en faire. »

Je lui ai donné une soixantaine d'années. « Non, merci. »

De nouveaux comptoirs en granit ne parvenaient pas à dissimuler le besoin de rénover l'appartement. Nous nous sommes assis à une table en verre avec un pied en forme de dauphin.

« Mario m'a parlé de votre chienne, mais j'aimerais que vous me racontiez tout ce qui s'est passé. »

Elle a froncé les sourcils. « Frannie me manque terriblement. Cet endroit paraît si vide sans elle. »

« Que lui est-il arrivé ? »

Son regard s'est durci. « C'est Tommy, mon ex. C'est lui qui l'a tuée. »

« Vous en êtes sûre ? »

« Pas l'ombre d'un doute. Frannie est tombée très malade juste après qu'il est passé récupérer ses stupides cartes de baseball. Quel adulte collectionne des cartes de baseball ? »

« Parlez-moi de votre chienne. »

« Frannie vomissait, alors je l'ai emmenée à la clinique vétérinaire Gulf Shore. Le vétérinaire a dit qu'elle avait été empoisonnée et qu'il n'y avait rien à faire. J'ai dû la faire… piquer. » Ses yeux se sont embués de larmes, et elle les a essuyées avec une serviette en papier. « Je suis désolée. »

« Ce n'est rien. Je sais que c'est difficile. »

« Vous avez un chien ? »

J'ai hoché la tête. « Toby. C'est un croisé caniche et terrier. »

« Oh. Il doit être mignon. Ça fait longtemps que vous l'avez ? »

« Pourquoi pensez-vous que c'est votre ex qui l'a empoisonnée ? »

« Frannie ne sortait jamais seule. Elle était toujours en laisse. Je veux dire, elle n'a pas pu manger quelque chose. Je l'aurais vu. »

« Et si elle avait bu de l'eau stagnante ? Parfois, elle contient des bactéries mortelles pour les chiens. »

« C'est ce que j'ai pensé au début, mais en rentrant, je suis allée sortir les poubelles, et mon amie Lisa m'a appelée alors que je me dirigeais vers le garage, là où se trouve la poubelle. Au moment où j'ai enlevé le couvercle, j'ai balancé le sac dedans et j'ai fait tomber mon téléphone en plein dans les ordures. Il a glissé le long de la paroi, jusqu'au fond. J'ai donc dû plonger la main dedans. J'ai déplacé deux sacs, et c'est là que je l'ai vue. »

« Le téléphone ? »

« Non, une boîte de mort-aux-rats. Tommy a essayé de la cacher, et il a failli s'en tirer. »

« Est-ce que le vétérinaire a émis une hypothèse sur la cause de la mort ? »

« Quand j'ai trouvé la boîte, je l'ai appelé tout de suite pour lui demander si ça pouvait être de la mort-aux-rats. Le vétérinaire a dit que c'était plus que probable, sinon certain, que c'était ça qui l'avait tuée. »

« Et la poubelle avec le poison se trouvait dans votre garage ? »

« Oui. »

« Qui d'autre y a accès ? »

« Au garage ? Personne, juste moi. Qui d'autre irait dans mon garage ? »

« Avez-vous eu d'autres visites ? »

« Non, seul Tommy est venu. C'est forcément lui. Il n'a jamais aimé Frannie. »

« Votre ex est un homme faible. »

« Pardon ? »

« Donnez-moi son adresse et son lieu de travail. »

Elle a pris un bloc-notes, a noté les informations et m'a passé le papier.

« C'est quoi, le Ray's on the Bay ? »

« Un restaurant. »

« Que fait votre ex là-bas ? »

« C'est le propriétaire. »

« Hmm. »

« Quoi ? »

« A-t-il des associés ? »

« Plus maintenant. Il a racheté leurs parts avec l'argent que j'ai dû lui donner pour ma moitié de cet appartement. »

Je me suis levé. « D'accord. »

« Quels sont, euh, vos honoraires pour ça ? »

« C'est pour moi. »

« Vraiment ? Pourquoi ? »

« Ce que votre ex a fait est écœurant. »

Elle a fait une grimace. « Qu'est-ce que vous allez lui faire ? »

« Je ne peux pas vous le dire. »

« Je, je, euh, je ne veux pas qu'il soit blessé, vous savez. »

« Laissez-moi m'en occuper. »

« Comment saurai-je que vous avez fait quelque chose ? »

« Vous le saurez. »

11

En ralentissant, j'ai appuyé sur le bouton de la porte du garage. Laura a dit : « C'est une belle maison. Je suis impressionnée. Ça fait combien de temps que tu vis ici ? »

« Deux ou trois ans. »

« Tu sais, ça fait, genre, deux mois qu'on sort ensemble, et c'est la première fois que tu m'invites chez toi. »

« C'est plus simple de sortir. »

« Mais tu as dit que tu aimais cuisiner. »

J'ai tendu le bras vers l'arrière pour attraper un sac de Whole Foods. « Tu peux prendre le dernier ? »

« Pas de problème. »

J'ai posé les courses sur le comptoir. « Je vais allumer le gril ; je meurs de faim. »

« Tu veux que je mette une casserole d'eau à chauffer pour le homard ? »

« Non. Je vais les faire griller. Range ce qui doit aller au frigo. »

Le bouton d'allumage a cliqué une douzaine de fois

avant que le gril ne s'allume. J'ai baissé le couvercle, regardé un golfeur s'élancer, puis je suis retourné dans la maison.

« Ça te va de manger dehors ? Il fait si beau. »

« Bien sûr. Comme tu veux. »

Laura était facile à vivre et pas compliquée. « Comme je veux ? », ai-je souri.

Elle a penché la hanche. « Ne sois pas un vilain garçon. »

Je me suis penché vers elle. « Est-ce qu'il y en a d'autres sortes ? »

« Je croyais que tu mourais de faim. »

Mon portable a vibré alors que je disais : « De plus d'une façon. »

Elle s'est esquivée pendant que je répondais. C'était Mario. « Salut, c'était juste pour te dire que je t'ai envoyé ce que tu voulais. »

« D'accord, merci. »

« Tu veux aller boire un verre plus tard ? »

« Je ne peux pas, Laura est là. »

« Waouh. Tu ne perds pas de temps, à ce que je vois ! »

« Salut, Mario. »

J'ai mis le téléphone dans ma poche et Laura a dit : « Ça fait combien de temps que tu es ami avec Mario ? »

« Longtemps. »

« Vous avez grandi ensemble ? »

« En quelque sorte. »

« Qu'est-ce que tu veux dire ? Soit c'est oui, soit c'est non. »

« Où as-tu mis les queues de homard ? »

« Dans le frigo. »

En ouvrant le réfrigérateur, j'ai dit : « Prends l'huile d'olive. Elle est dans le cellier. Et le paprika et le sel à l'ail. Ils sont dans le tiroir à épices, à côté du lave-vaisselle. »

« Jamais un homme ne m'avait préparé à dîner. »

Elle a posé les bouteilles alors que je coupais la carapace. « Tu ferais une bonne sous-cheffe. Prends un petit bol sous la cuisinière et verses-y un peu d'huile d'olive. Il devrait y avoir un pinceau aussi. »

« Où est-ce que tu vivais avant ici ? »

« À plusieurs endroits. »

« Où ça ? »

« Mets une pincée de paprika et de sel à l'ail dans l'huile. »

J'ai badigeonné les queues de homard avec l'huile et je suis sorti sur la véranda. Après les avoir placées sur le gril, je suis rentré. Laura était dans le salon, tenant une photo encadrée.

J'ai dit : « Fais attention à ça. »

« C'est ta mère ? »

Je lui ai pris la photo des mains. « Oui. »

« Elle était magnifique. Elle est morte ? »

Non, Maman n'est pas morte, elle a été tuée. J'ai hoché la tête.

« Je suis désolée. Quand ? »

« Il y a longtemps. »

« Quand tu étais bébé ? »

« Je ne veux pas en parler. »

« Ça a dû être dur. Vous étiez très proches ? »

« Tu m'as entendu ou quoi ? »

« Pourquoi es-tu si susceptible à ce sujet ? Ça fait du bien de parler de ce genre de choses. »

La photo à la main, je suis sorti en trombe. « Apporte-moi une assiette pour les queues de homard ! »

Débarrasser la table a été plus facile que de détendre l'atmosphère. En chargeant le lave-vaisselle, Laura a dit : « J'ai entendu parler d'une nouvelle série sur Netflix. Apparemment, elle est pleine de rebondissements. Tu veux la regarder ? »

« J'ai quelques documents à lire pour le travail. »

« Pourquoi tu ne peux pas le faire demain ? »

« C'est important. On a une échéance. »

« Tu ne parles jamais de ton travail. Qu'est-ce que tu fais ? »

« De la sécurité. »

« Pour qui ? »

« Je ne peux pas en parler. »

« Tu ne veux pas parler de ta famille, de ton travail… »

« J'ai du travail à faire. Je ne peux pas faire ça maintenant. »

« Maintenant ? Tu ne veux jamais… »

« Allez, Laura. J'ai des affaires à régler. »

« Très bien. Si c'est comme ça que tu veux gérer les choses, je m'en vais. »

« Comment vas-tu rentrer chez toi ? »

« Je vais prendre un Uber. »

« Tiens, prends mes clés, prends ma voiture. Je te retrouve plus tard. »

« Non. Je prends un Uber. »

Alors qu'elle attrapait son sac, j'ai dit : « D'accord, prends un Uber. Fais comme tu veux. »

———

APRÈS AVOIR ENTRÉ un mot de passe, j'ai sorti une clé d'authentification et j'ai généré un code. Je me suis connecté à mon VPN et j'ai ouvert ProtonMail. L'e-mail de Mario était le seul dans la boîte de réception du service de messagerie anonyme. En pièce jointe se trouvait la transcription du procès Caden.

L'accusation a présenté trois témoins, prouvant que c'était bien le véhicule de M. Caden qui avait percuté la voiture de Mme Peterson. Ensuite, elle s'est employée à démontrer que Caden était ivre au moment de l'accident.

Le procureur Klein a interrogé l'agent qui a procédé à l'arrestation, Tom Haber, sur une bonne cinquantaine de pages, resserrant méthodiquement l'étau autour du cou de Caden.

Il a finalement déclaré qu'il n'avait pas d'autres questions, et William Puzo, l'avocat de Brett Caden, a pris la relève :

CONTRE-INTERROGATOIRE
PAR WILLIAM PUZO

« Agent Haber, vous avez été le premier à intervenir sur le malheureux accident impliquant mon client et Mme Peterson ? »

« Oui, monsieur. »

« Dans votre déposition, vous avez déclaré que dès l'arrivée des secours pour s'occuper de Mme Peterson, vous vous êtes approché de M. Caden ? »

« C'est exact. »

« Vous avez témoigné qu'il se tenait près de sa voiture ? »

« Oui. »

« Était-ce parce qu'il n'a pas tenté d'aider Mme Peterson ? »

« Non, je lui ai dit de rester là. »

« Donc, M. Caden suivait vos ordres, attendant patiemment que les secouristes s'occupent de Mme Peterson, pas parce qu'il était insensible ou "à l'ouest", comme l'a insinué le procureur Klein ? »

« Oui. »

« Quand vous vous êtes approché de M. Caden quelques minutes plus tard, comme vous l'avez précédemment déclaré, qu'avez-vous fait ? »

« Je l'ai interrogé et observé attentivement pendant qu'il effectuait les tests de sobriété. »

« S'est-il montré coopératif ? »

« Oui. »

« Et comment M. Caden s'en est-il sorti à ces tests ? »

« Il a échoué aux tests de la marche en ligne droite et de l'équilibre sur une jambe. »

« Et pour ce qui est de réciter l'alphabet ? »

« Je ne lui ai pas fait passer celui-là. »

« Pourquoi ? »

« Une fois qu'il a échoué au test physique, il était temps de lui faire passer un alcootest. »

« Et M. Caden a-t-il refusé de s'y soumettre ? »

« Non. »

« Merci, agent Haber. Je n'ai pas d'autres questions. À vous, maître. »

NOUVEL INTERROGATOIRE

PAR LE PROCUREUR ADJOINT ANDREW KLEIN

« Merci, agent Haber. Le test d'alcoolémie que vous avez fait passer à M. Caden le soir de l'accident, quel en était le résultat ? »

« 0,27. »

« Et le taux légal est de ? »

« 0,10. »

« Diriez-vous que M. Caden avait les facultés très affaiblies ? »

OBJECTION

WILLIAM PUZO

« Objection. Le témoin est appelé à spéculer. »

LA COUR

« Objection retenue. »

LE PROCUREUR ADJOINT ANDREW KLEIN

« Agent Haber, un taux d'alcoolémie de 0,27, est-ce que c'est considéré comme de la conduite en état d'ivresse ? »

« Oui. »

« Merci, c'est tout pour moi. Si la défense n'y voit pas d'objection, nous aimerions demander à la cour une brève suspension d'audience. »

« Nous n'avons aucune objection. »

Rien d'intéressant ne s'est passé après la reprise, et l'accusation a clos la présentation de ses arguments. Et autant dire qu'ils semblaient solides.

Je savais que Puzo avait sauvé la mise, mais peu importe l'issue judiciaire, ce qui m'intéressait, c'était de savoir si Caden était coupable.

J'ai continué ma lecture.

12

LA DÉFENSE PRÉSENTE SES MOYENS

WILLIAM PUZO : « La défense souhaiterait appeler le lieutenant Robert Baxter à la barre. »

LE GREFFIER : « Levez la main droite. »

Baxter a prêté serment, et j'ai imaginé Puzo, dans son costume en tissu peigné, s'approchant nonchalamment du témoin.

LIEUTENANT ROBERT BAXTER

Cité à comparaître comme témoin pour la défense de Brett Caden, après avoir dûment prêté serment, a été interrogé et a témoigné comme suit :

INTERROGATOIRE PRINCIPAL

PAR WILLIAM PUZO

« Lieutenant Baxter, quelles sont vos responsabilités au sein du bureau du shérif du comté de Collier ? »

« Eh bien, j'en ai plusieurs ; tout le monde a plusieurs casquettes de nos jours. »

« Plus spécifiquement, en ce qui concerne vos fonctions de gestion de l'équipement utilisé sur le terrain par les hommes et les femmes du bureau du shérif du comté de Collier. »

« Eh bien, je suis responsable d'une partie de l'équipement qu'utilise le service. »

« Et cela inclut-il les éthylotests ? »

« Oui. »

« Cela inclut-il l'appareil spécifique utilisé par l'agent Haber pour contrôler M. Caden ? »

« En effet. »

« Ces appareils sont sensibles, n'est-ce pas ? »

« Oui, ils le sont. »

« Et les éthylotests doivent être régulièrement entretenus. »

« Oui. Ils doivent être réétalonnés régulièrement. »

« Et à quelle fréquence ? »

« Une fois par mois. »

« Lieutenant Baxter, pourriez-vous examiner ce document, marqué A 17 ? Le reconnaissez-vous ? »

« Oui. »

« Veuillez expliquer ce document au jury. »

« Eh bien, c'est un certificat de réétalonnage et d'inspection pour un éthylotest. »

« Et qu'atteste ce certificat ? »

« Que l'appareil a été réétalonné et est en bon état de marche. »

« Et quelle est la date du certificat ? »

« Le 28 août. »

« Voici un autre certificat de réétalonnage et d'inspection, marqué A 18. Veuillez comparer les numéros de série sur les deux documents. »

« C'est le même numéro. »

« Donc, il s'agit d'un autre certificat pour le même éthylotest ? »

« Oui. »

« Et quelle est la date de ce certificat ? »

« Le 4 octobre. »

« Voici la pièce à conviction de l'accusation P 14. C'est le rapport de l'agent Haber. Veuillez dire à la cour si le numéro de série de l'éthylotest qu'il a utilisé correspond à ceux des deux certificats. »

« Ils correspondent. »

« S'agit-il donc du même appareil sur les trois documents ? »

« Oui. »

« Quelle était la date de l'accident qui fait l'objet de cette procédure ? »

« Le 30 septembre. »

« Il y a quelques instants, vous avez témoigné que ces appareils sont contrôlés une fois par mois. L'appareil en question a-t-il été contrôlé en septembre ? »

« Non. »

« Le Code administratif de Floride 11 D-8.006(1) exige que l'inspecteur d'un service de police effectue des inspections réglementaires spécifiques sur tous les appareils éthylométriques au moins une fois par mois calendaire. Avez-vous connaissance de ce règlement ? »

« Oui. »

« Le fait que l'appareil utilisé pour déterminer si M. Caden conduisait en état d'ivresse n'ait pas été entretenu régulièrement le rend complètement non fiable, n'est-ce pas ? »

« Non. Nous n'avions que quelques jours de retard. Cet appareil n'avait aucun problème. »

« Objection, Votre Honneur. Je demande à la cour de rayer cela du procès-verbal. »

JUGE WILKINS : « Objection retenue. Mesdames et Messieurs les jurés, vous ne tiendrez pas compte de la dernière déclaration du lieutenant Baxter. »

PUZO : « Merci, Votre Honneur. Maintenant, lieutenant Baxter, en répondant par un simple oui ou non, l'éthylotest utilisé sur M. Caden a-t-il été entretenu comme l'exige la loi ? »

« Non. »

« Merci. La défense dépose une requête en irrecevabilité des résultats de l'éthylotest. »

JUGE WILKINS : « Il est fait droit à la requête. Mesdames et Messieurs les jurés, vous devez ignorer le rapport de l'éthylotest présenté par l'État de Floride. »

« Merci, Votre Honneur. La défense dépose une requête en non-lieu pour insuffisance de preuves. »

JUGE WILKINS : « Je veux voir les deux avocats dans mon bureau. La séance est suspendue. »

Je me suis levé en m'étirant le dos. Ce n'était pas décisif, mais les chances que l'appareil ait mal fonctionné parce que son réétalonnage obligatoire avait quelques jours de retard étaient minces. Il était peut-être un peu imprécis, mais le taux de Caden était élevé. Même s'il était réduit de moitié, il était toujours en état d'ébriété.

J'ai lu le reste de la transcription, notant un nom pour un suivi. Ce serait le facteur décisif pour savoir si je plaiderais ou non en faveur de Tom Peterson.

13

Je me suis engagé sur Golden Gate Parkway. Un kilomètre et demi plus loin, j'ai tourné à droite sur le parking de l'église communautaire de Center Point. Mario se tenait à côté de sa voiture.

Il est monté et nous avons repris la route. J'ai demandé : « Le procès Royal commence dans deux jours. Tu auras quelque chose ? »

« Arrête de t'inquiéter, je m'en occupe. »

« Est-ce que ça va suffire ? »

« Tu vas adorer. »

« Tu t'es assuré qu'on ne puisse pas remonter jusqu'à nous ? »

« Tout est réglé. »

« Combien ça va me coûter ? »

Il a ricané. « Et qui est-ce qui pose trop de questions, maintenant ? »

Le sourire suffisant qui flottait sur son visage s'est évaporé sous le regard noir que je lui ai lancé. « Contacte

Peterson et dis-lui que mes honoraires seront de trois cent mille. En liquide. »

« Waouh, trois cent mille ? »

« C'est ça. Je suis en train de mijoter un plan élaboré, et ça va coûter beaucoup plus cher que d'habitude. »

« Plus que ce que Wilson a coûté ? »

« Presque le double de cette fois-là. »

« Waouh. »

« On y est presque. »

Santa Barbara Boulevard était déserte.

Mario a demandé : « Ils ont construit quand, ces immeubles ? »

« Les résidences multifamiliales poussent comme des champignons. »

J'ai tourné sur un chemin de gravier et Mario a dit : « Tu vas finir par me dire ce que ce type a fait ? »

« Il a tué le chien de son ex-femme. »

« Quoi ? »

« Il l'a empoisonné avec de la mort-aux-rats. »

« Quel sale malade. »

« C'est le moins qu'on puisse dire. »

« Qu'est-ce que tu comptes faire ? »

« Tu le sauras bien assez tôt. »

La remorque cahotait pendant que nous serpentions à travers une zone boisée. Nos phares ont éclairé un mobil-home. Alors que nous nous arrêtions en douceur devant cet abri usé par le temps, Mario a demandé : « Qui habite ici ? »

Je suis sorti et j'ai ramassé une poignée de gravier. « Viens. »

Un chien a aboyé alors que nous approchions du camping-car bleu clair. Sa porte s'est ouverte brusquement. Lampe de poche à la main, un homme avec un t-shirt des

Grateful Dead et un short effiloché a dit : « Ça va, mon pote ? »

On s'est tous fait un check. « Bien, Billy. C'est prêt ? »

« Suivez-moi. C'est derrière. »

Un enclos rempli de poulets s'est agité. Il a éclairé devant lui. Une grande caisse, recouverte d'une couverture, était posée sur une table de pique-nique.

J'ai reniflé l'air. Billy a ricané. « Tu ne sentiras rien. »

« J'espère que tu as raison. »

« Transporte-la le plus stablement possible et laisse-la couverte jusqu'à ce que tu sois prêt. »

« D'accord. Ça te dérange si on avance jusqu'ici pour la charger ? »

« Pas de problème. »

Mario a dit : « Qu'est-ce qu'il y a là-dedans ? »

« Recule la remorque. »

Mario est parti et Billy a dit : « Qu'est-ce que tu vas en faire ? »

« Je te dois combien ? »

« Quatre cents si tu la ramènes. Sinon, deux mille. »

« Pourquoi autant ? »

« Il y a de fortes chances qu'elle meure si elle ne retourne pas d'où elle vient. »

J'ai retiré une liasse de billets de cent dollars. « On la ramènera, mais tiens, voilà mille. Assure-toi que ça reste entre nous. »

« Toujours, mon pote. »

Nous avons chargé la caisse sur la remorque et sommes montés dans la voiture. J'ai avancé doucement. « Il est deux heures. On devrait y être dans vingt minutes. »

« Où ? Mais bordel, où est-ce qu'on va, et qu'est-ce qu'on trimballe ? »

« Au Ray's on the Bay. »

« Le resto sur les Isles of Capri ? »

J'ai hoché la tête et je me suis engagé sur Collier Boulevard.

« Tony travaille là-bas, c'est ça ? »

« Ouais. »

« Qu'est... »

« Ça suffit, les questions. »

J'ai éteint les phares et j'ai longé une rue avec de l'eau des deux côtés de la route. Le Ray's on the Bay se trouvait sur un demi-cercle de terre tout au bout. Me garant près d'un bouquet de palétuviers, j'ai attrapé un sac de sport sur la banquette arrière et je suis sorti.

Mario a dit : « Il y a une alarme ou des caméras, ici ? »

« Pas d'alarme. Tony a neutralisé les caméras et a laissé une porte ouverte. »

J'ai tiré la première baie vitrée, et elle a coulissé. J'ai lancé un sac de vêtements en plastique à Mario et j'ai dit : « Mets ça. » Nous avons enfilé les tenues caoutchouteuses et mis des masques. « Fais gaffe avec la caisse. »

« Mais... »

« Fais ce que je te dis. »

Pendant que nous portions la caisse, le poids à l'intérieur n'arrêtait pas de se déplacer. Nous l'avons posée à l'intérieur du restaurant. J'ai dit : « Reste dehors et sois prêt à refermer la baie vitrée dès que je serai sorti. Il faut que tu sois rapide. »

J'ai regardé par-dessus mon épaule. Mario était en position. J'ai attrapé la poignée de la porte de la caisse et, d'un geste ample, je l'ai retirée en même temps que la couverture. J'ai couru dehors et Mario a claqué la porte coulissante.

« Putain de merde ! Une saloperie de moufette ? »

Le mammifère reniflait entre les tabourets alignés le long du bar.

Plongeant la main dans ma poche, j'ai sorti le gravier. « Fais-la coulisser et referme-la dès que j'ai lancé. »

J'ai jeté une poignée près de la moufette, et elle a filé vers un poste de service, émettant un jet d'une odeur d'œufs pourris. J'ai lancé les pierres restantes. « Ça devrait le faire. »

Mario a gloussé : « C'est un de nos meilleurs coups. »

« On ne déconne pas avec Mère Nature. »

« Ils n'arriveront pas à se débarrasser de l'odeur avant des mois. »

« Quatre à six mois, s'ils ont de la chance. Prends le sac sur la remorque. »

Mario a regardé dans le sac. « C'est quoi, ce bordel ? »

« Du miel, du beurre de cacahuète, du pain, des trucs que les mouffettes aiment manger. »

« On va laisser ça dehors pour la faire sortir ? »

« Non, mets-le dans la caisse et attends qu'elle se fasse piéger à nouveau. »

« Pas question. Laisse juste la porte ouverte et tirons-nous d'ici. »

J'ai dit : « On ne peut pas. La moufette va mourir si elle est hors de son élément. »

« Tu te prends pour un ranger, maintenant ? »

« Mets la nourriture dans la caisse. »

Il a pris une grande inspiration et il est entré. J'ai fait de même, en sortant un bout de papier de ma poche. Mario a jeté le contenu du sac dans la caisse et j'ai posé le mot sur le bar. Nous nous sommes précipités dehors en refermant la porte derrière nous.

Le souffle court, Mario a demandé : « Qu'est-ce que tu as posé sur le bar ? »

« Un message pour le propriétaire. »

« Qu'est-ce qu'il disait ? »

« Une citation de Sénèque : "Toute cruauté vient de la faiblesse." »

Il a secoué la tête. « Regarde, la moufette est en train de rentrer. »

Réprimant mon envie de fêter ça, j'ai dit : « On l'enferme et on ramène le petit à Billy. »

14

Il était plus de 14 heures, l'heure de ma dose de caféine de l'après-midi. J'ai rempli un verre de glaçons et j'ai mis une capsule dans la machine Nespresso. Alors que le café commençait à couler, Mario m'a appelé sur un téléphone jetable.

« Hé, vite. Allume les infos. »

« Les infos ? »

« Ouais, *WINK*. Vite, avant de rater ça. Ça va commencer. Rappelle-moi. »

J'ai attrapé la télécommande et j'ai mis la chaîne locale. Ils revenaient d'une page de publicité.

La présentatrice du journal a souri. « Voici l'histoire insolite que nous vous avons promise. » Une photo du Ray's on the Bay a rempli l'écran. C'était à mon tour de sourire.

« Quand le propriétaire d'un restaurant populaire des Isles of Capri est arrivé au travail ce matin, il a été accueilli par une odeur insoutenable. Le Ray's on the Bay a eu de la visite pendant la nuit, et ce n'était pas un client payant. C'était une mouffette. »

« Pour le moment, on ignore comment la petite bestiole a réussi à entrer, mais pendant qu'elle était là, elle a arrosé le restaurant de son odeur caractéristique et désagréable. »

« Notre journaliste Melissa Carthage s'est entretenue avec le propriétaire il y a quelques instants. »

Une jeune femme vêtue d'un haut blanc a souri à la caméra. « Je suis avec Tom Lark, le propriétaire du Ray's on the Bay. Monsieur Lark, vous avez eu une sacrée surprise ce matin. »

Pendant que le propriétaire parlait, j'ai passé mon index sur la cicatrice derrière mon oreille.

« On peut dire ça. J'ai su que quelque chose n'allait pas dès que je suis sorti de la voiture. »

« À cause de l'odeur ? »

« Ouais, on ne peut pas rater cette puanteur. »

« Avez-vous une idée de la façon dont la mouffette a pu entrer dans votre restaurant ? »

« On ne sait pas comment elle s'est faufilée à l'intérieur, mais une société de dératisation va venir boucher tous les trous par lesquels elle aurait pu se glisser. »

« Comme le font les mouffettes, elle a laissé derrière elle une forte odeur. Combien de temps faudra-t-il avant que les clients osent revenir ? »

Il n'a mentionné ni le mot ni le gravier que nous avions jeté pour effrayer la bestiole. Allait-il faire le rapprochement et changer de comportement ?

Lark a dit : « On nous a dit que ça pouvait prendre de trois à six mois, mais j'ai engagé une société de décontamination qui va faire de son mieux pour raccourcir ce délai. »

« C'est long d'être fermé. »

« Oui. Après l'ouragan Ian, nous n'avions été fermés

qu'une dizaine de jours. Si ça dure plus de deux mois, nous pourrions devoir fermer définitivement. »

« Vous seriez-vous attendu à ce que quelque chose comme ça arrive un jour ? »

« Jamais de la vie. On n'a même jamais eu d'alligator sur la propriété. C'est difficile de croire les dégâts qu'une mouffette peut causer. Je vais vous dire, tenir un restaurant est déjà assez difficile sans avoir à se soucier de la faune. Franchement, comment peut-on se préparer à quelque chose comme ça ? »

Alors que le journal retournait à la présentatrice en studio, j'ai éclaté de rire. Y avait-il des mouffettes dans la Rome antique ? Quoi qu'il en soit, même Sénèque n'aurait pas pu prédire ce que nous avions orchestré.

J'ai rappelé Mario. « Salut. »

« Tu as vu ? »

« Ouais. Oh, que c'était bon ! Tu penses que ce salaud a fait le lien ? »

« Je pense que oui, mais quoi qu'il en soit, celui-là est dans le top dix. »

« Ça m'a fait un bien fou. J'espère juste qu'il ne sera pas obligé de fermer pour de bon. »

« Pourquoi ? Il le mérite. »

« Ouais, mais les gens qui y travaillent n'ont rien à voir avec ce que ce connard a fait. »

« Tu as raison. Dis, Susan et moi allons voir Tower of Power ce soir. Elle a deux billets en plus. Toi et Laura, ça vous dit de venir ? »

« Euh, je ne pense pas. »

« Pourquoi pas ? Tu adores Tower of Power. »

« On s'est un peu disputés. »

« Et alors ? Appelle-la et arrange les choses. »

« Je ne sais pas. Elle devient trop collante. »

« Oh. Je croyais que tu disais qu'elle était cool. »

« Elle l'est, mais on a besoin d'un break ou un truc du genre. Et l'amie de Susan, celle avec les longs cheveux blonds ? »

« Laquelle ? »

« La fille qui travaille au cabinet de dermatologie. »

« Comment tu sais que Karen travaille là-bas ? Tu te fais faire des injections de Botox ? »

« Ouais, c'est ça. Vois si elle veut venir. Je ne veux pas tenir la chandelle. »

« Ça va être un super concert. »

« Tiens-moi au courant. »

« Ça marche. »

J'ai pris mon portable habituel et j'ai vérifié mes messages. Rien de Laura. Je lui en ai tapé un : *Salut, comment vas-tu ?*

J'ai fixé l'écran, espérant une réponse rapide. Rien n'est arrivé. J'ai essayé de m'accrocher à l'euphorie de l'épisode de la mouffette, mais c'était comme essayer de retenir de l'eau dans ma main.

En finissant mon café glacé, le téléphone a sonné. Je l'ai décroché. « Allô, salut. »

Une voix de baryton a beuglé : « Si tu tiens à ta peau, occupe-toi de tes putains d'affaires. »

« Quoi ? »

« Vous m'avez entendu. »

« Qui est à l'appareil ? »

Clic.

J'ai rappelé le numéro ; c'était un numéro masqué avec un message indiquant que la messagerie vocale n'avait pas été configurée.

Y avait-il un moyen de le tracer ? Je demanderais de l'aide à mes contacts dans les forces de l'ordre, mais avant de passer cet appel, j'ai parcouru mon Rolodex mental. De toutes les affaires sur lesquelles j'avais travaillé ces derniers mois, personne d'impliqué ne se serait emporté de la sorte.

Je me suis raidi. Sauf une.

Était-ce lié à notre recherche de quelque chose pour envoyer Royal en prison pour un long moment ? L'intimidation était son style, et si ça ne marchait pas, il enchaînait avec la violence.

Mais nous avions été prudents, comme toujours. Notre réseau n'avait jamais de fuites. Larson avait un côté Téflon, et j'avais appris de lui, forçant Mario à adopter la même approche à plusieurs niveaux.

Mes épaules se sont détendues. Nous avions déjà balancé sur Royal. Les informations avaient été transmises. L'interlocuteur a dit de ne pas me mêler de leurs affaires. Peut-être que Royal ne savait pas que nous avions obtenu quelque chose. Il avait le bras long, mais mon système s'était avéré infaillible.

Je me suis senti sourire. La semaine dernière, je faisais mes courses chez Trader Joe's. En attrapant une boîte de céréales, j'ai entendu mon nom.

« C'est toi, Beck ? »

C'était mon ancienne voisine quand j'habitais à Kensington. « Salut, comment vas-tu, Marilyn ? »

Elle a froncé les sourcils. « Je tiens le coup. »

« Tout va bien ? »

« Ma sœur, Genna, tu te souviens d'elle ? »

« Bien sûr. On s'est vus plusieurs fois. »

« Elle adorait ton Toby. Comment va-t-il ? »

Elle avait gardé mon chien quand je partais pour la nuit. « Il va très bien. Et ta sœur ? »

« Elle est décédée il y a environ deux mois. »

« Je suis vraiment désolé. Elle était malade ? »

« Un cancer de l'estomac. Ça a été affreux, mais maintenant, elle ne souffre plus. »

« Ce n'est jamais facile de faire son deuil. » Et j'en savais quelque chose.

« C'est sûr, et ce qui rend les choses encore pires, c'est la querelle pour sa succession. Et ce n'est pas comme si elle avait beaucoup d'argent. »

« Oh non ! Ça a l'air terrible. Qu'est-ce qui se passe ? »

« Mon frère Frank, avant que Genna ne soit morte, il lui a fait signer un nouveau testament qui, en gros, m'excluait. Je n'ai pas besoin de l'argent, mais ça me met hors de moi. »

Frank était une grande gueule. « C'est arrivé peu de temps avant sa mort ? »

« Oh oui, environ une semaine avant. Une aide-soignante m'en a parlé, et quand j'ai demandé à Genna, elle m'a dit qu'elle ne voulait plus se battre. »

« Est-ce que ta sœur prenait des antidouleurs ? »

Marilyn a hoché la tête. « Ouais. Elle avait besoin de fortes doses pour contrôler la douleur, et parfois, ça ne suffisait même pas. C'était très difficile de la voir souffrir. »

« Je suis vraiment navré d'entendre ça. Si tu permets, tu as légalement le droit de faire annuler le testament qu'elle a signé. »

« Que veux-tu dire ? »

« Le fait de souffrir et de prendre des antidouleurs signifie que ta sœur n'était pas saine d'esprit pour prendre une décision aussi importante. »

« Il l'a manipulée. »

« C'est possible, mais dans tous les cas, ce n'est pas juste, et tu ne devrais pas laisser faire. »

« Qu'est-ce que je peux faire ? »

« Laisse-moi appeler un bon ami. Il est spécialisé en droit des successions. Je vais te prendre un rendez-vous. »

Le sentiment de malaise que Marilyn avait provoqué en m'enlaçant m'est revenu.

En remuant les épaules, la mauvaise sensation s'est estompée. L'appel devait venir de son frère, cette grande gueule de Frank. Le nouveau testament avait été annulé. Marilyn avait touché son héritage, et Frank était furieux contre moi.

15

Coiffée d'une casquette de baseball par-dessus une perruque blonde à queue de cheval, j'ai ouvert la porte. Il flottait une légère odeur de Lysol dans l'air. Toute la salle d'audience était debout pendant que le juge se dirigeait d'un pas lourd vers son fauteuil.

Personne n'a tourné la tête alors que je me glissais au dernier rang. Tandis que les gens regagnaient leurs sièges, j'ai repéré la tête noire et luisante de Nathan Royal. Pris en sandwich entre deux avocats en costume bleu, le costume gris clair de Royal ne laissait aucun doute sur l'identité de l'accusé.

Assise derrière le procureur se trouvait la femme que Royal avait battue presque à mort. Les épaules droites comme un marine, Cece Garner m'a fait envisager d'abandonner mon déguisement tandis que le greffier remettait une pile de papiers au juge.

Royal était comme un parrain de la mafia à l'ancienne : il ne donnait jamais d'ordres directs à quiconque exécutait un crime pour lui. Le fait de faire passer ses volontés par le filtre de plusieurs intermédiaires était une des raisons principales pour lesquelles Royal échappait aux poursuites. Qualifier Royal d'insaisissable revenait à dire que de la lave volcanique en fusion était tiède.

Quand je travaillais pour Larson, j'avais eu affaire à Royal. Larson m'avait mise en garde contre lui, mais lors d'une mission difficile impliquant de l'alcool de contrebande, Royal m'avait fourni des informations clés. Il s'était montré utile pour une autre affaire, mais à mesure que je me rapprochais de son cercle intime, un sentiment de malaise s'était transformé en répulsion. Quand Royal voulait quelque chose, les limites n'étaient pas franchies, elles étaient pulvérisées.

Le premier choc s'est produit il y a dix ans. Eddie Harris, un voyou et homme de main pour l'activité de prêt sur gage de Royal, avait été arrêté pour avoir cassé la jambe du fils d'un homme en retard de paiement.

C'était une affaire toute simple qui aurait dû envoyer Harris en prison pour au moins dix ans. Deux semaines avant le début de son procès, le fils de dix ans du juge a été enlevé dans la rue et jeté dans une camionnette.

Les spéculations ont attribué l'enlèvement à quelqu'un que le juge avait condamné. La veille du début du procès, le gamin a été relâché sain et sauf près de Babcock Ranch. Le gang de Royal a été suspecté, mais il n'y avait aucune preuve pour procéder à une arrestation.

Pendant le procès, le juge a rendu plusieurs décisions douteuses en faveur de Harris, et l'adolescent dont la jambe avait été cassée a fait marche arrière comme un champion olympique au moment d'identifier Harris comme son agresseur. L'affaire contre Harris s'est effondrée, et il a été déclaré non coupable.

Cette intimidation effrontée a forcé le comté à renforcer la sécurité des juges et de leurs familles.

Harris n'était pas dans la salle d'audience aujourd'hui, mais Royal avait rempli deux rangées avec ses associés. Un colosse surdimensionné assis derrière Royal s'est levé, scrutant l'assistance. La seule chose plus ridicule que cette montagne au front tatoué portant un costume cher aurait été qu'il porte un tutu.

En balayant du regard le fond de la salle, il s'est arrêté, me regardant droit dans les yeux. J'ai soutenu son regard. Ses sourcils se sont haussés. Je ne connaissais pas cette brute. Est-ce que lui me connaissait ?

Il s'est rassis et a murmuré à l'homme à côté de lui. Le juge s'est raclé la gorge, et l'huissier a déclaré la séance ouverte.

Le procureur a dit : « Monsieur le Juge, puis-je approcher ? »

« Oui. »

Parlant à voix basse, le procureur a remis plusieurs documents au juge. Après les avoir lus, le juge a regardé Royal et ses avocats. « Maître Temple, veuillez approcher. »

L'avocat de Royal s'est exécuté. Quelques secondes plus tard, il a levé les mains au ciel. L'avocat est retourné précipitamment à sa table avec des copies de la rétractation.

Royal a secoué la tête pendant que son avocat l'informait que son alibi était contesté. Un des hommes de Royal s'est penché par-dessus la balustrade, demandant à Royal ce qui se passait. L'huissier lui a ordonné de s'asseoir tandis que Royal disait que les témoins mentaient.

Une vague de jurons et de promesses vengeresses a provoqué un coup de marteau. « Silence ! Je demande le silence, ou je vous fais expulser ! »

La salle s'est calmée et le juge a dit : « Nous allons interrompre le cours normal de cette procédure, car une question essentielle a été portée à l'attention de la cour. »

Le procureur Jenkins a dit : « L'État appelle Jeremiah Carlton à la barre. »

Les portes du fond de la salle d'audience se sont ouvertes, et un garde a escorté Carlton jusqu'à la barre des témoins. Le témoin gardait la tête baissée en descendant l'allée. Une cascade de sifflements a éclaté lorsque Carlton est entré dans l'enceinte du tribunal.

Le marteau s'est abattu. « C'est votre dernier avertissement ! »

Dûment assermenté, Carlton fixait ses mains. Jenkins lui a tendu un papier. « Monsieur Carlton, est-ce votre déclaration ? »

« Ouais. »

« Vous comprenez qu'avec cette rétractation, vous annulez votre précédent témoignage concernant la localisation de M. Royal la nuit où Cece Garner a été sauvagement battue. Est-ce exact ? »

« Oui. »

« Dites à la cour où se trouvait M. Royal lorsque Mme Garner a été agressée. »

« Je sais pas. J'étais pas avec lui. »

« Où étiez-vous ? »

« Moi et Sean, on était chez moi. »

« Est-ce que M. Royal était là, avec vous ? »

« Non. Je sais pas où il était. »

« Pourquoi avez-vous initialement dit que vous étiez avec M. Royal ? »

Carlton a haussé les épaules. « Royal a dit qu'il avait besoin d'un service. »

« M. Royal vous a demandé de mentir pour lui, afin de lui fournir un alibi ? »

« On se connaît depuis longtemps… J'essayais juste d'aider un pote. »

« Allez-vous changer votre témoignage à nouveau ? »

Il a secoué la tête. « Nan. C'est tout, mec. »

« Pas d'autres questions. À vous, Maître. »

Temple a tapoté l'avant-bras de Royal avant de se lever. « Monsieur Carlton, vous, et j'ajouterai, M. Brown, avez fourni des informations détaillées et spécifiques dans le témoignage que vous avez donné il y a un jour à cette même barre. Comment pouvez-vous vous attendre à ce que le jury vous croie maintenant ? »

« Parce que c'est la vérité, mec. »

« Les gens disent beaucoup de choses qu'ils ne pensent pas en échange de quelque chose. N'est-ce pas, monsieur Carlton ? »

« Objection ! »

« Objection retenue. »

« Permettez-moi de reformuler. Monsieur Carlton, que vous a-t-on offert en échange de votre changement de version ? »

Carlton a regardé Jenkins, qui a hoché la tête. « Ils m'ont tiré d'affaire. »

« Quelle affaire ? »

« Bah, on s'est fait choper pour trafic. »

« Et le procureur a accepté d'abandonner les charges contre vous en échange de votre nouveau témoignage ? »

« Ouais, et ils vont me faire sortir d'ici. »

« Sortir d'ici ? Qu'est-ce que ça veut dire ? »

« Vous savez, le truc de la protection des témoins. »

Temple a souri. « L'État vous a-t-il soudoyé avec autre chose ? »

« Objection ! L'État prouvera qu'il n'y a eu aucune subornation et que monsieur Carlton s'est vu offrir une protection en échange de son témoignage, car il craint pour sa vie. »

« Rejetée. Vous aurez l'occasion de clarifier lors du contre-interrogatoire. Continuez, maître Temple, mais faites attention à vos descriptions. »

« Monsieur Carlton, le parjure est un crime. Si j'étais vous, je réfléchirais très sérieusement à l'accord que vous avez passé. Admettez que vous avez changé votre témoignage pour vous sauver, et que votre déposition initiale sur les allées et venues de monsieur Royal était la vérité. Êtes-vous prêt à le faire ? »

Il a secoué la tête. « Non. »

« Pourquoi pas ? »

« Comme j'ai dit, c'est la vérité. »

Temple s'est tourné vers le jury. « Vous ne pouvez pas faire confiance à quelqu'un comme monsieur Carlton ou son complice, monsieur Brown. Ces deux-là ont un long casier judiciaire et, comme on dit, ils vendraient leur mère pour éviter la prison. Monsieur Carlton a changé son témoignage en échange d'un accord en or avec l'État. Je n'ai pas d'autres questions, mais je vais déposer une motion pour faire annuler la dernière version du témoignage de monsieur Carlton et de monsieur Brown. »

Le juge Wilkins a dit : « Étant donné la probabilité que le témoignage ait été faussé par l'offre de l'État, la cour va suspendre l'audience pour examiner sérieusement cette déposition. La séance est suspendue pour une heure. »

Jenkins s'est levé. « Monsieur le Juge, l'État démontrera

que la motivation de monsieur Carlton était, en fait, pure, même si elle a nécessité un peu d'incitation. »

« Gardez ça pour votre mémoire, Maître. » Wilkins a frappé avec son marteau. « La séance est levée. »

Je suis resté abasourdi pendant que les hommes de main de Royal se donnaient des claques dans le dos. Royal allait s'en tirer. Encore une fois.

16

L'HUISSIER A HURLÉ : « VEUILLEZ VOUS LEVER POUR l'honorable juge Syd Wilkins. »

Wilkins s'est installé dans son fauteuil tandis que les personnes présentes reprenaient leur place. Il a déclaré : « J'ai décidé de laisser cette procédure se poursuivre. »

Un murmure grandissant a été étouffé par un coup de marteau. « Maître Jenkins, appelez votre prochain témoin. »

« L'État appelle Yakov Dubnik à la barre. »

Les portes de la salle d'audience se sont ouvertes, et un homme de petite taille, vêtu d'une chemise marron et d'un pantalon kaki, a été escorté jusqu'à la barre des témoins. Après qu'il eut prêté serment, Jenkins lui a demandé d'épeler son nom et de donner son adresse. L'accent est-européen de Dubnik s'est fait entendre tandis qu'il répondait.

« Que faites-vous dans la vie, monsieur Dubnik ? »

« Je suis mécanicien pour Home Tech. On répare des appareils électroménagers, comme des réfrigérateurs. »

« S'il vous plaît, parlez lentement, monsieur. »

« D'accord, d'accord. »

« Monsieur Dubnik, avez-vous d'autres emplois ? »

« Je suis chauffeur pour Uber et Lyft pour arrondir mes fins de mois. »

« Et quand conduisez-vous pour eux ? »

« Trois soirs par semaine : le lundi, le mercredi et le jeudi. »

« À quelles heures conduisez-vous habituellement ces jours-là ? »

« De dix-neuf heures à minuit. »

« Y a-t-il beaucoup de clients à prendre en charge pendant ces heures ? »

« Parfois, mais quand c'est calme, je livre de la nourriture. »

« Via l'application Uber ? »

« Oui, ça s'appelle Uber Eats. Ils ne paient pas beaucoup, mais on reçoit des pourboires, la plupart du temps. »

« Je m'intéresse aux livraisons de repas que vous avez faites. Avez-vous un relevé des livraisons du 1er mai 2023 ? »

« Oui. »

« Qui génère ce registre ? »

« Uber. Ça se trouve dans la section des rapports, sous "revenus". »

« Et que contient ce rapport ? »

« Euh, le restaurant où j'ai pris la commande, à qui elle était destinée, et, euh, le montant de ma part. »

« Et la date ? »

« Ah oui, j'oubliais ; il y a aussi la date et l'heure. »

« Qui génère ce rapport ? »

« C'est Uber. »

Jenkins s'est dirigé vers la table de l'accusation et a ramassé deux feuilles de papier. Il en a déposé une sur la table de la défense et s'est approché de la barre. « Monsieur Dubnik, pouvez-vous dire à la cour ce qu'est ce document ? »

« Oui, c'est le relevé Uber du premier mai. »

« Le relevé de quel chauffeur ? »

« Oh, le mien. Il contient les courses que j'ai faites ce soir-là. »

« Parlez à la cour de la troisième livraison de repas que vous avez effectuée, le soir du premier mai. »

Il a fait glisser son doigt sur le document. « Euh, à 20 h 37, j'ai pris une commande chez Sushi Thai Too, sur Airport Pulling Road, et je l'ai livrée au 312, 104e Rue. »

« À Naples ? »

« Oui. »

« À quelle heure êtes-vous arrivé à l'adresse de la 104e Rue ? »

« Vingt heures cinquante et une. »

Jenkins s'est tourné vers les jurés. « La maison où M. Dubnik a livré est louée par le même M. Carlton qui a témoigné plus tôt. »

Temple s'est levé. « Objection. Ce n'est pas parce qu'un repas a été livré que M. Carlton était présent. »

« Rejetée. »

Jenkins a pivoté. « Oui, c'est vrai, une livraison, en soi, ne prouve rien. » Il a pris une télécommande à la table de la défense. « Cependant, comme vous le verrez sur l'écran, nous pouvons prouver que M. Carlton était bien là. »

« Objection. Nous n'avons aucun moyen de vérifier si ceci a été falsifié. »

Le juge Wilkins a dit : « Rejetée. Cela pourra être vérifié plus tard. Je l'autorise. Veuillez continuer, Maître Jenkins. »

« Monsieur Dubnik, utilisez-vous une caméra lorsque vous conduisez pour Uber ? »

« Oui. Tout le temps. Naples est une ville sûre, mais on ne sait jamais à qui on a affaire, et en cas d'accident, ça peut prouver qui était en faute. »

« Merci. »

« Oh, et ça me fait aussi économiser sur l'assurance. »

« C'est une bonne chose. Et où se trouvent les caméras ? »

« J'en ai deux, une sur le tableau de bord et une près de mon rétroviseur central qui filme la banquette arrière et la lunette arrière. »

« Merci. Avant de lancer cet enregistrement, permettez-moi de rappeler au jury que cette vidéo va de 20 h 49, moment où M. Dubnik s'est garé dans l'allée de la maison située au 312, 104ᵉ Rue, à 20 h 52, lorsqu'il en sort en marche arrière. M. Royal est accusé d'avoir agressé Mme Garner le même soir à 20 h 45, à un endroit situé à au moins vingt, voire trente minutes de là. »

L'écran s'est allumé et Jenkins a appuyé sur lecture. Des phares éclairant le chemin, le capot d'une voiture argentée est entré dans une allée. Jenkins a mis la vidéo sur pause. « Au-dessus du garage, l'adresse de la maison est visible. Continuons. »

La voiture s'est arrêtée et, dix secondes plus tard, Dubnik est apparu, transportant deux sacs. Il a frappé à la porte et celle-ci s'est ouverte. La vidéo s'est de nouveau arrêtée. « Permettez-moi de zoomer. Vous pouvez voir qu'il s'agit bien de M. Carlton et qu'il est 20 h 50. »

La vidéo a avancé au ralenti. Un autre homme est entré dans le champ, et Jenkins l'a de nouveau arrêtée. « Celui-ci, mesdames et messieurs, c'est M. Brown. »

Il s'est approché de la barre des témoins. « Monsieur Dubnik, pouvez-vous nous dire pourquoi les deux hommes sont venus à la porte ? »

« Le premier n'avait pas d'argent pour le pourboire, alors l'autre est venu et m'a donné un billet de dix dollars. »

Jenkins a souri. « Très gentil de sa part. Maintenant, pouvez-vous dire ce qu'ils faisaient dans la maison ? »

« Je ne suis pas sûr, mais à la télé, on aurait dit qu'ils jouaient à un jeu vidéo. »

« Laissez-moi passer le reste de la vidéo. »

Dubnik s'est dirigé vers sa voiture et, une minute plus tard, celle-ci s'est éloignée du garage en marche arrière.

Jenkins a dit : « Nous allons repasser cet enregistrement, et bien que l'État ait proposé d'abandonner les charges qui pèsent contre Messieurs Brown et Carlton, cette vidéo prouve, sans l'ombre d'un doute, qu'ils n'étaient pas avec M. Royal au moment où l'agression contre Mme Garner a eu lieu. »

« Objection. »

« Rejetée. »

Jenkins a souri. « Permettez-moi de conclure en ajoutant que, concernant la détention préventive pour leur protection que l'État a accordée à Messieurs Carlton et Brown, c'était par crainte pour leur vie. Ils y ont tous deux insisté comme condition pour enfin dire la vérité. »

Voir l'étau se resserrer autour du cou de Royal aurait dû me réjouir. Au lieu de ça, des graines de doute s'insinuaient en moi. M'efforçant de ne pas les arroser, je me suis dirigé vers la sortie, me rassurant en me disant que je n'avais pas exagéré en essayant de coincer Royal.

Les mains sur la porte, j'ai entendu ce qui ressemblait à mon nom. Je me suis retourné. L'un des hommes de Royal me pointait du doigt. Son pouce était levé, imitant un pistolet.

17

En passant devant Yabba, j'ai tourné dans Sugden Plaza. Le dos tourné à Ocean Prime, je me suis assis sur le rebord et j'ai balayé du regard la foule de l'après-midi. Des enfants entouraient un homme qui sculptait des ballons en forme de personnages, récoltant un billet de dix dollars d'un parent toutes les deux minutes.

Mario s'est glissé à côté de moi. « Il y a du monde, ici. »

J'ai murmuré : « De qui tu tiens ces informations ? »

« De quoi tu parles ? »

J'ai murmuré : « Royal. »

« J'ai tout recoupé moi-même. »

« Comment ? »

« En parlant à une tonne de contacts. J'ai commencé à entendre dire que Carlton et Brown traînaient avec un autre type, et j'ai remonté sa piste. »

« Qui ? »

« Troy Center. Carlton a grandi avec lui. »

« Il travaille pour Royal ? »

« Non. Il est mécano chez Tuffy's. »

« Il était chez Carlton ce soir-là ? »

« Ouais. Je lui ai demandé ce qu'ils faisaient et, quand il m'a dit qu'ils avaient commandé chez Sushi Thai Too, j'ai retrouvé le livreur grâce aux images de vidéosurveillance du restaurant. »

« À qui tu l'as dit ? »

« À personne. »

J'ai levé les yeux au ciel.

« Je te jure. Je n'ai rien dit. »

J'ai sifflé : « Royal sait que ça vient de nous. »

« Tu en es sûr ? »

« Sûr à mille pour cent. »

Mario a ricané. « Il va en prendre pour un bon moment. »

« Peut-être, mais il va s'en prendre à ceux qui l'ont mis là. »

« Détends-toi. Il sera derrière les barreaux. C'est quand, le verdict ? »

« Tu te rends compte à quel point tu es naïf ? »

« Qu'est-ce que tu veux dire ? J'ai entendu dire qu'ils allaient l'envoyer à la prison d'État de Floride, près de Jacksonville. »

« Royal a le bras long. »

« Il a d'autres chats à fouetter. Ne deviens pas parano. »

« Tu as tout faux. Royal va avoir le temps de ruminer sur l'identité de ceux qui l'ont fait tomber. »

« C'est bon, j'ai compris. Tu veux faire quoi ? »

« J'ai une idée. »

Après lui avoir exposé mon plan, Mario a dit : « Ça devrait marcher. »

« Je le crois aussi. » Je me suis levé. « Mettons-nous au boulot. »

« Attends une seconde. »

« Quoi ? »

« Peterson a dit que ça ne posait aucun problème de payer les trois cent mille dollars. »

« Bien. »

« On aurait dû demander plus. Je t'avais dit qu'il était plein aux as. »

« Ne sois pas trop gourmand. Sénèque a dit : "N'est pas pauvre celui qui a peu, mais celui qui en désire plus." »

« Et voilà, ça recommence. »

« C'est vrai. Maintenant, occupe-toi de l'affaire Royal. »

———

Le Dr Bernie Schwartz avait son cabinet dans le grand immeuble de bureaux à l'angle de Vanderbilt Beach Road et de Tamiami Trail. Je suis entré dans la tour de verre vert et j'ai consulté l'annuaire. Il était rempli de cabinets d'avocats et de compagnies d'assurances.

Le seul cabinet médical était Schwartz Podiatry. L'unique personne dans sa salle d'attente, une femme, était au comptoir en train de parler à la secrétaire.

Pendant que je m'enregistrais, la femme demandait un rendez-vous un vendredi, et la secrétaire lui a répondu que le Dr Schwartz ne consultait que le mardi. Je ne me souvenais pas d'avoir vu que Schwartz avait un autre cabinet.

La femme a pris son prochain rendez-vous et est partie. Une minute plus tard, on m'a fait entrer dans une petite salle d'examen. Schwartz est entré d'un pas vif, me tendant la main. « Monsieur Beck, ravi de vous rencontrer. »

« Bonjour, Docteur. »

« Qu'est-ce qui vous amène ? »

« Mon pied. Il me fait mal. Parfois, ça va, et puis tout à coup, je ressens une douleur aiguë. »

« Voyons voir. » Il a désigné la table d'examen recouverte de papier. « Asseyez-vous et enlevez votre chaussure. »

J'ai toussé en défaisant mes lacets.

Enfilant des gants, il a dit : « Reculez un peu. »

L'arrière de ma gorge me picotait, mais j'ai réprimé une toux.

Il a roulé un tabouret vers lui et a commencé à palper. « Une douleur ? »

« Non. Oh, là, oui. »

Il a passé un doigt le long de la zone avant mes orteils. « Rien de visible de l'extérieur. Faisons une radio. Je reviens tout de suite. »

Il a poussé un chariot dans la pièce. « Montez là-dessus. » Il a cliqué deux fois et a ajusté la machine au-dessus de mon pied. « Ne bougez pas. » Deux autres clics.

« On va voir ce qui se passe. Dieu merci, les radios sont numériques de nos jours. »

Il a regardé l'écran. « Quand est-ce que ça a commencé à vous gêner ? »

« Il y a environ deux semaines. En descendant du chariot élévateur, j'ai fait : aïe, ouille. »

« C'est arrivé au travail ? »

« Oui, c'est là que je l'ai remarqué pour la première fois. Pourquoi ? Qu'est-ce que c'est ? »

« C'est difficile à dire avec certitude, mais je dirais que c'est probablement une fracture de fatigue. »

« Vous voulez dire, comme un os cassé dans le pied ? »

« Oui, ce type de fracture est une fissure capillaire dans les os du pied. »

« Je n'arrive pas à y croire. Et ça ne se voit pas à la radio ? »

« Ce n'est pas inhabituel. »

« Ouah. Qui l'eût cru ? »

« La plupart des gens l'ignorent. Mais dites-moi, vous montez et descendez souvent du chariot élévateur ? »

J'ai toussé en disant : « Bien sûr, une cinquantaine de fois par jour. »

« On dirait un problème de stress répétitif. »

« C'est possible. Enfin, je veux dire, je monte et je descends souvent d'un bond. »

« Nous devrions vous faire passer un test d'ostéoporose. C'est peut-être pour ça que vous y êtes sujet. »

« Que peut-on y faire ? »

« Eh bien, ce genre de blessure guérit avec le temps, à condition que vous n'aggraviez pas les choses. »

« Donc, il n'y a rien que je puisse faire ? »

« C'est un accident du travail. Je vous suggère de tenir votre employeur pour responsable. »

« Je ne comprends pas. »

Il a ouvert un tiroir de son bureau et m'a tendu une carte de visite. « C'est un avocat avec qui je travaille. Il peut vous aider à récupérer vos salaires perdus, plus un dédommagement confortable pour compenser vos douleurs et vos souffrances. »

« Un avocat ? »

« Oui. Son cabinet est juste au bout du couloir. Je peux vous obtenir un rendez-vous avec lui immédiatement. »

« Mais… » J'ai été pris d'une petite quinte de toux. Schwartz a fouillé dans sa poche et m'a offert une pastille. J'aurais préféré accepter un brownie de Snoop Dogg. « Ça va aller. »

« Nous allons vous faire une ordonnance pour des béquilles. Je ne veux pas que vous preniez appui dessus. Quand vous le pouvez, surélevez le pied ; ça aidera à réduire un éventuel gonflement. »

« Mais il n'est pas gonflé. »

Il a ouvert la porte. « Allez voir M. Stein et revenez pour une autre consultation mardi prochain. »

« Le mardi, ça ne m'arrange pas. »

« Je suis désolé, je ne vois des patients qu'une fois par semaine. »

« Seulement une fois par semaine ? Pourquoi ? »

« Mon activité principale, ces temps-ci, est d'intervenir comme témoin expert dans les procédures judiciaires. »

Après avoir pris un rendez-vous que je n'avais aucune intention d'honorer, je me suis dirigé vers ma voiture. Schwartz et les avocats avec qui il travaillait ne valaient pas mieux que les cliniques antidouleur qui distribuaient des ordonnances d'opioïdes sans aucun fondement médical.

Il ne faisait pas l'ombre d'un doute que le Dr Schwartz avait inventé une fracture de fatigue pour innocenter Brett Caden.

18

Un flot de voitures se déversait dans le marché aux puces Flamingo Island de Bonita. En me faufilant entre deux immenses jardinières, je suis sorti sur un chemin de service en terre battue. Le stand de poterie était si encombré d'articles que je me suis demandé comment quiconque pouvait y acheter quoi que ce soit.

Le soleil tapait sur ma casquette de baseball. La tente principale était bondée. Il était difficile de savoir qui faisait des achats, qui flânait ou qui cherchait simplement quelque chose à faire.

L'odeur de cannelle m'a attiré vers une table qui vendait de l'encens et des bougies. J'ai senti une tape sur mon épaule ; c'était l'inspecteur Moreno.

« Tu prépares une séance de spiritisme ? »

Nous avons descendu l'allée, en passant devant un stand qui vendait des matelas. « Je ne crois pas à ces trucs. »

« Moi non plus, mais qu'est-ce qui se passe quand on est mort, à ton avis ? »

« J'ai peur que rien ne se passe. »

« Pas de paradis ou d'enfer ? »

« Je pense que le mieux que nous puissions espérer, c'est que notre esprit aille dans autre chose ou dans un autre univers. »

« Il doit bien y avoir de la vie quelque part. »

« Probablement, mais quant à savoir si on y va après la mort, c'est pour le moins discutable. »

« Il faut profiter au maximum du temps qu'on a. »

« Ouais. Écoute, on a besoin d'un coup de main avec Royal. Je pense qu'il sait que c'est nous qui avons fourni les infos pour sceller sa condamnation. »

« De quoi as-tu besoin ? »

« De quelques indices pas très discrets qui mèneraient à un ou deux de ses hommes. »

« Une diversion, pour faire croire que ça vient de l'intérieur ? »

J'ai hoché la tête. « Il y a deux types à qui tu dois faire porter le chapeau : Rico Sanchez et Bobby Cash. Ils sont tous les deux proches de Carlton et de Brown. »

« Je les connais. Ils gèrent le réseau de prostitution pour Royal. »

« Exactement. Rends-leur visite une ou deux fois ; assure-toi que tout le monde te voie leur parler. Il faut qu'on ait l'impression qu'ils ont balancé Royal. »

« Pas de problème. On peut faire ça. »

« J'espère que ça le détournera de notre piste. »

« Ça devrait. »

« Ouais, s'il n'a personne pour lui filer des infos. »

« Au bureau du shérif ? »

« Ouais. »

« Jamais de la vie. »

« N'en sois pas si sûr. Royal distribue de l'argent depuis près de vingt ans. »

« Je n'y crois pas une seconde. »

« Ah ouais ? Tu te souviens de Cortez ? »

« C'était un cas isolé, et c'était un bleu. »

« Et cette employée civile à l'administration ? »

Il a mis les mains sur ses hanches.

J'ai dit : « J'essaie juste de te faire comprendre que Royal a acheté pas mal de monde. »

« Ouais. »

« S'il te plaît, ne dis à personne ce que tu fais, sauf à ceux qui ont besoin de savoir. »

Nous nous sommes séparés. Je me suis faufilé entre les étals et j'ai tourné les talons. Une silhouette coiffée d'un chapeau de paille s'est esquivée. Je suis revenu sur mes pas, mais je n'ai vu personne. Apercevant un stand qui vendait des livres, je m'en suis approché, faisant semblant de regarder.

En attrapant un livre sur le côté gauche de la table, un autre homme est apparu dans mon champ de vision. Il me regardait droit dans les yeux. Il a détourné le regard. J'ai acheté deux livres de poche et je me suis dirigé vers le parking.

Je me suis engagé sur Bonita Beach Road et, au premier feu, j'ai envoyé un SMS à Mario. Gardant les yeux sur mon rétroviseur, j'ai filé vers l'ouest et j'ai tourné à gauche sur Tamiami Trail.

Après avoir roulé plusieurs kilomètres vers le sud, je suis entré dans un centre commercial et je me suis garé. J'ai surveillé l'entrée. Rien ne semblait suspect.

La BMW de Mario est arrivée. Je suis sorti et j'ai marché en direction de Five Guys.

Nous avons emporté nos hamburgers à une table faisant face à l'entrée. J'ai dit : « Je suis quasi sûr qu'on me suivait. »

« Quoi ? »

Je lui ai raconté ce qui s'était passé au marché aux puces. Il a pris une bouchée et s'est tamponné le menton avec une serviette. « Tu es parano. »

« Écoute, je n'ai de comptes à rendre à personne. D'accord ? J'essaie de te dire qu'on doit être sur nos gardes. »

« Je le suis. »

J'ai ricané : « Tu avais le nez collé sur ton téléphone en arrivant. »

« Crois-moi, je suis sur le qui-vive. Mais je dois dire que je ne pense pas que Royal va bouger le petit doigt. Il doit avoir d'autres chats à fouetter, mec. Il va être condamné dans deux jours. »

« On devrait quitter la ville pour quelques jours. »

« Je croyais qu'on était d'accord tous les deux, on a fini de fuir. »

« Ce n'est pas fuir ; c'est être prudent. »

Il a pris une autre bouchée, marmonnant : « Appelle ça comme tu veux. »

« Je veille sur toi, sur nous deux. Quand on se serre les coudes, tout se passe toujours bien. »

« Je sais, frérot. Mais Royal te rend parano. »

« Pour de bonnes raisons. Tu sais de quoi il est capable. »

« Tuer n'est pas son style. »

« Mais mutiler, oui. Je tiens à garder mon joli minois. »

Il a gloussé : « C'est comme ça que Karen t'a appelé ? "Joli" ? »

Elle l'avait fait. « Je ne sais pas. »

« Tu vas la revoir ? »

Je n'en avais pas l'intention. « Peut-être. »

« Tu devrais. Elle a dit à Susan qu'elle t'aimait vraiment bien. »

« On est en primaire ou quoi ? »

« Tu te souviens quand tu craquais pour Sabrina ? »

C'était la seule fille de sixième qui avait des seins. « Ne nous égarons pas. Je vais monter à St. Pete pour quelques jours. »

« Vraiment ? »

« Tu devrais venir. Je veux dire, prends ton propre appart et tout ça. »

« On peut partager, comme au bon vieux temps. »

« Je me sens claustrophobe rien qu'en pensant à notre ancienne chambre. »

« Laquelle ? »

J'ai dit : « Chez les Mahoney. Ce n'était pas une chambre, c'était un foutu placard. »

« Amen. On est restés là-bas combien de temps ? »

« Deux ans. »

« Petite chambre ou pas, tu peux pas comparer ça à la vie chez Bryant. Quel putain de taré, ce type. »

« Tu sais, des fois, j'aimerais qu'il ne soit pas mort. J'aimerais bien me venger de ce salaud. »

Mario a dit : « On a eu notre chance. Mais tu as dit non. Ça aurait été... »

« Tu te barres de la ville ou pas ? »

« Il faut que j'y réfléchisse. Susan et moi, on va faire du paddle demain. »

« Tu peux faire ça à St. Pete. »

« On devait y aller avec un autre couple. »

Je me suis levé. « Comme tu veux. Mais ne viens pas dire que je ne t'ai pas prévenu. »

Il m'a suivi jusqu'à la porte. « Je pige ce que tu dis, mais mon instinct me dit que ça va aller. »

« Se fier à son instinct, c'est de la pure paresse. C'est rien de plus qu'une supposition, un truc influencé par l'émotion. Quand tu fais le boulot, t'as pas besoin de te fier à ton instinct. »

19

Un Escalade noir s'est garé sur le bas-côté. Quelques portières se sont ouvertes. Trois armoires à glace en sont descendues. L'un des hommes a toqué à la dernière portière et Royal est sorti. Royal et ses sbires sont entrés d'un pas décidé dans le Cheetah's Lounge.

Deux femmes en string se trémoussaient sur la scène. Royal et ses hommes se sont dirigés vers l'arrière du club.

Un de ses gars a tenu la porte et Royal est entré en disant : « Rassemble les gars. On a du pain sur la planche. »

« Tu veux qu'on ferme le club ? »

« Non. Qu'est-ce qui te prend ? On doit continuer comme si de rien n'était. »

« Désolé, je n'ai pas réfléchi. »

« Ne réfléchis pas. C'est moi qui pense, ici. »

« Tu veux que j'aille chercher qui ? »

« Pluck, Fat Man, Nino et Griff. »

« Ça marche. »

Royal était assis dans un fauteuil en cuir rouge à haut

dossier. Face à lui, en demi-cercle, se tenaient quatre hommes qu'il connaissait depuis le collège. Faisant tournoyer sa chevalière, Royal a dit : « Ça va être chaud pour moi, maintenant que je ne suis plus dans le paysage pour un moment. »

Pluck était la personne la plus proche de Royal, du moins autant qu'il le permettait. « T'inquiète pas, mon frère, on tient la baraque. Personne ne viendra marcher sur tes plates-bandes. »

Royal a hoché lentement la tête. « Je ne sais pas combien de temps ça va durer, mais je reviendrai. »

« On attendra, mec. Et tout ce dont tu auras besoin quand tu seras en taule, tu l'auras. »

Nino, qui portait une cicatrice violette le long de la joue, a dit : « Putain ouais, quoi que tu veuilles, je m'en occupe. »

Royal a coupé le bout d'un cigare. « Je sais que vous assurez mes arrières, mais là, ça va être différent. »

Fat Man, dont le ventre recouvrait une bonne partie de ses cuisses, a demandé : « De quoi tu parles ? »

Royal a allumé son cigare et a tiré une bouffée. « Je ne peux pas le dire. Vous saurez quand vous saurez. Alors, tenez-vous tranquilles et ne faites pas de conneries. C'est clair ? »

« Ouais. »

« C'est Pluck qui commande pendant mon absence. Je ne veux pas de rébellion ou quoi que ce soit. Il faut qu'on reste soudés. »

Les hommes se sont fait un check du poing.

Royal a dit : « Si vous gérez bien les affaires, on restera au sommet, et vous vous ferez un max de fric. »

« C'est compris, patron. Tu n'as pas à t'en faire. »

« Il y a une chose dont vous devez vous occuper : trouver qui m'a balancé. Je ne fais confiance à personne en dehors de cette pièce. Une balance m'a mis dans la merde, et on doit lui couper les ailes, à cet enfoiré. »

Nino a dit : « Je compatis, mon frère. »

« Il est temps de remettre les pendules à l'heure. Mettez la pression et débusquez-moi cet enculé. »

Fat Man a dit : « Tu sais, un des gars de la Huitième Rue, il a dit que ce mec, Mario, celui qui bosse avec Beck… »

Royal s'est penché en avant. « Qu'est-ce qu'il a dit ? Que Beck m'a trahi ? »

« Rien de tel, mais il a dit que ce connard de Mario posait trop de questions. »

Prenant la parole pour la première fois, Griff a dit : « Carlton et moi, on est proches. Si c'est Mario qui nous a baisés, il me le dira. »

Pluck a dit : « T'es sûr de ton coup, Griff ? Carlton n'est pas un bavard. »

Faisant craquer ses doigts, Griff a dit : « Laisse-moi faire, il va cracher le morceau comme une putain de lance à incendie. »

Pluck s'est tourné vers Royal. « T'as fait affaire avec Beck. Tu penses qu'il s'est retourné ? »

« Non, mais plus rien ne me surprend. Plus personne n'a de loyauté. »

« Si c'est lui, on le saura et on lui arrachera le cœur. »

Royal a levé la main. « Si c'est Beck, je le veux vivant. »

« De quoi tu parles ? Si ce salaud nous a attiré toute cette merde, il doit cramer ! »

« Chaque chose en son temps. Ce petit Blanc peut être utile. Il connaît tout le monde en haut lieu. »

Pluck a dit : « Le patron a raison. Personne ne se fait descendre avant que Royal ne le dise. C'est compris ? »

« T'es sûr de ça, patron ? Si ça se sait qu'on est trop coulants, la rue va croire qu'on est devenus des mauviettes. »

Pluck a dit : « Alors on leur montrera que non. »

Royal s'est levé. « Très bien, les gars. On se revoit quand on se revoit. »

Les hommes ont commencé à sortir, et Royal a dit : « Pluck, reste un peu. »

Pluck a refermé la porte. « T'as pas à t'inquiéter, je vais les tenir à carreau. »

« Ils vont devenir agités. » Cigare à la bouche, il arpentait la pièce. « Tu dois être sans pitié. Si quelqu'un dévie, remets-le dans le droit chemin, et violemment. »

« Ils ne me feront pas chier. Ces mecs sont solides. »

« Écoute-moi. Des gens vont nous tomber dessus. On peut gérer ça, mais si ça vient de l'intérieur, on ne tiendra pas. Alors, garde les yeux ouverts, même quand tu dors. »

« Je gère. »

Royal a ouvert les bras, et les deux hommes se sont serré l'un contre l'autre. « Je sais. »

Rompant l'étreinte, Royal a dit : « Écoute, je vais avoir besoin de toi demain. »

« Bien sûr, mec. Qu'est-ce qui se passe ? »

« J'ai besoin de toi tôt. Retrouve-moi à la marina, à cinq heures du matin. »

« Quoi ? Cinq heures ? »

« C'est ça. Alors, lève le pied sur l'alcool ce soir. Il faut que tu sois vif. »

« Pas de problème. C'est vachement tôt. Qu'est-ce qui se trame ? »

« Tu verras demain matin, et sois à l'heure. »

« OK, pas de souci. »

« Assure-toi de prendre les clés de ton bateau. »

« D'accord. »

« Bien. Maintenant, va traquer les salopards qui m'ont vendu. »

20

LARSON FIXAIT L'HORIZON QUAND JE SUIS ARRIVÉ. « SALUT, Ray. »

« Beck, comment vas-tu ? »

« Bien. Ça fait un moment que je n'ai pas vu Vanderbilt Beach aussi calme. »

« Dieu merci. J'adore quand les touristes hivernaux commencent à rentrer chez eux. »

« La circulation n'est plus un si gros problème. »

« Ouais, et on peut avoir une table au restaurant. »

« Mais sans les saisonniers, on n'aurait pas tous ces restaurants. »

« Bien vu. »

« Tu sais que je ne suis pas un mordu de la plage, mais aujourd'hui, ouah, c'est dans le top dix. »

Larson a dit : « C'est clair. Allons faire un tour. »

J'ai laissé tomber mes tongs et nous nous sommes dirigés vers le bord de l'eau.

Nous avons croisé deux gamins qui faisaient du skimboard, et Larson a pointé du doigt. « Regarde. Il y a deux lamantins là-bas. »

« Où ça ? »

« À gauche du paddleboarder, à environ quarante-cinq mètres. »

« Ouais, je les vois. Ce sont des bestioles à l'allure bizarre. Comme un hippopotame ou un truc du genre. »

« En fait, ils sont apparentés aux éléphants. »

« Aux éléphants ? »

« Ouais, ils utilisent leurs lèvres comme un éléphant utilise sa trompe pour attraper de la nourriture. »

« Ils flottent juste dans l'eau comme une énorme vache de mer. »

« On dirait ça parce qu'ils ne peuvent pas plier le cou, mais ils peuvent nager deux fois plus vite qu'un nageur olympique. »

« T'es botaniste, ou quoi ? »

« Les botanistes étudient les plantes. Tu penses à un biologiste marin. »

« J'arrive pas à croire que j'ai confondu les mots. »

« Ça arrive même aux meilleurs. »

« Écoute, j'ai besoin de trouver tout ce que je peux sur Puzo. »

Larson s'est arrêté de marcher. « Tu vas t'en prendre à lui ? »

« C'est une ordure, il permet à d'autres salopards d'abuser du système. »

« Sans aucun doute, mais il peut être dangereux. »

« Plus dangereux que Royal ? »

« Tu as gagné. Fais juste attention, d'accord ? »

« Qu'est-ce que tu sais ? »

« D'abord, Puzo est un bon avocat. L'un des meilleurs du sud-ouest de la Floride. »

« Je cherche des casseroles, pas des éloges. »

« Je te dresse juste un portrait complet. En plus de contourner les règles, il y a eu quelques rumeurs. Puzo aime faire la fête, discrètement, mais on m'a dit qu'il aime prendre de la cocaïne quand il est avec des femmes. »

« Jamais entendu ça. T'es sûr de ton info ? »

Larson a haussé les sourcils. « Est-ce que je t'ai déjà donné une info erronée ? »

« OK, OK. »

« Il y a même eu une histoire, dont je ne peux pas confirmer tous les détails, où il a été prévenu d'une descente chez un dealer de coke qu'il avait représenté, et il est allé à la maison du type. Au moment où il montait dans sa voiture pour partir, la DEA est arrivée. »

« Que s'est-il passé ? »

« Ils ont perquisitionné l'endroit, mais n'ont rien trouvé. L'agent principal pense que Puzo a fait sortir la drogue. »

« C'est un coup dangereux pour quelqu'un comme Puzo. Pourquoi ferait-il un truc pareil ? »

« Ce n'est pas aussi risqué que ça en a l'air. Il aurait prétendu qu'il allait remettre la drogue en même temps que son client pour tenter de négocier un meilleur accord pour le dealer. »

« Plutôt malin. »

« Et comment. Puzo est connu pour tordre ou enfreindre les règles. Ils ne l'ont juste jamais attrapé. Tu te souviens de l'affaire Rudolph ? »

« Ouais, mais à part celle-là, lesquelles devrais-je examiner ? »

« Tu te souviens du procès McKenzie ? C'était à peu près à l'époque où tu as commencé à bosser pour nous. »

« Le type du food truck dont la femme a été assassinée ? »

« C'est ça. Le shérif était certain que McKenzie l'avait tuée, mais son associé, qui était un témoin clé, a changé de version. Au départ, il avait dit qu'il les avait vus se disputer et que la dernière fois qu'il avait vu la femme vivante, elle était avec McKenzie. »

« Ah ouais. L'associé a disparu juste après avoir témoigné, c'est ça ? »

« Ouais, et dix ans plus tard, presque jour pour jour, il a acheté une grande maison sur la plage dans le Panhandle. »

« Il a été payé ? »

« Peut-être. Rien que des rumeurs pour l'instant. Ils ont épluché leurs deux relevés de comptes, mais rien de suspect n'a été trouvé. Mais n'oublie pas, Puzo tenait beaucoup à être payé en liquide. »

« Du liquide. C'est intéressant. »

« Puzo s'est fait avoir par un client. Le type avait de l'argent, qui a été gelé par le gouvernement. Il a fait un chèque à Puzo, mais ils ont perdu le procès et l'argent qui couvrait le chèque a été saisi. »

« Puzo s'est fait arnaquer ? »

« Yep, c'est ce qui l'a poussé à insister pour être payé en liquide. »

« C'est une piste à creuser. Et sa famille ? »

« Divorcé, deux enfants qui vivent avec son ex. »

« Il vit dans les Moorings ? »

« Non, Puzo est à Port Royal, mais sa maison est en rénovation. »

« Des dégâts de l'ouragan Ian ? »

« Difficile à dire avec certitude. J'ai entendu dire que ce n'était pas si grave, mais Puzo s'est battu avec la compagnie d'assurances et leur a arraché un gros dédommagement. C'est une vieille maison, et il fait une rénovation totale. »

« Les avocats sont en train de ruiner le marché de l'assurance habitation. »

« Sans aucun doute. Trop de sinistres gonflés font augmenter les primes pour tout le monde. »

J'ai hoché la tête. « Ils ont commencé les travaux de rénovation de Puzo ? »

« Oui. Il n'habite pas là. »

« Je suis sûr que c'est une belle maison. »

« Tu sais, je n'y suis jamais allé, mais on m'a dit qu'elle a un grand coffre-fort, encastré dans le béton, où il garde son argent liquide. »

On avait au moins ça en commun.

21

LE CLAIR DE LUNE SE REFLÉTAIT SUR L'EAU SOMBRE. ROYAL A
sorti deux bidons d'essence de son coffre et a descendu la
jetée. Il les a posés sur la plateforme de bain de son bateau,
le *Royal's Flush*.

Il est retourné précipitamment à sa voiture et a jeté un
sac marin sur son épaule. De la main gauche, il a pris une
valise, et de la droite, un autre bidon d'essence.

Royal a mis les bidons d'essence dans le cockpit de son
bateau et la valise dans la cabine. Il a ouvert le placard sous
la console de pilotage, en a sorti son chapeau de paille et
s'est assis dans le fauteuil du capitaine.

Deux phares ont percé l'obscurité. Le regard de Royal a
suivi les feux jusqu'à une place de parking à côté de son
véhicule. C'était Pluck, qui s'est dirigé vers le bateau de
Royal et est monté à bord.

Lorgnant les bidons d'essence, il a demandé : « On va à
la pêche au gros ? »

Royal a souri. « Toi, oui, mais la prise, c'est moi. »

« De quoi tu parles ? »

« Monte dans ton bateau et suis-moi. Et pas de feux de navigation. »

« Tu me fais flipper. »

Royal a reculé de quelques pas et a fait signe à Pluck, qui l'a suivi. Royal a baissé la voix. « T'es mon bras droit. Tu le sais, ça. »

« Sans aucun doute, Royal. Je suis avec toi. »

« Pas question que j'aille en taule. On a beau avoir toute la protection du monde, c'est moi le gros poisson, et si quelqu'un me plante, il monte en grade et moi je suis un homme mort. »

« Personne ne te touchera. »

« Je ne peux pas prendre ce risque. »

« C'est quoi, ton plan ? »

« Disparaître un moment, le temps de trouver une solution. Tout est allé trop vite. Je maîtrisais la situation jusqu'à… Bref, il faut qu'on y aille. »

« Pour aller où ? »

« Suis-moi. Et pas de feux. »

Pluck est monté sur son bateau, a démarré le Sea Ray sans cabine, et a regardé Royal manœuvrer pour sortir de sa place. Pluck a jeté ses amarres sur le quai et a poussé la manette des gaz.

Royal a scruté les environs en traversant la zone de non-sillage. En arrivant dans la baie d'Estero, il a accéléré. Il a jeté un regard par-dessus son épaule dans l'obscurité. L'embarcation de Pluck était difficile à distinguer, mais c'était le seul navire en vue.

Pluck a suivi Royal dans le golfe du Mexique. Royal a mis le cap au sud-ouest. À un mille au large, il a ralenti. Il a jeté un pare-battage par-dessus bord et a fait signe à Pluck de se mettre à couple.

Alors que Pluck agrippait le flanc du bateau de Royal, son regard est tombé sur les bidons d'essence. Avant qu'il ait pu poser une question à leur sujet, Royal a commencé à se déshabiller. Pluck a dit : « Qu'est-ce qui se passe ? »

Royal a déverrouillé la porte de la cabine et est descendu sous le pont. « Amarre-toi et monte à bord. »

Enfilant une chemise neuve prise dans sa valise, il a passé la tête à l'extérieur. « Descends m'aider. »

Pluck est descendu. « C'est qui, ce putain de mec ? »

« Un sans-abri. Il va être mon double. »

« Hein ? »

« On va faire comme si mon bateau avait explosé, et il sera moi. Tu vas devoir aller voir O'Brien — et ne délègue pas ça — tu devras lui dire qu'il faut qu'il confirme que les dossiers dentaires correspondent aux miens. »

« Malin, mec. C'est super malin. »

« Quand ils trouveront le bateau, dis-leur que tu m'as vu partir seul et dis que je voulais une dernière journée sur l'eau. »

Le sourire de Pluck s'est effacé. « Mais où est-ce que tu vas te cacher ? »

« Tu le sauras quand il le faudra. J'appellerai quand ce sera sans danger. »

« Mais je t'emmène où ? »

« À Marco Island. »

« Marco, c'est pas un bon endroit pour se planquer. »

« Je n'y reste pas. »

« Tu devrais aller au Mexique. Tu pourras disparaître là-bas. »

Royal a dit : « C'est possible. Allez. Aide-moi à le porter sur le pont et à lui enfiler mes fringues. »

Ils sont ensuite montés sur l'embarcation de Pluck.

Royal s'est agenouillé sur la banquette, et Pluck s'est mis à la barre. Le nez du bateau s'est soulevé hors de l'eau quand Pluck a mis les gaz à fond. Royal s'est accroché à la rambarde. « Fonce, mec. Ça va péter. »

Pluck a regardé par-dessus son épaule. « Ça va, mec. »

« Continue d'av— »

BOUM !

« Merde, ça y est. »

BOUM !

« Ça, c'est le deuxième bidon. Cassons-nous d'ici. »

Quatre heures plus tard, Royal a posé le pied sur une partie déserte de Lower Sugarloaf Key. Longeant l'autoroute A1A, il a marché un kilomètre et demi jusqu'à la maison qu'il avait louée.

Royal a refermé la porte de la modeste demeure et a retiré la perruque à dreadlocks de sa tête. Il a posé deux téléphones prépayés qu'il avait activés à Bonita sur la table de chevet, a enlevé son pantalon et a détaché la genouillère qu'il portait pour s'assurer de boiter.

Royal s'est affalé sur le lit et a fléchi la jambe. Passant en revue son plan de discrétion, surveillant les événements avant de décider de son prochain coup, il s'est endormi.

22

À SEULEMENT TROIS MAISONS DE LA PLAGE, LE AIRBNB, LOUÉ
au nom de Larson, était plus grand que nécessaire. Il était
aussi du genre à vouloir éliminer les surprises et a peut-être
voulu donner l'impression que je n'étais pas seul.

J'ai donné une friandise à Toby, j'ai empoché mon
portable et le téléphone prépayé pour Mario, et je suis parti
me promener sur le sable. Une brise légère, du sable blanc
comme du sucre et une eau qui ressemblait plus à celle des
Caraïbes qu'à celle du Golfe, c'était le remède parfait pour
mes nerfs.

Au lieu d'abandonner mes tongs, je les ai gardées à la
main, dans l'espoir de manger un morceau. Il y avait pas mal
de monde installé sur la plage, mais ce n'était pas bondé. J'ai
marché vers le nord, repérant l'enseigne du Woody's
Waterfront.

Laura et moi étions allés à un Woody's Waterside. Me
demandant s'ils appartenaient au même propriétaire, j'ai
vérifié mon téléphone. Elle n'avait toujours pas cherché à
me joindre. J'ai rapidement écarté l'idée de l'appeler, en me

disant que je devais me faire discret. Mon estomac a gargouillé.

Ne voulant pas d'autres rappels d'une relation qui battait de l'aile, j'ai dépassé le Woody's et me suis dirigé vers un endroit appelé le 82 Degrees Grill.

Près de la piscine, un guitariste grattait sa guitare et chantait un air country par-dessus une bande-son. J'ai pris les escaliers qui menaient à un bar sur le toit avec une vue imprenable sur le Golfe. Quoi qu'on y serve, ça devait être meilleur ici.

Mon regard s'est immédiatement posé sur le St. Peter's Burger. À vingt-deux dollars, il avait intérêt à être au bœuf de Wagyu comme l'annonçait la publicité. Alors que je me demandais si j'allais renoncer au bacon ou au fromage, mon téléphone prépayé a vibré.

Faisant signe d'un doigt à une serveuse qui s'approchait, je me suis dépêché d'aller dans un coin reculé et j'ai répondu : « Salut, Mario. »

« Où est-ce que tu es ? »

« À St. Pete. Tu viens ? »

« Tu peux faire tes valises et rentrer. »

« Je te l'ai dit, je… »

« Tu ne vas pas le croire. »

« Quoi ? »

« Le bateau de Royal a explosé. Il était dessus. »

« Quoi ? »

Mon portable sonnait. Pendant que je le sortais, Mario a dit : « Royal est mort. »

J'ai dit : « Attends une seconde. Larson m'appelle sur l'autre ligne. » J'ai dit à Larson que je le rappellerais.

« C'était Larson. Il a appris la nouvelle. »

« Merde, j'arrive pas à y croire. Quelle est la probabilité ? »

« Tu sais que je ne joue pas. Tu es sûr que c'était lui ? »

« Oui, il a pris son bateau ce matin. Un voisin a dit qu'il l'avait vu partir dans le noir, et un témoin l'a vu à la marina. »

« Il était seul ? »

« Pour autant que je sache. »

« Je ne sais pas, c'est trop commode. Il était à un jour de sa condamnation. J'ai l'impression que… »

« C'était son bateau. J'ai vu le nom à l'arrière du bateau aux infos. Combien de mecs ont un bateau qui s'appelle *Royal's Flush* ? »

J'ai regardé les écrans au-dessus du bar : rien que du sport. « Laisse-moi rentrer à la maison. Je te rappelle plus tard. »

Que Royal soit vraiment mort ou non, il fallait quand même que je mange. J'ai commandé le hamburger à emporter.

Trimballant un sac en papier avec ma nourriture, j'ai quitté le restaurant et j'ai recomposé le numéro sur mon portable. « Désolé pour ça. J'étais au téléphone avec Mario. »

« Il t'a parlé de Royal ? »

« Ouais, ça paraît surréaliste. Je ne sais pas si j'y crois. Tu penses que c'est lui ? »

« On dirait bien. C'était son bateau, c'est sûr, et les garde-côtes ont récupéré un corps. Il était gravement brûlé, mais on m'a dit qu'il correspond à la carrure de linebacker de Royal. »

Il n'y avait pas beaucoup de gens de la taille de Royal. « Quand est-ce que c'est arrivé ? »

« Quelqu'un a appelé vers sept heures, au large de Lover's Key. »

« Des témoins ? »

« Le parc est toujours fermé à cause d'Ian, mais quelques bateaux dans le coin ont vu la fumée et se sont approchés pour voir ce qui se passait. »

« Tu penses que c'était un suicide ? »

« C'est une sacrée façon de mourir. Et ce n'est pas infaillible. »

« Je sais, mais j'essaie juste de, tu sais, comprendre ce qui s'est passé. »

« On devra voir comment sa bande réagit, mais je ne pense pas que tu aies à t'inquiéter de lui. »

« Je reste quand même quelques jours. »

« Comme tu veux, ça te fera des mini-vacances. »

« Qu'est-ce qui va se passer avec le procès maintenant ? »

« Ils vont le reporter, et une fois qu'ils auront un certificat de décès, ce sera classé comme extinction de l'action publique par décès. »

« Royal s'en tire encore, hein ? »

Larson a ri. « Je suis sûr que ce n'est pas comme ça qu'il l'aurait prévu. »

« Je t'appelle plus tard. »

J'ai déchiré le sac en papier et j'ai ouvert la boîte à clapet. Le hamburger était bon. Pas au point de valoir vingt-deux dollars, mais il a fait l'affaire.

Enfournant une frite dans ma bouche, j'ai ouvert mon ordinateur portable et je me suis connecté à mon VPN. J'ai tapé « explosion de bateau dans le comté de Lee » dans la barre de recherche. Quelques vidéos sont apparues en haut de l'écran. J'ai cliqué sur celle de Fox 8 News.

Sur fond de plage, un journaliste disait : « Tôt ce matin,

juste au large de la côte du parc d'État de Lover's Key, un bateau a explosé. Voici des images prises par nos yeux dans le ciel. »

Le vrombissement des pales d'un hélicoptère servait de bande-son à une vue aérienne d'un panache de fumée noire s'élevant d'un bateau.

« Les garde-côtes ont répondu à l'explosion, retirant le corps calciné d'un homme de l'épave. Le bateau de treize mètres était immatriculé au nom d'un certain Nathan Royal de Bonita Springs, et on pense qu'il a péri dans l'accident. Le bateau a été remorqué vers une installation où la cause de l'explosion sera recherchée. »

J'ai appelé l'inspecteur Moreno. « Salut, Mo. »

« Comment vas-tu, Beck ? »

« Tu as entendu ce qui est arrivé à Royal ? »

« Ouais. C'est dingue, non ? »

« Tu peux passer quelques coups de fil à tes potes du comté de Lee pour t'assurer que c'est bien lui ? »

Il a gloussé. « Tu as vraiment fait de Royal une légende, hein ? »

« Je mets les points sur les i. »

« Je ne pense pas qu'il revienne d'entre les morts. »

« On verra ce que l'enquête révélera. »

« Ils ont une bonne brigade nautique à Lee. »

« Est-ce qu'il y a des gars du comté de Lee qui sont à la solde de Royal ? »

« S'il était de notoriété publique qu'un flic était corrompu, il y a longtemps qu'il ne serait plus là. »

« Je sais, mais qu'en est-il des rumeurs ? »

« Attends, Beck. Toi et moi, on l'aurait su, non ? Je ne vois pas d'où vient toute cette angoisse. »

« Mon instinct. » J'ai regretté de dire que ce n'était rien

de solide, mais c'était pourtant le cas. « Il y a un truc qui cloche. Tu sais, le timing, et le fait qu'il était seul. »

« Hé, qui sait ? Royal était là-bas avec des bidons d'essence en plus, peut-être qu'il prévoyait de traverser le golfe jusqu'au Mexique. »

« Peut-être. Il aimait être sur l'eau, mais le Mexique, ça me paraît un peu gros. »

« Ah ouais ? Tu te souviens de cette affaire dans le comté de Lee, ce salaud de Slaton ? Il s'est planqué au Mexique pendant vingt-sept ans jusqu'au moment où ils l'ont attrapé l'année dernière. »

Je m'en souvenais. « Ça va, d'accord. Garde juste un œil dessus, OK ? »

23

En me connectant à mon VPN, j'ai ouvert Google Earth et j'ai navigué jusqu'au Panhandle de la Floride. C'était incroyable, toutes sortes d'informations étaient à portée de clic. Environ un an plus tôt, j'avais vu une voiture avec le logo Google circuler avec une caméra sur le toit. Mais c'était tout. Est-ce qu'ils utilisaient des satellites pour capturer l'apparence de chaque chose ?

Il y avait des kilomètres et des kilomètres de littoral. De magnifiques plages dorées. Comment y avait-il moyen de coincer Puzo ? L'objectif était de le faire radier du barreau. Trouver des preuves que Puzo avait payé un témoin pour qu'il modifie son témoignage serait d'une grande aide.

Les bermes herbeuses et surélevées d'Inlet Beach me rappelaient les plages de Caroline du Sud. En zoomant, je l'ai vue : la maison appartenant à Bill McKenzie, le propriétaire du food truck accusé du meurtre de sa femme. Perchée sur pilotis, elle se trouvait à une centaine de mètres du golfe du Mexique étincelant.

La maison à deux étages était grisée par les éléments. Le

soleil et le sel faisaient tout paraître plus vieux, y compris les gens.

Bien que construite en 1980, elle était nouvelle pour McKenzie. Les registres fiscaux indiquaient qu'il l'avait achetée deux ans auparavant, payant un demi-million de dollars pour la maison.

On ne pouvait pas se fier aux chiffres du système ; il pouvait y avoir une erreur, ou plus probablement, avec l'argent de Puzo, il aurait pu compléter l'achat avec une valise de billets.

En examinant la modeste demeure et celles qui l'entouraient, les cinq cent mille dollars payés par McKenzie correspondaient à la valeur des autres transactions de l'époque.

Un demi-million pour être sur la plage semblait être une véritable aubaine, surtout en comparaison avec le sud de la Floride. À moins de chercher une place de parking, on ne pouvait pas s'approcher de l'eau salée à Miami ou à Naples pour une telle somme.

McKenzie, qui ne s'était jamais remarié, conduisait une voiture vieille de cinq ans et mangeait chez Denny's. Si Puzo lui avait donné un paquet de fric pour qu'il change son témoignage, McKenzie faisait preuve d'une retenue de moine.

En fermant le navigateur, je me suis adossé et j'ai fermé les yeux. L'insistance de Puzo à se faire payer en espèces l'avait mis plus en sécurité, mais cela avait-il créé une vulnérabilité ?

S'attaquer à sa réserve d'argent n'était pas l'idéal. Le faire radier du barreau était bien plus dévastateur ; il perdrait son gagne-pain et serait déshonoré par la même occasion. Mais l'était-ce vraiment ? Si Puzo avait assez d'argent planqué, la perte de revenus serait sans importance.

Si je ne parvenais pas à découvrir un scandale qui le ferait radier, je devrais me concentrer sur sa réserve d'argent liquide. J'ai sorti un téléphone prépayé et j'ai appelé Mario.

« Salut, quoi de neuf, Beck ? »

« Puzo. Il rénove sa maison de Port Royal. »

« D'accord, et quel est le rapport ? »

« Renseigne-toi sur qui fait les travaux. Vois si on peut faire en sorte qu'un sous-traitant engage l'un de nous. »

« Tu veux entrer à l'intérieur ? »

« Exactement. »

« Ça ne devrait pas être trop difficile. Tous les entrepreneurs cherchent des ouvriers. »

« Tiens-moi au courant. »

« Je te fais entrer demain. Garanti. »

J'ai pris mon portable habituel dans ma paume et j'ai tapé le code. Pas de messages. Laura était têtue. Maman disait que papa était têtu. C'était une taquinerie affectueuse à laquelle il répondait en disant : « Si tu ne défends pas tes convictions, tu te laisseras convaincre par n'importe quoi. »

C'était un concept difficile à comprendre à l'âge de huit ans, mais il avait pris le temps de me l'expliquer. C'est comme ça que j'éduquerais mes enfants, si jamais j'en avais. Je ne les rabaisserais pas comme Bryant l'avait fait.

Me faire traiter d'idiot me faisait encore mal, surtout la fois où Bryant avait dit – devant les enfants du quartier – que j'étais plus bête qu'une porte. Il m'avait attrapé le bras, me soulevant du sol, parce que j'avais mis une boîte de café au réfrigérateur comme ma mère le faisait.

C'était impossible à comprendre à l'époque, mais Bryant

couvrait ses propres lacunes en s'acharnant sur les moindres erreurs des autres. L'humiliation qu'il nous faisait régulièrement subir, à Mario, à Bev et à moi, avait eu un impact durable. C'était juste sous la surface, et en parler était la dernière chose que je voulais faire.

Comment expliquer qu'on était plus un esclave qu'un membre de la famille ? Bryant nous faisait faire toutes sortes de corvées. Des corvées sales et dégoûtantes comme déboucher des toilettes avec nos mains, devoir vider les poissons qu'il avait pêchés, et d'autres choses que nous n'avions pas le savoir-faire pour accomplir et pour lesquelles on se faisait quand même sermonner. Aucun des pères d'accueil n'était comme papa, mais Bryant était un monstre.

Perdre ses deux parents entraînait un suivi psychologique automatique. Les services sociaux étaient peut-être bien intentionnés. Peut-être qu'ils avaient trop de cas, mais essayer de communiquer qu'il y avait un problème dans le foyer d'accueil était impossible. « Laissez passer un peu de temps » était le mantra. Mario et moi nous sommes enfuis, mais la pauvre Bev est restée.

Un système adéquat, surtout un système destiné à protéger les enfants, ne permettrait jamais à quelqu'un comme Bryant d'avoir la garde d'un enfant. La frustration et la douleur qu'il avait causées avaient fait naître mes premières pensées de vengeance.

L'idée de prendre ma revanche a grandi après que Mario et moi nous sommes échappés de la tyrannie de Bryant. Après des périodes comme plongeurs dans un diner de Philadelphie, un serveur nous a parlé d'une usine de transformation de poisson dans la baie du Delaware. L'argent était meilleur, et après deux mois, le souci de la survie s'est estompé, mais il s'est avéré que ce ne fut pas pour longtemps.

La Ford Focus vieille de vingt ans que nous avions achetée en rassemblant huit cents dollars nous a apporté une certaine mobilité. Notre premier voyage a été une escapade d'un week-end à Assateague Island, une île-barrière au large des côtes du Maryland et de la Virginie.

Nous avons planté notre tente et sommes partis explorer les parties reculées de l'île. Une horde de chevaux sauvages a retenu notre attention jusqu'à ce que j'aperçoive un pêcheur solitaire. Il était perché sur une étroite bande de terre surélevée au-dessus de l'eau.

C'est cette observation qui s'est transformée en obsession. Il y avait un moyen de tuer Bryant et de faire passer ça pour un accident.

Le lundi matin, Mallory, le contremaître de la conserverie, semblait m'en vouloir. Il me cherchait des noises depuis des semaines. Il a observé quelques ouvriers qui nous interrogeaient sur notre week-end. Cinq minutes avant le début du travail, il nous a aboyé dessus pour que nous nous mettions au travail.

J'ai pris ma place sur la chaîne et Mallory s'est tenu derrière moi. Il me criait dessus et a commencé à me piquer avec son foutu bâton. Il n'était pas difficile de voir que ça n'allait pas bien se terminer. Mais je n'aurais jamais imaginé que nous serions de nouveau en fuite et que je deviendrais connu sous mon deuxième prénom.

24

Je me suis garé sur le parking de Moorings Beach Park. C'était une propriété privée, mais la nuit, personne ne le surveillait. « Allez, Toby. On va se promener. »

C'était peut-être la proximité de l'eau ou la laisse extra-longue que j'utilisais la nuit, mais Toby gambadait comme s'il avait la clé du tiroir à friandises. Nous avons marché en direction de Doctor's Pass. On entendait le clapotis de l'eau contre le rivage. J'ai regardé au loin. Pas de bateaux, mais il y avait un homme au bout de la jetée.

La laisse a tiré d'un coup sec. Je me suis arrêté net. « Désolé, mon grand. On rentre. »

Toby ne l'entendait pas de cette oreille. Il m'a entraîné à sa suite tandis que j'essayais de chasser le souvenir de ma tentative de meurtre contre Bryant.

Les stoïciens disaient que le regret, c'est lorsque les événements passés consument notre vie présente. Ça se tenait, mais ça ne rendait pas les choses plus faciles. Mon portable a sonné. C'était Mario.

« Salut, qu'est-ce que tu fais ? »

« Je promène Toby. Qu'est-ce qui se passe ? »

« Juste pour confirmer que tout est réglé pour demain. Je t'enverrai l'adresse par texto. »

« Merci. »

———

LE CAMION A CAHOTÉ en montant l'allée de Puzo. Même les pavés étaient en train d'être remplacés. Le chauffeur a fait marche arrière jusqu'à un garage pour trois voitures et a coupé le moteur. Il a attrapé un porte-bloc sur le tableau de bord et a dit : « Les autres viennent d'arriver. Prenez deux ou trois gars avec vous et déchargez les éléments dans le garage. N'oubliez pas, gardez les produits séparés. La plupart sont pour la cuisine, mais il y a aussi plusieurs unités pour les salles de bain, le bar et les placards intégrés. »

Nous sommes descendus d'un bond, et il a déverrouillé les portes arrière. J'ai dit : « On devrait peut-être préparer le terrain pour les salles de bain du haut en les montant. Ça facilitera le travail des installateurs. »

« Si vous voulez vous les coltiner à l'étage, allez-y. Tant que le chef de chantier signe pour la livraison, ça me va. »

À deux, nous avons soulevé une longue caisse et nous sommes dirigés vers le garage. En posant la boîte, deux autres ouvriers sont entrés avec d'autres placards. J'ai dit : « Salut, ça va ? »

« Ça roule. T'es nouveau ? »

« Ouais. Je viens de commencer. »

« Mec, il fait une de ces chaleurs aujourd'hui. »

« Ouais. Ils ont dit qu'on allait monter une partie de ça à l'étage. »

« C'est des conneries. C'est aux installateurs de s'occuper de ça. »

« Je ne fais que te répéter ce que le gars a dit. Après avoir rentré quelques caisses de plus, je vais aller jeter un œil à l'intérieur. Il y a plein de monde sur ce chantier, on pourra peut-être leur dire qu'on serait dans leurs pattes. »

« Bonne idée. »

Les yeux sur son téléphone, le chauffeur était assis dans sa cabine climatisée pendant que nous déchargions le camion. Je me suis glissé dans la maison. Deux électriciens sur des escabeaux installaient des lumières à LED. Le nouveau parquet en chêne blanc était couvert de tapis de protection. Mon regard s'est posé sur un escalier en colimaçon avec des rampes en fer.

J'ai monté les marches quatre à quatre et atteint le palier en quelques secondes. Non seulement on pouvait voir la majeure partie de la pièce principale, mais on avait aussi une vue sur l'eau à l'arrière. Alors qu'un bateau passait, mes pensées sont allées à Royal et à l'explosion. Un bruit de martèlement m'a ramené à la réalité, et je me suis dirigé vers une double porte.

Elle menait à la chambre principale, l'endroit le plus probable pour y cacher un coffre-fort. Deux hommes posaient du carrelage dans la salle de bain attenante. Je suis entré dans le dressing. Il était plus grand que n'importe quelle chambre dans laquelle j'avais dormi enfant. Le parquet était intact. J'ai toqué le long des murs. Pas de fausses cloisons.

Le second dressing était plus petit. Il n'y avait pas de place pour un coffre-fort. Je me suis dépêché de sortir dans le couloir, suis entré dans une autre chambre et en suis revenu bredouille. Il y avait encore deux autres pièces à l'étage.

La chambre suivante avait vue sur l'allée. Je suis entré dans le dressing. Il était là, la porte brillante du coffre-fort. Il avait un clavier électronique. C'était un Barska, et il était neuf. En touchant le clavier, il s'est allumé, clignotant en rouge.

Mes épaules se sont affaissées. C'était un coffre-fort biométrique. La nouvelle génération de coffres-forts était difficile à forcer. Pouvait-il être piraté d'une manière ou d'une autre ? J'ai sursauté.

« Qu'est-ce que vous faites ? »

« Oh, je regardais juste. Nous préparons les placards, et je pensais qu'on pourrait en stocker quelques-uns dans ce dressing. »

C'était l'un des maçons. « Vous avez essayé de l'ouvrir ? »

« Non. Bien sûr que non. »

Il a souri. « Allez, circulez. Et ne mettez rien ici. »

« Bien sûr. » J'ai montré du doigt : « Le dressing principal est plus logique. »

En descendant les escaliers, il était clair que j'allais devoir transpirer et transporter un tas d'autres caisses avant de pouvoir simuler un malaise et appeler un Uber.

25

J'ÉVITAIS DE REGARDER LES INFORMATIONS. ON N'Y EST QU'UN animal de zoo à qui l'on donne ce qu'on veut bien nous servir. Mais la façon dont les gens de mon entourage gobaient l'histoire de Royal m'a poussé à zapper.

Des photos du bateau calciné passaient en boucle à la télé et sur le Web. En quelques heures, la presse avait fait le rapprochement et présentait l'affaire comme un suicide visant à échapper à une peine assurée de vingt ans de prison.

Royal avait trente-huit ans. S'il avait réussi à éviter de se faire poignarder au surin derrière les barreaux, il aurait eu près de soixante ans à sa sortie. Le suicide était une hypothèse crédible, mais pourquoi ne pas simplement avaler une poignée de cachets ?

Non, l'idée que Royal ait pris la fuite avant sa condamnation tenait plus la route. De combien d'essence aurait-on besoin pour traverser le golfe du Mexique ? Je me suis mis à chercher des cartes de la région sur Google. Avait-il essayé de mettre le cap au nord, vers l'Alabama ? J'étais presque sûr qu'il avait de la famille dans l'État du Coton.

Une bande de terre, connue sous le nom d'Isla Mujeres, se trouvait juste au large de Cancún. À cinq cent soixante kilomètres, c'était la plus courte distance pour rejoindre le Mexique et échapper à la justice américaine. Les estimations sur la durée du voyage partaient dans tous les sens, mais quoi qu'il en soit, c'était un trajet faisable avec le bon bateau. Et celui de Royal était parfait.

J'ai étudié des images de l'embarcation de Royal remorquée par les garde-côtes. Quelque chose a attiré mon attention. On aurait dit un bidon d'essence rouge. J'ai zoomé. C'en était un.

Je me suis adossé à ma chaise. Royal s'était fait exploser en tentant de fuir. Comment ? Ce gangster aimait les cigares. Est-ce qu'un cigare de célébration avait causé sa perte ? Ça ferait du bien d'avoir une confirmation de sa disparition.

J'ai sorti mon téléphone prépayé et j'ai appelé Mario. Je suis tombé sur sa messagerie. J'ai laissé un message et j'ai emmené le chien en promenade. Pendant que Toby faisait ses besoins, une Ferrari rouge est passée en vrombissant, faisant rugir son moteur pour être sûr que tout le monde la voie.

En ramassant ce que Toby avait laissé, mon esprit est revenu à Caden. Les grandes lignes du plan étaient en place. La distraction Royal s'était estompée, et il était temps de peaufiner ce qu'il fallait faire à propos de Caden.

J'ai détaché Toby, je lui ai donné un Milk-Bone et j'ai appelé Larson. « Hé, où es-tu ? »

« À la plage. Quoi de neuf ? Tu as du nouveau sur Royal ? »

« Non. Mais je pense qu'il était peut-être en train de s'enfuir quand le bateau a explosé. »

« C'est probable. Il avait des bidons d'essence supplémentaires à bord. Il fuyait peut-être vers le Mexique. »

« Peut-être, mais je pense que c'était plutôt les Bahamas. C'est un trajet de moins de cinq cents kilomètres. »

« C'est moins que pour Cancún. »

« Exactement, et depuis les Bahamas, il aurait pu se déplacer d'île en île, chacune avec ses propres forces de l'ordre et agences gouvernementales. »

« Bien vu. »

« Et s'il avait atteint la République dominicaine, ils n'ont pas de traité d'extradition avec les États-Unis. »

« Vraiment ? »

« Oui, je suis surpris que tu ne le saches pas. »

Larson a dit : « À quatre-vingt-sept ans, Michel-Ange disait qu'il apprenait encore. Si c'est assez bon pour lui, ça l'est pour moi. »

« C'était quelqu'un. Tu as déjà lu sa biographie ? »

« Ouais, il y a quelques années. Je ne pense pas qu'il y ait jamais eu quelqu'un comme lui. »

J'ai dit : « Peut-être Elon Musk. »

« Peut-être. Il a quarante ans pour le rattraper. »

« Ils s'intéressent tous les deux à un large éventail de sujets. »

« Je me demande si Musk s'adonne à une quelconque forme d'expression artistique. »

J'avais lu qu'il dessinait. « Je crois qu'il fait des croquis. »

« Cool. »

« Écoute, j'ai besoin d'un service. »

« Bien sûr. De quoi s'agit-il ? »

« Il faut que je t'emprunte ta Ferrari. »

Larson a hésité. « Pour quoi faire ? »

« J'ai besoin de m'approcher de Caden. »

« Qu'est-ce que tu veux faire, l'impressionner ? »

« Pas vraiment. C'est un passionné de voitures, et ça pourrait être le moyen de l'aborder. »

Larson a expiré bruyamment. « D'accord, mais promets-moi que tu feras attention à elle. »

J'ai ri. « C'est une "elle" ? »

« Promets-le-moi. »

« Ne t'inquiète pas, je vais à peine la conduire. »

« Je l'ai depuis deux ans et personne d'autre ne l'a jamais conduite. »

« Merci, mon pote. »

« Ce n'est pas un donnant-donnant, mais ça me semble être le bon moment pour te demander un service. »

« Ouh là, je le sens venir. »

« Ce n'est pas grand-chose, et elle est prête à payer. »

« De qui parles-tu ? »

Larson m'a fait un rapide topo et j'ai dit : « D'accord, je vais lui parler. Donne-moi ses coordonnées. »

Je les ai notées et j'ai dit : « Je serai bientôt de retour en ville. Je la verrai, puis je passerai prendre la voiture. »

———

En tournant sur le parking des Galleria Shoppes de Vanderbilt, j'ai regretté d'avoir promis à Larson de rencontrer la femme qui avait un problème.

Le samedi matin, ils organisent un marché de producteurs, ce qui constitue une bonne couverture. Il y avait plus de monde que je ne l'avais imaginé. Le ciel couvert avait-il poussé les gens à trouver d'autres activités ?

Je me suis garé près d'Angelic Desserts et j'ai marché vers une marée de tentes blanches. Anna Barone avait près de soixante-dix ans. Petite, les cheveux gris, elle portait une robe bleu foncé et des chaussures plates.

Je me suis glissé à ses côtés. « Anna ? »

« Oui. Monsieur Beck ? »

« Allons marcher. Vous avez déjà déjeuné ? »

Elle boitait. « Oui, je prends un pamplemousse tous les matins, mais je ne dirais pas non à une tasse de café. »

« Et si on allait chez Poached ? On peut prendre une table dehors. »

« Parfait. »

J'ai pris deux cafés et nous nous sommes assis. « Dites-moi ce qui se passe. »

Elle a froncé les sourcils. « Eh bien, toute ma vie, j'ai été active et j'ai fait de mon mieux pour rester aussi en forme que possible. »

« Vous avez réussi. »

Elle a ricané : « Pas depuis ma prothèse de hanche. »

« Ça vous a freinée ? »

« Pas l'opération en elle-même, mais ça. » Elle a tendu le pied. « Le chirurgien a tout gâché, me laissant avec un pied tombant. »

« Avez-vous engagé des poursuites pour faute professionnelle ? »

« Même si je n'ai pas besoin d'argent, je l'ai fait. Mais le juge a classé l'affaire sans suite. »

Je le savais, mais j'ai quand même posé la question. « Que voulez-vous ? »

Barone a posé son café et s'est penchée en avant, sifflant : « Prendre ma revanche. »

26

Toby a sauté du lit, me réveillant. Le fait qu'il sache utiliser son tapis de propreté n'était pas ce qui me retenait au lit. J'ai fait le vide dans mon esprit et je me suis concentré sur William Puzo. Il devait payer pour son rôle dans le désastre Caden-Peterson.

La question était de savoir comment. La solution de facilité aurait été de m'en prendre physiquement à lui, mais les tactiques du crime organisé étaient simplistes, efficaces pour obtenir une satisfaction temporaire, mais dénuées de plaisir. Ce n'était pas ce que je recherchais.

Chassant de mon esprit l'idée d'envoyer cet avocat véreux sur un lit d'hôpital, j'ai laissé les idées aller et venir. C'était une façon étrange de réfléchir – techniquement, un remue-méninges au goutte-à-goutte.

La piste de l'argent revenait sans cesse. Existait-il un perceur de coffres qui connaissait la parade pour un verrouillage biométrique ? Malgré mes recherches, aucun ne s'était encore manifesté. Pas encore.

Puzo prenait des risques en défendant ses clients. Mais

pour ce qui le concernait personnellement, il avait été aussi méticuleux qu'un neurochirurgien. Il devait bien y avoir quelque chose – quelque chose qui pourrait mener à sa radiation du barreau.

Alors que le bruit des pattes de Toby sur le carrelage se rapprochait, une idée m'est venue à l'esprit. Il fallait que j'y réfléchisse bien. C'était dangereux, avec le risque de me retrouver derrière les barreaux pour une décennie ou plus, mais ça m'a fait sourire.

Passant les jambes par-dessus le bord du lit, j'ai dit : « Allez, mon grand. Allons te chercher ton petit-déjeuner. »

Le ciel à l'est s'éclairait pendant que Toby léchait sa gamelle jusqu'à la dernière miette. J'ai repensé au plan pour Puzo. Il y avait un risque que ça me retombe dessus, mais j'avais tout vérifié.

J'ai savouré ma deuxième tasse de café tout en réexaminant l'idée. C'était validé. J'ai rempli la gamelle de Toby d'eau et j'ai quitté la maison. J'avais quelque chose d'important à faire avant de m'attaquer à Puzo.

———

NORMALEMENT, le Dr Schwartz quittait sa maison à sept heures chaque matin. Parfois, il faisait un détour avant d'arriver à son cabinet vers neuf heures, et d'autres fois, il était à son bureau dès huit heures.

Selon Google, les podologues de Naples gagnaient plus de deux cent mille dollars par an. La maison de Schwartz, à Pine Ridge Estates, valait six millions. Comme le savent les avocats, escroquer les compagnies d'assurance est la voie vers la fortune, mais cette maison était au nom de sa femme. Son père était un gros promoteur immobilier.

L'une des quatre portes de garage s'est levée. Les feux arrière d'un BMW X7 se sont allumés. Il était 7 h 01. Schwartz était peut-être corrompu, mais il était ponctuel.

Le trajet jusqu'à son cabinet a été court. Il s'est garé, et je me suis inséré en marche arrière sur une place qui me donnait une vue directe sur sa BM. Quand l'heure a affiché 8 h 45, je suis sorti de ma voiture.

Si Schwartz devait sortir, ce serait pour déjeuner. Je suis sorti, je me suis étiré et j'ai fait vingt fois le tour du parking.

À 11 h 59, Schwartz est arrivé sur le parking, est monté dans sa BMW et a démarré. Je l'ai suivi. Il a fait un arrêt rapide chez ABC Liquors sur Immokalee Road et en est ressorti avec une bouteille de vin.

Je suis resté à environ 400 mètres derrière le Dr Schwartz alors qu'il roulait vers le nord sur la route 41. En passant Bonita Beach Road, j'ai regardé à gauche. C'était parfait : des nuages sombres s'amoncelaient.

Nous avons continué jusqu'à Estero, et à Coconut Road, le podologue a tourné à droite. J'ai souri, pensant que je l'avais eu plus facilement que prévu. Schwartz s'est enfoncé dans le parking du Marriott's TownePlace Suites et s'est garé sur une place.

Tenant la bouteille qu'il venait d'acheter, Schwartz a quasiment gambadé jusqu'à l'entrée de l'hôtel. J'ai pris quelques photos pour la forme et je l'ai suivi alors qu'il entrait et procédait à son enregistrement.

J'ai fait semblant de parler au téléphone et j'ai rôdé près d'un coin salon à côté de la réception. Au moment où l'employé a rendu son permis de conduire à Schwartz, je me suis approché discrètement.

« Voici vos clés, M. Schwartz. Chambre 214. Les ascenseurs sont sur votre gauche. »

« Merci. »

Le podologue a passé un appel rapide en attendant l'ascenseur, disant : « Dans cinq minutes », avant de raccrocher.

Schwartz est entré dans l'ascenseur, et j'ai gardé les yeux fixés sur l'entrée. Une femme vêtue d'un jean blanc moulant est entrée. Pendant qu'elle balayait le hall du regard, j'ai pris les escaliers jusqu'au deuxième étage.

Je suis sorti de la cage d'escalier au moment où l'ascenseur a sonné. Me réfugiant dans le renfoncement de la machine à glaçons, j'ai sorti mon téléphone. Madame Jean Blanc a vérifié la direction des numéros de chambre et s'est dirigée droit vers la 214.

Enclenchant le mode vidéo, je l'ai filmée pendant qu'elle rajustait son chemisier et bombait le torse. Elle a frappé à la porte en chuchotant : « Devine qui c'est ? »

La porte s'est ouverte. Souriant comme un adolescent le dernier jour d'école, Schwartz a enlacé la femme. Torse nu, Schwartz a posé ses mains sur le cul de la dame. Je n'aurais pas pu mieux orchestrer la chose.

J'ai attendu qu'ils soient entrés, puis je suis redescendu tranquillement par les escaliers. Sa femme ne me payait pas, mais il ne faisait aucun doute que Schwartz allait regretter son cinq à sept.

Alors que je quittais le parking de l'hôtel, de grosses gouttes de pluie ont frappé le pare-brise. Il pleuvait sur la fête de Schwartz.

27

Lock Up Self Storage n'avait pas de clôture d'enceinte. Puzo possédait deux box de stockage dans le complexe de Pine Ridge. L'absence de clôture, c'était un problème de moins à gérer.

Mario et moi nous sommes garés à une rue de là, mais nous avions une vue dégagée sur le bâtiment. Nous sommes restés assis en silence. Quinze minutes se sont écoulées sans que nous ayons vu passer la moindre voiture ou la moindre personne.

J'ai dit : « Redresse ta moustache, elle est un peu de travers. »

Il a baissé le pare-soleil et a ajusté sa Fu Manchu. « J'arrive pas à croire que c'était à la mode à l'époque. »

J'ai tapoté ma perruque. « Elle te va bien. »

Nous avons mis des casquettes de baseball et inspecté les environs. L'endroit était silencieux comme un cimetière. « Allez, on bouge. »

Nous avons sorti deux paquets de la taille d'un sac à main du coffre et avons marché vers un de ces innombrables endroits où les gens paient pour entreposer des choses qu'ils auraient dû jeter.

« C'est dur à croire, le nombre de ces entrepôts de stockage. C'est comme s'ils se multipliaient tout seuls. »

« Il y a quinze ans, on n'en trouvait pas un seul. »

« On est devenus un pays d'accumulateurs. »

Une lumière à détecteur de mouvement s'est allumée.

« Baisse la tête. Le bâtiment trois est sur la gauche. »

Nous nous sommes précipités sur le côté d'un bâtiment et avons attendu que la lumière s'éteigne. En longeant le mur, nous nous sommes dirigés vers l'un des box de Puzo.

J'ai dit : « C'est le plus grand. »

Mario a répondu : « OK. Laisse-moi faire. »

Il a sorti un trousseau de clés, les a passées en revue, puis a trouvé le passe-partout qu'il voulait. Il l'a inséré dans la serrure, qui s'est ouverte d'un coup sec. « Un jeu d'enfant, mec. »

Mario s'est penché et s'apprêtait à saisir la poignée. J'ai dit : « Vas-y doucement. Ces rideaux métalliques font un bruit d'enfer. »

« L'enfer est vraiment bruyant ? »

« Ouvre-le à moitié. »

Il a remonté le rideau à mi-hauteur. Nous nous sommes faufilés en dessous et l'avons rabaissé. Le temps que nos yeux s'habituent à l'obscurité, nous avons allumé nos lampes de poche. Le box était rempli de meubles et de cartons recouverts de couvertures. J'ai pointé mon faisceau sur un long meuble couvert. « On dirait que ça pourrait être une commode. »

« En effet. »

« Il faut faire attention. Je veux que tout soit remis exactement comme c'était. »

« T'inquiète, tu as oublié que j'ai bossé pour Allied un été ? »

Je n'avais rien oublié de mon passé. « On a juste besoin d'accéder à un tiroir, c'est tout. N'arrache pas plus de ruban adhésif que nécessaire. »

Mario a sorti un cutter. « On en a un rouleau entier. »

Il a fendu le ruban adhésif à deux endroits et a fait glisser la couverture vers le haut. J'ai dit : « C'est bon. Tire-la juste un tout petit peu plus haut et tiens-la. »

Mario l'a tenue, et j'ai vidé deux paquets dans un tiroir. Il a rabaissé la couverture et a tout rescotché. « Ça a l'air bien, non ? »

J'ai promené le faisceau lumineux là où il avait trafiqué l'emballage. « Parfait. Allons-y. »

C'était une sorte de bombe à retardement. Le compte à rebours dépassait vingt-quatre heures, et quand elle se déclencherait, bien qu'il n'y eût pas d'explosion, elle n'en serait pas moins destructrice.

28

Admirant la voiture de sport argentée depuis les marches de la maison de Caden, j'ai sonné. Caden a eu un mouvement de recul en me voyant. « T'es le type à qui on a parlé, euh, l'autre jour. »

« Oui. Je suis Beck. »

« C'est ça. »

« Je suis désolé de te déranger, mais, » — je me suis tourné vers l'allée — « regarde ce que je me suis offert. »

« Une Portofino. Ça a toujours été l'une de mes Ferrari préférées. J'adore sa conduite. C'est comme si elle était clouée à la route. »

« C'est un autre monde. »

« Je te l'avais dit. »

« Je sais, après être parti d'ici l'autre jour, je n'arrivais pas à me sortir l'idée d'en acheter une de la tête. Je veux dire, tu m'as vraiment fait une forte impression. »

Il a commencé à descendre les escaliers. « Je savais que tu aimerais. Faut vraiment être un con pour ne pas aimer. »

« Tu as vu juste. »

« C'est une 2020. »

« Ouah. Comment as-tu su ? »

Il a ouvert la portière du conducteur. « J'achète ces voitures depuis des années. »

Alors qu'il montait à bord, il a dit : « J'adore la couleur. L'argenté de Ferrari ne ressemble à aucun autre. Même Lambo n'a pas une peinture comme ça. Regarde comment ça va avec l'intérieur : c'est parfait. »

« C'est assez joli. »

« Où est-ce que tu l'as eue ? »

« Un de mes potes à Sarasota en avait une, et il cherchait à prendre le modèle au-dessus. »

« Elle n'a que 3 700 kilomètres au compteur. Ce petit bijou est tout neuf. »

« Je sais bien. »

« C'est la Ferrari la plus facile à conduire qu'ils fabriquent. Tu peux l'utiliser tous les jours. »

« Tu veux faire un tour avec ? »

« Non, ça va, j'en ai eu une comme celles-là quand je me suis lancé dans les Ferrari. Viens. Laisse-moi te montrer ma collection. »

« J'adorerais les voir. »

Caden a tapé sur le clavier numérique du garage. Tandis que la double porte de garage se levait, un flot d'air froid nous a frappés. Une Maserati blanche était garée à côté d'une Ferrari rouge dans la caverne à triple profondeur qu'il appelait un garage. Le lustre du sol en résine criait l'hôpital.

Il y avait de la place pour six voitures et plus. « Ouah. Je n'arrive pas à y croire. » J'ai pointé une voiture blanc cassé. « Quel modèle est-ce ? Elle ressemble un peu à la mienne. »

« Ça, c'est une F8 Spider. Elle a sept cent dix chevaux. La tienne en a juste six cents. »

« Ouah, c'est une grosse différence. »

Caden a attrapé un chiffon et a poli l'aile. « En effet. La vitesse de pointe est de 340. »

« Ce n'est pas une voiture, c'est une putain de fusée. »

Caden a souri. « Mon Aventador la surpasse de loin. Elle a sept cent quarante chevaux et atteint une vitesse maximale de 350 kilomètres par heure. »

« C'est dingue. »

« Tu trouves ça rapide ? Tu vois la rouge ? C'est ma Ferrari LaFerrari Aperta. »

« Je n'ai jamais entendu parler de ce modèle. »

« Ils n'en ont fabriqué que deux cent dix. »

« Ce n'est rien du tout. »

« Et elle a neuf cent cinquante chevaux. »

« C'est dingue. Tu ne peux pas utiliser toute cette puissance. »

« Parfois, le concessionnaire Lamborghini du comté de Broward s'arrange pour utiliser le circuit de Homestead, et on y fait rouler les voitures. »

« Sur un circuit ? Vous faites la course avec ? »

« Bien sûr. C'est super amusant. »

« Il faut savoir ce que tu fais pour aller aussi vite. »

« Je pilote des voitures depuis que je suis ado. Regarde celle-ci. » Caden s'est approché d'une œuvre d'art angulaire jaune. « Lambo a ressorti la Countach. »

« J'ai entendu parler de ce modèle. »

« Ils n'en ont fabriqué que cent douze. »

« C'est rare. C'est probablement un bon investissement. »

« Ça l'est. Mais ce n'était pas donné. »

« Et celle-ci, quelle Ferrari est-ce ? »

Il a ouvert la portière de la voiture. « Une GTS 788. C'est celle qui succède à la 488 GTS. »

J'ai inspiré. « J'adore l'odeur du cuir. »

« Rien ne vaut le cuir italien, surtout celui de Poltrona Frau. »

J'ai touché le tableau de bord. « Un toucher magnifique, et les coutures sont superbes. »

« Tout est fait main. »

« J'imagine que tu ne conduiras jamais de SUV. »

Il a ricané. « J'en ai eu un il y a quelque temps, mais plus jamais. »

Il devait faire référence à celui qu'il avait encastré dans la femme de Peterson. « Je vois pourquoi. Comment choisis-tu laquelle conduire ? »

« Je fais une sorte de roulement, mais je ne conduis pas beaucoup la Countach. Je veux garder le kilométrage très bas. »

« Bonne stratégie pour maintenir une valeur élevée. »

« Je connais le marché des voitures de luxe mieux que les gens qui travaillent dans le secteur. »

Allait-il se blesser à force de se jeter des fleurs ? « J'en suis sûr. J'imagine que c'est ton principal hobby ? »

« Je suis aussi un joueur de tennis classé 5,5. Je pourrais être prof de tennis, mais il n'y a pas d'argent à se faire là-dedans. »

« Ça ressemble à un niveau professionnel. »

« J'aurais pu l'être, mais gamin, je voulais faire la fête, pas jouer au tennis dix heures par jour. »

« C'est un sacré boulot. »

« C'est clair. »

J'ai fait un geste de la main. « On dirait que tu as pris une sacrée bonne décision en faisant ce que tu fais. »

« J'aurais pu continuer, mais de combien as-tu vraiment besoin ? »

J'ai ravalé ma pensée : *Ouais, on n'hérite qu'une seule fois.* « Marc Aurèle a dit : "La seule richesse que tu possèdes pour toujours est celle que tu as donnée." »

Il m'a regardé comme si je lui avais demandé le sens de la vie. « Ouais, peu importe. Moi, je me suis juste dit : j'ai plus d'argent que je ne sais quoi en faire, et maintenant c'est le moment de faire la fête, tu vois ? »

« Exactement. »

« Bon, il faut que j'y aille. Je rejoins quelques potes pour l'apéro. »

« Quelle voiture tu prends ? »

« La Maserati. J'essaie de ne pas conduire mes bébés quand je bois quelques verres. »

« Bonne initiative. » J'ai baissé la voix. « J'aime bien prendre un peu de coke de temps en temps. Je devrais garder ça en tête. »

« La coke n'affecte pas ta conduite comme l'alcool. »

« Vraiment ? »

« Crois-moi, je m'y connais. »

« D'accord. Dis, j'ai un de mes amis qui est aussi passionné de voitures et qui organise des rallyes. Ce serait bien que tu y participes. On se fait une virée et ensuite on va dîner. »

« Ça marche, je suis toujours partant pour rencontrer de nouvelles personnes. Tiens-moi au courant. »

Caden avait mordu à l'hameçon. C'était un début. Un bon début. Mais en roulant sur Vanderbilt Drive, je savais que ferrer quelqu'un comme lui allait être compliqué. Le plan devrait être exécuté avec la précision d'une mission d'exploration spatiale.

TOBY A TIRÉ SUR SA LAISSE ALORS QUE NOUS ENTRIONS DANS le parc à chiens de Bonita Beach. L'ouragan Ian avait modifié le paysage, et maintenant, il fallait marcher dans l'eau pour y accéder.

Sa queue frétillait à un rythme d'enfer. Au moment où il a levé une patte pour marquer son territoire, mon téléphone a vibré. C'était le détective Moreno. « Attends une seconde, Mo. »

J'ai détaché la laisse de Toby, et il s'est élancé vers une poignée de chiens qui barbotaient dans l'eau. « Hé, désolé pour ça. Qu'est-ce qui se passe ? »

« Un de mes potes flics à Lee vient de me dire qu'ils ont identifié le corps trouvé sur le bateau. C'est Royal. »

« Comment l'ont-ils identifié ? »

« Grâce aux dossiers dentaires. »

« Ça n'a aucun sens. »

« C'est bien lui, Beck. Royal est grillé. » Il a ri. « Tu aimes mon jeu de mots ? »

« Très drôle. Est-ce qu'ils ont dit comment le bateau a explosé ? »

« Ils pensent que c'est à cause d'un cigare. L'unité maritime a trouvé de l'essence sur le pont. »

« Royal fumait des cigares, mais je le pensais plus malin que ça. »

« Il était peut-être débrouillard, mais il était loin d'être un génie. »

« C'est fou qu'il ait été si imprudent. »

« N'oublie pas qu'il était en cavale et sûrement pressé. »

« Ils ont trouvé de l'argent sur le bateau ? »

« Pas que je sache. »

« Vérifie et tiens-moi au courant. »

« Très bien. Passe une bonne journée. »

« Toi aussi. »

J'ai retiré mes tongs et je suis entré dans l'eau. Avec de l'eau jusqu'aux chevilles, j'ai plongé la main dans la poche de mon short cargo et j'en ai sorti une balle orange. « Toby ! Toby ! Va chercher ! »

J'ai lancé la balle, et il a démarré dans sa direction.

Il était l'incarnation même de l'insouciance. Était-il possible pour un humain d'atteindre ce stade ? La pensée d'être complètement libéré de tout souci me faisait peur. J'avais plus de facilité à m'imaginer marcher sur Mars. Mon hypervigilance avait un impact sur ma vie. Existait-il un compromis ?

J'ai passé un appel. « Laura, comment vas-tu ? »

« Ça va. »

« Qu'est-ce qui ne va pas ? »

« Je t'ai appelé il y a trois jours. »

Schwartz et Puzo m'avaient distrait. « Oh, oui. J'étais tellement pris par le boulot ; ça a été une semaine de folie. »

« Rappeler ne prend que cinq minutes. »

« Tu as raison. Je suis vraiment désolé. J'ai été très occupé. »

« Tu dois décider ce qui est le plus important pour toi : le travail ou une relation. »

« Ce n'est pas si simple. J'essaie de faire le point. »

« Appelle-moi quand tu auras fait ton choix. Je dois te laisser. »

Clic.

Non mais je rêve ! D'accord, quelques jours avaient passé, mais nous ne sortions plus ensemble. Et elle, si facile à vivre, soi-disant ?

« Toby ! Viens ici, mon grand ! »

Ses oreilles se sont dressées. J'ai agité la balle et je l'ai lancée à quelques longueurs de voiture de là où il se trouvait. Il a galopé pour la rattraper.

Après une douzaine de lancers supplémentaires, j'ai appelé Mario pour le mettre au courant pour Royal, puis nous sommes rentrés.

Avec la Ferrari de Larson dans mon garage, j'ai garé ma voiture dans l'allée et j'ai attaché la laisse de Toby. Je l'ai rincé au jet d'eau et séché avec une serviette avant de rentrer. Tandis qu'il dévorait sa nourriture, j'ai passé un appel et j'ai quitté la maison.

La section de rééducation du Collier Sports Medicine occupait le rez-de-chaussée d'un bâtiment sur Medical Drive. Deux hommes avec des béquilles attendaient l'ascenseur. J'ai pris les escaliers, en espérant que la réceptionniste ne soit pas la fille avec qui j'étais brièvement sorti.

Une femme aux cheveux gris m'a dit d'attendre. Les murs étaient tapissés de maillots de sport de joueurs qui avaient été patients. Les gens faisaient confiance aux médecins qui soignaient les athlètes mais ne réalisaient pas que les bons résultats étaient dus au fait que les patients étaient jeunes et en forme.

Une porte latérale s'est ouverte, et le Dr Russo m'a fait signe d'entrer. « Je n'ai que quelques minutes. »

« C'est tout ce dont j'ai besoin. »

Nous nous sommes retirés dans son bureau. Deux ballons de football américain dédicacés trônaient sur la crédence. « Ils sont nouveaux ? »

« Non. » Il a fait coulisser une porte de placard, révélant un fouillis de souvenirs. « Si un patient me donne quelque chose, j'essaie de l'exposer quand il vient. »

« On vous apprend ça à la faculté de médecine ou en école de commerce ? »

« Mon père m'a toujours dit que le client est roi, même si on est chirurgien. »

« C'est un homme intelligent. »

« Il l'était vraiment. De quoi aviez-vous besoin ? »

« J'aimerais en savoir plus sur le pied tombant et les prothèses de hanche. »

« Vous faites référence à la causalité possible du pied tombant chez les patients qui subissent une arthroplastie de la hanche ? »

« Oui. »

« C'est une manifestation assez courante dans l'arthroplastie de la hanche, mais la plupart des patients récupèrent entièrement l'usage de leur membre. »

« Quelle en est la cause ? »

« Une compression d'un nerf de la jambe, le nerf péronier. Ce nerf contrôle les muscles impliqués dans le relèvement du pied. »

« Quelle en est la fréquence ? »

« Eh bien, de manière générale, d'un à quatre pour cent des patients. Bien sûr, cela dépend du patient. Ceux qui ont déjà subi des opérations de la hanche et ceux qui souffrent de dysplasie développementale de la hanche sont plus sujets aux problèmes. »

« Dysplasie ? »

« Certaines personnes naissent avec des articulations de la hanche sous-développées. »

« En excluant ces cas, est-ce le chirurgien qui en est la cause ? »

Russo s'est agité sur sa chaise. « Ces opérations sont courantes, mais n'oublions pas qu'elles restent compliquées. »

« Je comprends, mais est-ce une erreur chirurgicale ? »

« Ça pourrait l'être. Quels détails pouvez-vous me donner ? »

« Je suis encore en train de rassembler des informations, mais cette dame a eu une nouvelle hanche il y a plus d'un an et souffre toujours d'un pied tombant. »

« Les femmes ont un taux de problèmes plus élevé… »

J'ai ri. « Vous parlez en général ? »

Il a souri. « Je faisais référence au taux d'incidence du pied tombant. »

« Je plaisantais, docteur. »

Il a hoché la tête. « Bien sûr, les risques augmentent, quel que soit le type de chirurgie, si elle est pratiquée par un chirurgien débutant. »

« L'expérience, ça compte. »

« Sans aucun doute. On peut prendre le risque avec un nouveau coiffeur, mais pas en chirurgie. »

Le chirurgien qu'a utilisé Barrone était très réputé, avec vingt ans d'expérience. « Merci pour votre temps, docteur. »

« Quand vous voulez, Beck. Et merci pour le don. Ça va beaucoup aider les enfants du Guadalupe Center. »

« Heureux d'aider. Je vais aussi trouver un truc que tu pourras vendre aux enchères pour l'événement caritatif. »

« Merci. Pourquoi ne viendrais-tu pas ? Ce serait super de t'avoir avec nous et, franchement, on passe un bon après-midi. »

« Je te tiendrai au courant. »

« Tu pourrais rencontrer certains des enfants que tu as aidés. »

« On verra. »

Il a froncé les sourcils, sachant que cela signifiait non.

Je me suis connecté à mon VPN et j'ai navigué jusqu'au site web de l'Office of Regulation of Insurance de Floride. La Floride était l'un des rares États à fournir des informations sur les plaintes pour faute professionnelle relevant de la police d'assurance d'un médecin.

Une recherche sur le Dr Flagstaff n'a rien donné. Aucun patient n'avait réussi à poursuivre le chirurgien en justice au cours de la dernière décennie.

Le département de la Santé de Floride tenait un registre des plaintes contre les médecins. Flagstaff en avait accumulé cinq en vingt ans. Aucune n'avait abouti à une mesure disciplinaire à son encontre.

La décision était difficile à prendre. Barrone souffrait de ce qui semblait être une invalidité permanente due à l'opération. Savoir s'il s'agissait d'un acte de négligence était loin d'être évident.

Flagstaff avait une excellente réputation et un casier vierge. Mais il était humain. Nous faisons tous des erreurs.

30

MALGRÉ PLUSIEURS ENQUÊTES, RIEN DE SUBSTANTIEL DANS LE passé de Flagstaff n'indiquait de négligence ou d'indifférence. Il était respecté sur le plan professionnel. J'ai passé un appel et je me suis dirigé vers Vanderbilt Beach.

Une file de camions-bennes, chargés de sable, encombrait l'impasse. Ils attendaient de déverser leur chargement sur le monticule de quatre étages de haut qui était réparti par des engins de terrassement.

Le sable était déplacé vers le nord, en direction de Wiggins Pass. Larson, à la lisière du Ritz-Carlton, était assis loin du chaos.

Il a posé le *Wall Street Journal* et a tapoté la chaise longue vide à côté de la sienne. « Détends-toi, Beck. »

J'ai montré du doigt le réensablement. « Sacrée opération. »

« En effet. Ça coûte vingt millions au comté. Espérons que ça en vaille la peine. »

« Ça ne durera que quelques années, mais le tourisme est le moteur de la Floride. »

« Plus autant qu'avant. L'économie se diversifie vraiment. L'aviation et l'aérospatiale sont en pleine croissance, tout comme les technologies de l'information et le secteur médical. »

« Il commence à y avoir du monde par ici. »

« C'est vrai, mais ça reste le meilleur endroit du pays. Tu veux boire quelque chose ? »

« Non, merci. Écoute, je sais que ton amie Anna Barrone et j'adorerais vous aider, elle et toi, mais je ne crois pas qu'il y ait matière à quoi que ce soit. »

Il a redressé le dossier de sa chaise en position assise. « Elle est handicapée à vie. Tu as vu comment elle marche. »

« Sans aucun doute. Barrone a un cas sévère de pied tombant, mais je ne pense pas qu'on puisse blâmer le médecin. »

« C'est une conséquence directe de l'opération. Sans cette prothèse de hanche, elle pourrait courir un marathon. »

« Si elle avait vingt ans de moins, je penserais que tu sors avec elle. »

Il a froncé les sourcils. « Flagstaff a tout simplement bâclé l'opération. »

« Tu es avocat ; tu sais bien qu'il n'y avait aucune preuve de négligence. Tu es peut-être un peu trop impliqué dans cette affaire. »

« La femme de l'associé de Flagstaff est de la famille de la sœur du juge. »

« D'accord, mais où est la preuve que Barrone n'a pas eu un procès équitable ? »

Larson a bu une gorgée de son eau minérale.

J'ai ajouté : « Je suis vraiment désolé pour Barrone, sincèrement, mais chaque procédure comporte des risques.

Elle le savait ; elle a signé les formulaires de consentement. »

« Personne sur terre ne sait ce qu'il signe au moment d'être conduit en salle d'opération. Ce genre de chose ne tiendrait pas au tribunal. »

« Ça ne tient pas si le chirurgien a été négligent. Rien n'indique que ce soit le cas pour Flagstaff. Je ne vois pas comment je pourrais aider ici. »

« Il doit bien y avoir quelque chose que tu peux faire pour lui apporter un peu de réconfort. Elle va boiter pour le restant de ses jours. »

Larson était l'homme le plus pondéré qui soit. Ce comportement n'était pas dans ses habitudes. C'était aussi le contact le plus important que j'avais. L'avoir rencontré et travaillé pour lui avait été une bénédiction. Y avait-il quelque chose qui m'échappait ? « Je vais y rejeter un œil. »

« Bien. Tu te souviens de Ventura ? »

« Phil, l'avocat ? »

« Oui. Tu travaillais avec moi quand il a fait quelques missions pour nous. »

« Ouais, bien sûr. C'est un type bien. Qu'est-ce qui se passe avec lui ? »

« Il a une affaire pour laquelle il a besoin d'aide. »

« Je ne sais pas. Je suis assez débordé. »

« Son client est une personnalité très en vue. Ça vaudra le coup pour toi. »

———

CHEZ DEROMO, il y avait un monde fou. Je me suis frayé un chemin à travers le restaurant. Ventura était assis à une table en terrasse qui donnait sur une fontaine. Il a souri et s'est levé. « Beck, comment vas-tu ? »

« Content de te voir. »

Il a souri. « Content d'être vu. »

« Amen. »

Le serveur est arrivé avant que mon postérieur ait touché la chaise. « Quelque chose à boire, messieurs ? »

Ventura a commandé un verre de Chianti et j'ai dit : « Un Tito's on the rocks, s'il vous plaît. »

« J'ai commandé des calamars. Tu veux autre chose ? »

« Non, c'est bon. Alors, comment ça va depuis le temps ? »

« Très occupé. »

« Tu es toujours à ton compte, n'est-ce pas ? »

« Oui, j'ai deux autres avocats qui travaillent pour moi et quelques assistants juridiques. Heureusement, nous avons plus de travail que nous ne pouvons en gérer. »

« Tant mieux pour toi. »

Le serveur a posé nos verres.

J'ai remué ma vodka avec la paille. « Larson m'a dit que tu avais besoin d'aide. »

« Ce n'est rien d'énorme, mais un de mes clients est contrarié. Il a l'impression qu'on se moque de lui. Je dois avouer que je suis d'accord, mais nous n'avons pas réussi à trouver la faille. »

J'ai siroté ma boisson. « Mets-moi au courant. »

« Tu connais Frank Puglia ? »

« Le type avec toutes les concessions automobiles ? »

« Oui, il en a trois en ville et une douzaine d'autres. Autant dire qu'il est riche. Il vit sur Gordon Drive, une propriété incroyable, juste sur la plage. C'est l'une des plus belles le long de cette portion de côte. »

Le serveur a posé un plat de calamars frits.

« Et alors ? »

« Il faisait repeindre sa maison, et l'un des peintres a monté un échafaudage puis est tombé. Personne n'a rien vu, et le type prétend s'être blessé et réclame cinq millions de dollars en justice. »

« Pourquoi Puglia ne règle-t-il pas ça à l'amiable ? »

« Je lui ai dit de le faire, mais il veut se battre pour empêcher que ce genre de choses ne se reproduise. Si le bruit court qu'il a payé ce type, non seulement les gens se mettront à tomber chez lui, mais il craint aussi que ça ne s'étende à ses concessions. »

« Il n'a pas tort. Les gens ont tendance à s'en prendre aux portefeuilles bien garnis. »

« Et comment ! Si ça va au tribunal, ça se retrouvera dans les journaux, et impossible de savoir combien d'autres suivront. » Ventura a piqué un anneau. « Sers-toi. »

J'ai piqué un calamar avec ma fourchette. « Plus de procès, c'est bon pour tes affaires. »

Il a froncé les sourcils. « Puglia a une assurance, mais, crois-le ou non, il a laissé sa garantie complémentaire expirer. »

« Il est blessé à quel point, ce type ? »

« On pense qu'il simule. »

« Pourquoi ? »

« Nos médecins l'ont examiné et on n'a pas trouvé grand-chose. Il prétend avoir des lésions nerveuses qui le font souffrir, et il a dit que sa vision était floue. Tout ce dont il se plaint, nous sommes incapables de le vérifier. »

« Qu'est-ce que tu veux que je fasse ? »

« Jette un œil sur lui. Fais jouer ta magie, tu auras peut-être un coup de chance. »

« La chance, c'est ce qui arrive quand la préparation rencontre l'occasion. »

Ventura a souri. « Sénèque, c'est ça ? »

« Ouais. Quelle est la compensation là-dessus ? »

« Puglia a autorisé jusqu'à un quart de million pour que ça disparaisse. »

« Sympa. Quel est le nom du peintre ? »

Ventura a fouillé dans sa poche et a fait glisser une carte sur la table. « Rigo Munoz, voilà ses coordonnées. »

« Je vais le surveiller, voir si on peut le prendre au dépourvu. »

« Ouais, tu te souviens de Beeson, le type qui s'était fait renverser par une moto ? Il disait qu'il ne pouvait plus utiliser ses bras. »

En souriant, j'ai dit : « Ouais, je l'ai surpris en train de jouer au bowling du côté de Punta Gorda. »

« Espérons que tu puisses faire un truc du genre avec Munoz. »

31

JE ME SUIS GARÉ À CÔTÉ DE LA COLONNE ANGULAIRE QUI dépassait du bâtiment Ferrari. Des voitures de luxe étaient alignées sur le parking. J'ai cherché Caden du regard.

Un duo de Lamborghini jaunes se démarquait. Ma première pensée a été pour le chemin parcouru par le constructeur italien. Pour approfondir mes connaissances sur les voitures de sport exotiques, j'avais regardé un documentaire sur Lamborghini, qui avait débuté en construisant des tracteurs. Je me suis ensuite demandé si l'une de ces voitures couleur citron appartenait à Caden.

Cinq groupes d'hommes étaient dispersés sur le parking, sans doute en train de parler de voitures. Répartis dans deux de ces attroupements se trouvaient les types que j'avais engagés.

Je me suis approché d'un groupe qui entourait une voiture que je ne connaissais pas.

Après avoir salué d'un check du poing un type que je payais pour être là, je me suis retrouvé devant une voiture d'un vert blafard. C'était une McLaren. J'ai dit : « Une vraie beauté. C'est quel modèle ? »

« Une 720S. »

« Joli. Quelqu'un a vu Brett Caden ? »

« Ouais, il est à l'intérieur. »

En entrant dans le showroom, j'ai calculé qu'il y avait plus de trente voitures sur le parking. Chacune valant plus de deux cent cinquante mille dollars, cela faisait environ dix millions de dollars de métal sur le point de partir en convoi.

Encerclé par des cordons de velours, un modèle plus ancien, avec des bandes de course, trônait au centre du showroom. Une autre antiquité, avec un grand numéro neuf sur ses portières, témoignait de l'engouement quasi sectaire que Ferrari avait bâti en soixante-quinze ans.

J'ai examiné le capot d'une voiture vert citron qui semblait tout droit sortie d'un comic book de Marvel. Le logo au cheval cabré confirmait que c'était bien une Ferrari.

Caden se trouvait à l'extrémité de l'immense espace aux parois de verre.

Passant devant une douzaine d'œuvres d'art automobiles, je lui ai fait un signe de la main. Lui et deux autres hommes se tenaient à côté d'une voiture de course de Formule 1. Les pneus du roadster étaient plus hauts que la carrosserie de la voiture.

« Salut, Brett. »

Il a tendu la main. « Beck, je te présente Dino. C'est le directeur général ici. »

Nous nous sommes serré la main. « Ravi de vous rencontrer. »

Caden a dit : « Beck vient de perdre sa virginité ; il s'est pris une Portofino d'occasion. »

« Nous sommes fiers de vous accueillir dans la famille. »

Un homme en veste de sport bleu roi s'est approché. Caden a dit : « Regarde qui est là, tout droit venu de Maranello. Comment vas-tu, Freddo ? »

L'homme avait un fort et intrigant accent italien. « Excellent. Et toi, mon ami ? »

« On ne peut mieux. »

J'ai pris mon téléphone en main pendant que Caden me disait : « Si jamais tu as l'occasion d'aller à l'usine Ferrari, Freddo est l'homme de la situation. J'y suis allé, genre, six ou sept fois. »

Freddo a dit : « Ce serait un plaisir de vous accueillir ; quand vous le souhaiterez, faites-le-moi savoir. »

« On s'éclate toujours. Tu te souviens de la cuite qu'on s'est prise dans ce restaurant en haut de la colline ? »

Tandis que l'Italien secouait la tête en disant : « Trop de grappa. J'ai mis deux jours à m'en remettre », j'ai appuyé sur le bouton d'enregistrement de mon téléphone pour documenter le caractère unique de sa voix.

« Tu as perdu l'entraînement. Pas moi. Le lendemain, on a eu une dégustation spéciale dans la cave à vin personnelle d'Antinori. On a bu, genre, sept bouteilles du meilleur jus qu'ils aient jamais produit. »

« On m'a dit que c'est un endroit merveilleux, magique. Je n'y suis jamais allé. »

« Vraiment ? J'y suis allé une demi-douzaine de fois. »

J'ai demandé à Freddo : « Votre accent est merveilleux. Où êtes-vous né ? »

« À Parme, à environ soixante-quinze kilomètres de Maranello. C'est une ville magnifique, célèbre pour notre prosciutto. »

« Vous faites la navette ? Ça prend combien de temps en voiture ? »

« Environ une heure, mais je suis toujours en déplacement, donc je ne fais pas souvent le trajet. »

Le directeur général a dit : « On dirait qu'ils se préparent à partir. »

Les conducteurs montaient dans leurs voitures. Mon regard s'est posé sur un homme grand et plus âgé qui se faufilait à travers l'ouverture papillon d'une Lamborghini blanche. Il avait dix ans de trop pour posséder ce genre de voiture.

J'ai dit : « Bon, mettons-nous en route. »

Nous sommes sortis et nous sommes montés dans nos voitures respectives. Caden, dans une Ferrari rouge, était plusieurs voitures devant la mienne. Le cortège a roulé vers le sud sur la route 41. Mon pare-brise et mon rétroviseur étaient remplis de quelques-unes des meilleures voitures du monde.

Le groupe a serpenté sur Crayton Road. Toutes les deux minutes, un conducteur sortait de la file pour bondir vers l'avant. Cette propulsion fulgurante donnait un avant-goût de la puissance qui se cachait sous les capots rutilants de la caravane.

La voiture de tête a longé le bord de l'eau et, après avoir terminé le trajet sur Gordon Drive, il était temps de dîner. Deux rangées du parking derrière le Tommy Bahama étaient bloquées par des cônes rouges.

Un à un, les véhicules exotiques se sont garés en marche arrière sur les places de stationnement. Il y avait plus de têtes qui se tournaient et de bouches bées que lors d'un défilé de mannequins légèrement vêtues.

Nous nous sommes dirigés vers le Barbatella. Le groupe avait réservé le rez-de-chaussée du restaurant en plein air. Caden était devant moi. Deux types du groupe se sont approchés de lui. Ils se sont donné l'accolade. Caden connaissait pas mal de gens qui participaient au rallye.

Caden s'est dirigé vers la treizième avenue. Je me suis dirigé vers l'entrée arrière de l'Old Naples Pub et j'ai traversé le bâtiment pour rejoindre l'entrée arrière du Barbatella.

J'ai pris une table et j'ai gardé les yeux sur la Troisième Rue. Caden est apparu une minute plus tard, et je me suis levé, lui faisant signe de s'asseoir avec moi.

Alors que Caden tirait une chaise, j'ai dit : « Tu es déjà venu ici ? »

« Mille fois. Ils ont une carte des vins au verre pas mal. »

Il a fait signe à un serveur et a commandé une bouteille de Brunello.

Deux des complices que j'avais engagés pour énerver Caden sont venus à la table. Je me suis levé, présentant Jimmy Reilly et Bob Stone à Caden. Ils se sont serré la main.

Reilly a dit : « C'est une belle Aventador. J'en avais une il y a quelques années. »

Caden a demandé : « Qu'est-ce que vous conduisez, maintenant ? »

Reilly a souri. « Ça dépend des jours. »

« Moi aussi. J'ai quelques Ferrari et deux Lambo, y compris la nouvelle Countach. »

« J'en ai trois de chaque et je viens de m'offrir une Lotus. »

Caden a bombé le torse. « Oui, avant j'avais plus de voitures, mais maintenant je me concentre sur la crème de la crème, comme ma LaFerrari Aperta. »

« Le meilleur, ça se discute. Pas vrai, Bob ? Vous trouvez que McLaren, c'est le top. »

Bob Stone a répondu : « Ça dépend de ce que vous

recherchez. J'aime la vitesse, et rien ne bat ma McLaren 720S. »

Caden a dit : « Peut-être en ligne droite, mais ma 788 GTS a l'avantage en matière de maniabilité et, globalement, elle est plus rapide. »

Stone s'est moqué : « C'est votre opinion. »

« Tout le monde le sait. Ce n'est pas une opinion, c'est un fait. Je l'ai opposée à une 720S sur le circuit de Miami à Homestead et j'ai gagné avec cinq longueurs d'avance. »

Caden a ricané : « Une voiture anglaise ne battra jamais une italienne. Le pilote ne savait pas ce qu'il faisait. »

Je suis intervenu : « Peut-être qu'on devra faire une course pour régler ça. »

Caden a attrapé son menu. « Quand vous voulez. Putain, quand vous voulez. »

Stone a demandé : « Jimmy, quand est-ce que tu fais livrer ta voiture à Los Angeles ? »

« Demain. »

« Ah ouais, moi aussi. Probablement dans le même camion. »

J'ai demandé : « Qu'est-ce qui se passe à LA ? »

« Le salon automobile Concorso Italiano. Les meilleures voitures que l'Italie ait jamais produites y seront. »

J'ai demandé à Caden : « Tu vas exposer une des tiennes ? »

Stone a dit : « C'est sur invitation seulement. »

Caden a dit : « Je meurs d'envie de manger. Qu'est-ce que vous prenez ? »

32

EN ATTENDANT L'OUVERTURE DE LA CONCESSION, J'AI RÉPÉTÉ ce que j'allais dire. À neuf heures, j'ai passé un coup de fil.

« Ferrari Naples. »

« Bonjour, je suis passé à votre showroom hier soir. Enfin, pour être exact, j'étais là pour le rallye. »

« En quoi puis-je vous aider, monsieur ? »

« Je cherche Freddo, le directeur de Maranello. »

« Il est en route pour l'Italie. »

« Je sais. Il m'a dit de l'appeler en arrivant. J'ai perdu son numéro de portable. »

« Je suis désolé, mais je ne peux pas vous communiquer cette information. »

« Oh, non… Ma femme et moi partons ce soir. Vous pouvez demander à Dino, il me connaît. Je viens d'acheter une Spider et Freddo voulait me faire visiter l'usine. »

« Je ne suis vraiment pas censé le faire… mais d'accord. »

« S'il vous plaît, je rêve de voir comment on fabrique les Ferrari depuis que je suis tout petit. »

« Très bien, voici son numéro : 39-0536-949713. »

« Merci beaucoup. Nous avons vraiment hâte de faire cette visite. »

C'était la dernière pièce du puzzle.

Le court extrait que j'avais enregistré de Freddo en train de parler a suffi à l'IA pour s'entraîner à reproduire sa voix. C'était d'une facilité déconcertante, et tout aussi, voire plus, terrifiant. La capacité de créer des deepfakes allait devenir un problème de société majeur.

En suivant les instructions que le type de Larson m'avait données, j'ai entré le numéro de Freddo dans une application sur le téléphone. Tout appel passé via l'application donnerait l'impression de provenir du numéro de Freddo.

J'ai composé le numéro de Caden. Il a décroché à la première sonnerie. « Ciao, Freddo. Comment va mon pote ? »

J'avais huit lignes de texte prêtes à être converties avec la voix de Freddo. J'ai attendu deux secondes et j'ai lancé la première. « Ciao, Brett. Tout va bien ici. Et toi ? »

« Ça va bien. Quoi de neuf ? »

C'était une transition parfaite vers un autre morceau de texte préparé. « Le salon automobile Concorso Italiano. La 250 GTO que notre concessionnaire de la Silicon Valley devait exposer a eu un accident. On adorerait exposer ton Aperta. »

« Vraiment ? »

J'ai tapé : « Certo, elle est magnifique. »

« Je sais, c'est une pure merveille. »

« J'ai besoin de savoir si tu veux l'exposer. »

« Ouais, mec. Mais pourquoi si tard ? Pourquoi ne me l'a-t-on pas demandé plus tôt ? »

« Je suis vraiment désolé. C'est de ma faute, trop de

voyages. Je m'en suis voulu hier soir et, eh bien, j'espère que tu pourras me pardonner. »

« Bien sûr. Pas de souci. C'est un honneur, mais le salon est dans quelques jours, non ? Et c'est en Californie. »

« Oui, dans trois jours seulement. Mais on s'occupe de tout. Ferrari transportera la voiture par avion jusqu'au Concorso. »

« Je suis partant. Et pour l'organisation ? »

« Perfecto. On vient chercher la voiture demain. Si tu veux, prends ton billet et on paie toutes les dépenses ; donne-moi juste les reçus. »

« Tu seras là ? »

« Certo. Je n'ai pas manqué un Concorso en vingt ans. Écoute, je dois te laisser. C'est l'après-midi en Italie et j'ai beaucoup de choses à faire. Je m'envole pour Londres, puis pour les États-Unis pour le salon. Si tu as besoin de moi, le mieux c'est par e-mail. »

« Bon voyage. On se voit dans quelques jours. »

Le large sourire sur mon visage s'est effacé quand mon téléphone a sonné. C'était Caden. J'ai hésité, puis j'ai répondu. « Salut, Brett. Quoi de neuf ? »

« Je viens de recevoir un appel de Freddo. »

« Freddo ? »

« Le type de Ferrari, d'Italie. »

« Ah oui. Qu'est-ce qu'il a dit ? »

« Devine quelle voiture ils veulent pour le salon Concorso ? »

« La tienne ? »

« Et comment ! Il a dit que c'était une sorte de merdier au niveau de l'entreprise. Ils ont réalisé que je n'y étais pas et ils vont faire venir ma voiture par avion. »

« Ouah. Tu vas y aller ? »

« Absolument. Pourquoi tu ne viens pas ? »

« Ce n'est pas dans quelques jours ? »

« Si. »

« Je suis sur un projet. »

« Reporte-le. C'est juste pour quelques jours. On va faire la fête. »

« Je ne peux pas. Les types qui gèrent ce coup veulent ce qu'ils veulent. »

« Dis-leur de patienter quelques putains de jours. Ce n'est pas la fin du monde. »

« On ne déconne pas avec ces mecs. Ils sont, tu vois, pas le genre de types que tu voudrais que ta sœur épouse. »

« Des gangsters ? »

« On pourrait dire ça. Ils essaient de devenir légitimes, mais ce coup-là, euh, il vaut mieux que tu n'en saches rien. »

« Mais ça paie bien ? »

« Oh ouais, très bien, mais, tu sais, c'est risqué. »

« D'accord. Tu es sûr de ne pas pouvoir venir ? »

« J'aimerais bien, mais j'ai envie de rester en vie un moment. »

« OK. »

« Profite bien du salon. »

« Ouais, et dis à cette grande gueule de Stone que mon Aperta est au salon et qu'elle va probablement rafler le trophée principal. »

33

Coconut Point était bondé de clients et de touristes qui n'avaient rien de mieux à faire par cette journée ensoleillée. Je suis passé devant une douzaine d'enfants attroupés autour du bassin aux tortues, une attraction unique de ce centre commercial en plein air.

Impossible de manquer Barrone qui boitillait dans ma direction. Je me suis senti mal de l'avoir fait marcher si loin, mais j'avais été aveuglé par mon envie d'une part de pizza de chez Tony Sacco. Maintenant, avec des renvois, je n'étais plus certain que la pizza Margherita en ait valu la peine.

« Je suis désolé de te faire venir jusqu'ici. »

« Ce n'est rien. L'anniversaire de ma fille approche et je voulais voir ce que Michael Kors proposait. »

« Tu as trouvé quelque chose ? »

Elle a secoué la tête. « Je n'aime pas du tout leur nouveau style. »

« Tu finiras bien par trouver quelque chose. »

« Je suppose que tu m'as invitée ici pour me dire ce que tu comptes faire pour moi. »

« Je suis encore en train de me renseigner. »

Elle a levé la jambe. « Voilà toute la preuve dont tu as besoin. »

« S'il te plaît, ne te méprends pas ; je ne mets pas en doute ton état. »

« Personne ne le pourrait. »

« Ça a dû être difficile pour toi. Je veux dire, tu devais souffrir terriblement pour te faire poser une nouvelle hanche. »

« Oh, la douleur était terrible. Je ne pouvais plus marcher, mais j'évitais de me faire opérer. Je demandais aux orthopédistes quand je devrais le faire, et ils me disaient tous la même chose : "Vous saurez quand ce sera le moment." »

« Quand la douleur n'est plus supportable ? »

« Exactement. »

« C'était si terrible que ça ? »

« Insupportable, par moments. Je me suis bousillé l'estomac à force de prendre de l'Advil pour la gérer et j'ai arrêté de sortir. Mon fils est venu me rendre visite et il s'est mis à passer des coups de fil, en insistant pour que j'aille voir le Dr Flagstaff. »

« C'est lui qui a trouvé le chirurgien ? »

« Yep. » Elle a montré son pied du doigt. « Et maintenant, je me retrouve avec ça. »

« Tu te déplaces bien. »

« J'aurais dû voir quelqu'un d'autre. Tout ce qui intéressait Flagstaff, c'était le mariage de sa fille. Il ne parlait que de ça. »

« Elle allait se marier ? »

« Ouais, le samedi précédant mon opération du lundi. »

« Tous les parents, s'ils apprécient la personne que leur

enfant épouse, sont excités. Je ne m'attarderais pas trop là-dessus. »

« Ce boucher m'a défigurée. Il n'en avait rien à foutre de moi. »

Ce n'était pas une défiguration, mais il était inutile de discuter. Ma force n'était pas dans la rationalisation, mais dans ma capacité à équilibrer les choses du mieux que je pouvais.

Mon silence l'a incitée à demander : « Tu vas faire quelque chose à ce sujet ? »

« Comme je te l'ai dit, je suis en phase de découverte. »

« Qu'y a-t-il à découvrir ? Tu sais ce qu'il m'a fait. »

Je me suis levé. « Ça fait un certain temps que je fais ce que je fais. S'il y a bien une chose que j'ai apprise, c'est de prendre mon temps. Je sais que les gens veulent que les choses soient faites rapidement, mais ce n'est pas ma façon de fonctionner. »

« D'accord, je comprends, mais ne laisse pas ça traîner éternellement. »

« Profite de cette belle journée, Anna. »

En traversant le centre commercial, j'ai vu une femme se faufiler dans le magasin West Elm. De dos, elle ressemblait à Laura. J'ai pressé le pas et je suis entré. Elle était en train d'ouvrir les tiroirs d'une commode.

Ses cheveux avaient la même couleur et la même longueur que ceux de Laura. En m'approchant, je me suis éclairci la gorge. Elle s'est retournée, et j'ai fait comme si j'étais intéressé par un fauteuil club. Ce n'était pas elle.

J'ai quitté le magasin. En me dirigeant vers ma voiture, j'ai hésité à appeler Laura. C'était une tête de mule. Oublier de l'appeler ne me semblait pas bien grave, et pourtant, elle était toujours furieuse. Y avait-il quelque chose qui m'échappait ? J'ai sorti mon téléphone.

Elle voulait envoyer un message, ce que j'avais compris, mais elle agissait comme si je lui avais coupé un bras.

Soudain, elle était devenue une tout autre personne. La Laura facile à vivre avait disparu, remplacée par une inconnue qui faisait la tête. Je n'avais pas besoin de ces conneries. J'ai rangé mon téléphone.

Il n'y avait rien de mal à être discret. Ma vie n'était pas un livre ouvert ; elle était compliquée et ne regardait personne. Si elle ne pouvait pas comprendre ça, ça ne marcherait pas.

Mon téléphone prépayé a vibré. C'était Mario. « Salut, quoi de neuf ? »

« Où est-ce que tu es ? »

« À Estero. Pourquoi ? »

« Je surveille ce type, Munoz, mais soit il est prudent, soit il est vraiment blessé. »

« Qu'est-ce qu'il fabrique ? »

« Pour commencer, il porte toujours sa minerve. Je ne peux pas voir à l'intérieur de la maison, mais chaque fois qu'il sort devant, il la porte. »

« Tu surveilles la véranda ? »

« Ouais, j'ai envoyé un drone, mais quand il sort, il l'a sur lui. »

« Continue de le surveiller. »

« T'es sûr ? Ce mec se déplace comme s'il souffrait. »

« Les gens sont capables de beaucoup pour cinq millions. »

« Je sais, mais je me dis que sa plainte est peut-être légitime. Tu devrais le voir toi-même. »

« Ce serait dommage. Il y a un quart de million en jeu. »

« Comme tu dis, accepter les choses telles qu'elles sont. »

« Presque, petit malin. Les stoïciens disent qu'il faut se préoccuper des choses que l'on contrôle et laisser l'univers s'occuper de celles qui ne le sont pas. »

Mario a dit : « L'astuce, c'est de savoir lesquelles sont lesquelles. »

« Si tu es honnête avec toi-même, tu sauras sur quelles choses ou situations tu peux avoir une influence. »

« Peu importe. Si tu as le temps, il faut que tu voies ce type. »

« Je vais vérifier les médecins qu'il a consultés. Laisse-moi voir comment ça évolue. »

Ventura et son riche client étaient convaincus que c'était une arnaque. Puglia avait le fric pour faire disparaître l'affaire, mais il ne voulait pas d'un accord à l'amiable. Craignait-il que les gens se missent à faire la queue pour le poursuivre en justice ? Ou croyait-il que c'était tout simplement mal ?

Il y avait toujours deux versions, si ce n'est trois, à chaque histoire. Dans la moitié des affaires dont je m'occupais, les gens qui voulaient régler des comptes portaient une part de responsabilité ou se trompaient sur la situation pour laquelle ils demandaient mon aide.

Ce n'était pas facile de dire à des gens qui s'estimaient lésés que je ne pouvais rien faire pour eux. Parfois, la personne dont ils voulaient se venger n'était pas en tort, ou le rôle qu'elle avait joué était sujet à débat.

Mon téléphone a sonné. C'était Larson. Je lui ai demandé : « Salut, alors, comment ça s'est passé ? »

« Bien. Caden m'a emmené chez le concessionnaire Lamborghini. C'est un sacré numéro. »

« À qui le dis-tu. »

« Et mon gars, ce qu'il peut boire. Je l'ai laissé au Blue Martini à une heure du matin. »

« Vous voilà les meilleurs potes du monde, maintenant. »

Larson a ricané : « Tu vas m'en devoir une. Écoute, je suis devant le Whole Foods. Je voulais juste te tenir au courant. On se reparle plus tard. »

Une autre pièce du puzzle était en place. Il était maintenant temps de mettre mon plan à exécution pour faire subir à Puzo ce qu'il avait fait subir aux autres. En touchant la cicatrice derrière mon oreille, j'ai attendu qu'on réponde à l'appel que j'avais passé.

34

Tout en chantonnant la nouvelle chanson de Keith Urban, j'ai sauté par-dessus le dossier du canapé pour m'affaler dessus. La télé était en sourdine. Alors que le générique du journal de dix-sept heures commençait, j'ai tapoté sur l'application Sonos, faisant basculer le son de la musique sur la télé.

Le présentateur a annoncé : « Ironie du sort, un avocat de renom s'est retrouvé de l'autre côté de la loi. Notre consœur Melissa Wright est à Port Royal. Melissa, c'est un rebondissement surprenant dans le milieu juridique. »

« Choquant serait plus juste, Bob. Je me trouve devant la maison de Galleon Drive appartenant à William Puzo. Agissant sur la base d'une information anonyme, le bureau du shérif du comté de Collier a perquisitionné la demeure récemment rénovée. M. Puzo, un éminent avocat de la défense, a été arrêté plus tôt dans la journée et attend sa comparution pour possession de drogue avec intention de revente. »

J'ai frotté la cicatrice derrière mon oreille pendant que la journaliste continuait. « M. Puzo, qui a défendu avec succès plusieurs personnes accusées d'être des trafiquants de drogue, se retrouve maintenant de l'autre côté de la table, confronté aux mêmes graves accusations que ses clients.

« *WINK News* s'est entretenu avec le shérif Rambosk, qui a déclaré que son bureau était déterminé à maintenir le comté aussi exempt de drogue que possible. Le shérif a félicité ses agents pour l'enquête et l'arrestation.

« M. Puzo doit comparaître plus tard dans la journée. »

Le présentateur du journal est intervenu : « C'est une affaire fascinante. Sait-on si M. Puzo va se représenter lui-même ? »

« Nous le saurons plus tard, mais si M. Puzo est reconnu coupable, il sera non seulement radié du barreau, mais il risquera aussi une peine de prison considérable. »

« Merci, Melissa. *WINK* va suivre cette affaire et vous tiendra informés de son évolution. Et nous allons maintenant écouter un reportage de notre station affiliée de Los Angeles sur la situation actuelle des incendies qui font rage juste à l'extérieur de la ville. »

J'ai éteint la télé et j'ai remis la musique. L'euphorie dopaminergique que m'avait procurée la chute de Puzo commençait à se dissiper. Ça ne durait jamais assez longtemps.

Attrapant mon téléphone sur la table basse, j'ai passé un appel.

« Bureau du procureur du comté de Collier. À qui souhaitez-vous parler ? »

« Au procureur O'Leary. »

Après deux sonneries, O'Leary a décroché. « John O'Leary. »

« Salut. Tu peux me rappeler ? »

« Donne-moi cinq minutes. »

En faisant les cent pas sur la terrasse couverte, je pensais à Puzo. Cette ordure était dans de beaux draps, mais il n'irait jamais en prison. O'Leary avait dit qu'ils négocieraient un plaider-coupable.

Mon téléphone prépayé a vibré. « Salut. »

« Qu'est-ce qui se passe ? »

« C'est pour Puzo. Je veux juste m'assurer que tout est sur les rails. »

« C'est encore tôt, il n'est même pas encore passé en comparution. »

« Je sais, mais je veux être sûr que personne ne monte ça en épingle plus que ça ne l'est déjà. »

« Pour l'instant, c'est une avalanche de commérages. »

« Il faut que ça reste comme ça. »

O'Leary a expiré. « Puzo a marché sur pas mal de plates-bandes. »

« J'ai besoin que tu gardes le cap. »

« Ça devrait aller. »

« Je ne veux pas entendre le mot *devrait*. Puzo n'a aucun antécédent de trafic ni de casier judiciaire. Ses meubles étaient dans un garde-meuble, sa maison était en rénovation et… »

« Tant qu'il dit que c'était pour sa consommation personnelle et qu'il accepte de renoncer à sa licence d'avocat, il obtiendra probablement une peine avec sursis. »

« Qui le représente ? »

« Il se représente lui-même. »

« Ce n'est généralement pas une bonne idée. Mais dans ce cas, ça pourrait aider. »

35

APRÈS AVOIR RÉPÉTÉ CE QU'IL ALLAIT DIRE, LARSON A composé un numéro. Caden a répondu à la première sonnerie. « Yo, Larson, comment ça va ? C'était quelque chose, la soirée qu'on a passée, hein ? »

« J'ai eu une sacrée migraine le lendemain. »

« Il faut t'entraîner. »

Larson a ri. « Et toi, comment tu vas ? »

« Impeccable. Jamais été aussi bien. »

« Tant mieux. »

« Quoi de neuf ? T'es prêt à sauter dans le monde des Lambo ? »

« J'y pense. Cette Aventador, c'est autre chose. »

« Fonce, mec. Tu ne le regretteras pas. »

« Le prix est élevé. Je penche plutôt pour la Huracan. »

« Si tu fais ça, il faut que ce soit la Huracan HTO. Oublie le modèle EVO. »

« Je sais. Je me souviens de ce que tu en as dit. »

« Je peux te ramener chez le concessionnaire. Ils me connaissent, je pourrais peut-être te négocier un bon prix. »

« Merci. T'es où ? »

« Chez Angelwax, je fais bichonner ma Spider. Si tu prends une Lambo, il te faut un revêtement Angelwax. Ça protège la carrosserie et ça brille comme le soleil. »

« Donc, tu ne peux pas parler ? »

« Mais si. Qu'est-ce qui se passe ? »

« Tu sais que j'ai beaucoup de contacts dans les forces de l'ordre. »

« Bien sûr. Tu as dit que tu avais été flic et avocat. »

« Tu t'en souviens ? Je pensais qu'après toute la fête de l'autre soir, tu aurais oublié. »

« Il en faut plus que trois bouteilles de vin et quelques shots de tequila pour me mettre K.O. » Il a ri. « C'est quoi cette histoire avec les forces de l'ordre ? »

« Eh bien, je viens de croiser un procureur avec qui j'ai travaillé pendant plusieurs années. Je lui parlais de la possibilité que je m'achète une Lamborghini, et ton nom est venu sur le tapis. Je lui ai dit que tu connaissais les voitures italiennes sur le bout des doigts. »

« Ton pote veut s'en acheter une ? »

« Non, mais, euh, il m'a confié quelque chose que, euh, tu devrais savoir, à mon avis. »

« Accouche. Qu'est-ce qu'il a dit ? »

« Bon, j'ai juré de ne rien dire, alors il faut que tu promettes que ça ne remontera pas jusqu'à lui ou qui que ce soit d'autre, d'accord ? »

« Je sais garder un putain de secret. Vas-y, balance. »

« Puzo, c'était ton avocat, quand tu as eu cet accident, c'est bien ça ? »

Caden a hésité. « Ouais, et alors ? »

Larson baissa la voix. « Il est dans de sales draps. Ils ont trouvé une quantité importante de drogue chez lui. »

« Qu'est-ce que ça a à voir avec moi ? »

« J'ai entendu dire qu'il est en train de parler pour sauver sa peau, tu sais, il essaie de négocier un accord pour s'en tirer ou réduire les charges. »

« Typique des avocats. Ils vendraient n'importe qui, ces sales égoïstes. Ça me fait de la peine pour les pauvres types qu'il est en train de balancer. »

« C'est ça le problème, on m'a dit qu'il avait mentionné ton nom. »

« M-m-moi ? »

« C'est ce qu'on m'a dit. »

Caden a marqué une pause. « En rapport avec quoi ? »

« L'accident. »

Il s'est repris plus vite qu'un patineur artistique olympique. « Puzo peut dire ce qu'il veut. Il n'y a rien à dire. »

« Ah oui ? Le procureur a dit que Puzo prétendait t'avoir mis en contact avec un médecin qui a simulé la fracture de fatigue et que… »

« Putain de conneries ! Si Puzo veut l'ouvrir sur de la merde, qu'il le fasse. Écoute, il faut que j'y aille, ma voiture est prête. »

« Attends une seconde. »

« Quoi ? »

« N'appelle pas Puzo quand il sortira de prison. Il serait considéré comme un témoin, et ils t'accuseraient d'entrave à la justice. »

« Pourquoi j'appellerais ce connard ? »

« Je m'assure juste que tu ne te fasses pas entraîner là-dedans. »

———

CE N'ÉTAIT PAS une surprise que le meilleur ami de Flagstaff soit un autre médecin. Que ce soit à cause de leur complexe de supériorité ou du fait que personne d'autre ne pouvait comprendre ce qu'ils faisaient importait peu, les chirurgiens aimaient bien traîner ensemble.

De quelques années plus jeune que Flagstaff, le docteur Valencia était chauve. Était-ce le stress de la neurochirurgie, ou une mauvaise génétique ? Il a lissé le devant de sa blouse blanche. « Je suis surpris que le NCH n'ait rien communiqué. »

J'ai ouvert mon bloc-notes. « Ça ne sortira pas avant l'année prochaine. Il y a pas mal de médecins à interviewer. C'est plutôt un regard sur les coulisses, vous savez, pour humaniser les médecins de l'équipe. »

« Cela ressemble à une initiative louable. »

« Nous pensons que cela aidera à renforcer la confiance des patients. »

Il a souri. « Peut-être qu'ils se contenteront à nouveau de ne demander que deux avis. »

« C'est Internet. Tout le monde est un expert. »

« Sans aucun doute. C'est bien que les patients soient informés et fassent des recherches sur leurs pathologies, mais beaucoup sont allés trop loin. »

« Je suis sûr que vous voyez ça. Alors, commençons. »

« Allez-y. »

« Cela vous dérange si j'enregistre ? »

« Pas du tout. »

« Bien. Dites-moi, quand avez-vous décidé de consacrer votre vie à aider les autres ? »

« Je m'en souviens très bien. Je venais de fêter mon neuvième anniversaire et on a diagnostiqué une leucémie à ma grand-mère. Nous n'avions pas les outils que nous avons aujourd'hui, et c'était déchirant. Les soins qu'elle a reçus n'étaient pas épouvantables, mais j'ai senti qu'ils auraient pu être meilleurs et j'ai décidé de devenir médecin. »

« J'aime l'angle familial de cette histoire. Maintenant, parlez-moi de la faculté de médecine que vous avez fréquentée et de vos expériences d'internat et de résidence. »

Après dix minutes, j'ai coupé le médecin. « Changeons un peu de sujet et passons au côté personnel. Parlez-moi de votre vie de famille. »

Le chirurgien était marié depuis trente-neuf ans, il avait trois filles adultes et quatre petits-enfants.

« Je crois comprendre que vous êtes très proche du Dr Flagstaff ? »

« Oh oui. Nous avons fait nos études de médecine ensemble et nous nous sommes tout de suite liés d'amitié. »

« Je vais également l'interviewer. Pourriez-vous me donner quelques détails personnels qui pourraient m'aider ? »

« C'est un type formidable, il adore le golf, mais comme nous tous, il n'a pas l'occasion d'en faire aussi souvent qu'il le voudrait. »

« J'ai cru comprendre que sa fille s'est mariée récemment. »

« Oui, c'était fantastique. Flagstaff n'a pas regardé à la dépense. La réception avait lieu au Ritz, en bord de mer. »

« Waouh. Vous vous êtes bien amusé ? »

« Oui. Mais j'étais mal en point le lendemain. »

« Un peu trop bu ? »

« Absolument. Flagstaff est un amateur de vin, et nous avons dû boire trois bouteilles de grands crus californiens à nous deux. »

« Pas étonnant que vous ayez eu la gueule de bois. Buvez-vous souvent du vin ensemble, avec le Dr Flagstaff ? »

« Plus depuis des années. Nous n'avons plus la même capacité de récupération. Maintenant, ce n'est que pour les grandes occasions, comme ce mariage. »

« Le temps qui passe finit toujours par gagner. »

« C'est certain. »

J'ai baissé la voix. « J'ai interviewé de nombreux chirurgiens, et leur métier est si exigeant qu'ils ont besoin, disons, d'un exutoire. Certains se tournent vers la drogue… »

« Pas moi. »

« Et le Dr Flagstaff ? »

« Absolument pas, ou du moins, pas depuis plus de trente ans que je le connais. »

« Ce n'est pas pour l'article, mais par simple curiosité, qu'en est-il de l'infidélité conjugale ? »

« J'ai toujours été fidèle à ma femme. »

« Bien. J'ai entendu dire que le Dr Flagstaff avait eu une ou deux aventures. »

« Je pense que vous vous trompez. »

Y avait-il anguille sous roche ? Je devais revenir à la carrière professionnelle de Valencia ou il allait se méfier.

36

UN CAMION, ARBORANT LE LOGO DE THE HORSELESS
Carriage, était garé devant la maison de Caden. Tandis que
le chauffeur se dirigeait vers la porte d'entrée de Caden,
deux autres hommes sont sortis de la cabine et ont ouvert
les portes arrière de la remorque.

Caden a salué le chauffeur. « Bonjour. Je vous rejoins
près du garage. »

Les hommes ont commencé à assembler une longue
rampe tandis que la porte du garage s'ouvrait. « Vous voulez
que je la sorte moi-même ? »

« C'est bon, monsieur. On s'en occupe. »

« Faites attention, sa garde au sol est de moins de treize
centimètres. »

Il a montré l'arrière du camion. « Oui, monsieur. Notre
rampe a une inclinaison très progressive. »

« Vous l'emmenez directement à l'aéroport ? »

« Oui, monsieur. On part directement pour Miami. » Il a
posé la main sur la poignée de la portière. « Je peux ? »

Caden lui a tendu un porte-clés rouge. « Bien sûr. »

Il a regardé l'homme conduire lentement son précieux bien derrière le camion. L'un des hommes a gravi la rampe pour entrer dans la remorque et l'autre a aidé le chauffeur à s'aligner avec la rampe.

« C'est bon, montez. »

La Ferrari s'est engagée au pas sur la remorque. Sous le regard de Caden, ils ont arrimé la voiture et ont fermé les portes. Le chauffeur a tendu un porte-bloc à Caden. « Il faudrait que vous signiez ça, monsieur. »

Caden a gribouillé sa signature sans rien lire. « Faites attention à mon bébé. »

« Ne vous inquiétez pas, monsieur. »

———

LE VISAGE de Caden s'est illuminé alors qu'il passait devant le panneau indiquant Monterey et prenait la sortie pour Seaside, en Californie. La route était sinueuse et il a ralenti. La Porsche 911 cabriolet se comportait honorablement, mais ce n'était pas une Ferrari.

Alors qu'il s'engageait sur la route d'accès du parcours de golf de Bayonet, Caden songeait à remporter le prix de la meilleure voiture du concours. Son Aperta était très recherchée, mais les gagnants précédents étaient pour la plupart des voitures plus anciennes, de collection.

En se garant, il s'est dit qu'il obtiendrait au moins le Prix du Président. C'était impossible d'ignorer sa voiture. Caden a fouillé dans son jean et en a sorti une fiole. Il a regardé autour de lui, s'est penché et a sniffé deux rails. Il a vérifié dans le rétroviseur, a empoché la coke et est sorti.

Gonflé à bloc, Caden s'est avancé sur la mer d'herbe vert émeraude en direction des rangées et des rangées de véhicules rutilants. Ça allait être une journée absolument géniale.

Cherchant un visage familier, il s'est approché de la tente d'enregistrement.

« Bienvenue au Concorso Italiano. Quel est votre nom, monsieur ? »

« Monsieur ? Je suis Brett. Brett Caden. »

« Un instant. » Elle a parcouru trois pages de noms. « Hum… Comment ça s'écrit ? »

« C-A-D-E-N. Mon prénom est Brett. »

Elle a regardé de nouveau. « Je suis désolée, monsieur. Je ne vois pas votre nom. Vous vous étiez préinscrit ? »

« Regardez encore. Ma Ferrari Aperta participe au concours. »

Elle a fait glisser son doigt le long des noms sur chaque feuille. « Il n'est pas là. Il y a peut-être eu une sorte d'erreur. »

« Freddo Romano m'a invité. C'est le directeur de la marque pour l'Amérique du Nord. Cherchez à son nom, je suis probablement là. »

La femme a parcouru la liste. « Romano avec un R ? »

« Évidemment ! »

« Je suis désolée, il n'est pas sur la liste non plus. Vous êtes au bon événement ? »

« C'est quoi cette question, bordel ? Vous me prenez pour une sorte d'idiot ? »

« Non, monsieur. Ne vous énervez pas, j'essaie de vous aider. »

« C'est n'importe quoi ! Qui est votre patron ? Trouvez-moi quelqu'un qui puisse m'aider. »

Deux hommes en vestes grises se sont approchés de la

table. « Monsieur, nous allons devoir vous demander de vous calmer. »

« Écoutez, ma voiture, une putain de Ferrari Aperta, est dans le concours, et vous ne pouvez pas me trouver dans votre système de merde ? »

« Et si nous nous mettions à l'écart pour laisser les autres s'enregistrer ? Nous allons régler ça ensemble, d'accord ? »

Caden a expiré et a suivi les hommes jusqu'à une tente indiquant « Sécurité ».

L'un d'eux s'est glissé derrière une table et a demandé : « Quel est votre nom, monsieur ? »

« Je l'ai dit à cette fille. Brett Caden. »

L'homme a tapé son nom dans un ordinateur portable. « Nous n'avons aucune trace… »

« C'est du délire. Ferrari a demandé à utiliser ma voiture pour le concours. Qui est là de chez Ferrari ? »

« Il y a de nombreux représentants de Ferrari. »

Caden a sorti son téléphone. « Laissez tomber. Le directeur de la marque et moi, on est très amis. » Il a cherché le numéro de Freddo Romano et l'a appelé.

« Freddo, où es-tu ? Je me fais balader par un flic de supermarché. »

« Brett ? »

« Ouais, je suis près de l'enregistrement. T'es où ? »

« Je suis chez moi, à Maranello. »

« Tu ne viens pas au Concorso Italiano ? »

« Non. »

« Tu m'as dit que tu serais là. »

« Quand ? On ne s'est pas parlé depuis que j'étais à Naples. »

« Tu m'as appelé il y a trois jours. »

« Je suis désolé, mais non. »

« De quoi tu parles, putain ? Tu as demandé mon Aperta, pour le concours. »

« Je suis désolé, mais je ne vois pas à quoi tu fais référence. »

Les agents de sécurité se sont rapprochés de Caden alors qu'il disait : « Tu te fous de ma gueule ? »

« Il est tard en Italie. J'allais justement me coucher. »

« Où est ma putain de voiture ? »

« Je ne sais pas de quoi tu parles. »

« Tu ne sais pas, putain ? Tu as envoyé un camion, Horseless Carriage, chez moi pour la récupérer. »

« Nous ne faisons pas appel à eux aux États-Unis. Nous préférons… »

« Arrête tes putains de jeux. Où est ma voiture ? »

« Brett, ça va ? »

Les agents de sécurité ont encerclé Caden. L'un d'eux a dit : « Monsieur, nous allons devoir vous demander de partir. »

« Allez vous faire foutre. Allez tous vous faire foutre ! »

Ils l'ont attrapé par le coude. « Nous allons vous escorter à la sortie. »

Caden s'est dégagé et s'est dirigé vers les rangées de voitures. « Je n'ai pas besoin de votre putain d'escorte. Je vais trouver ma voiture. »

L'un des gardes a appelé la police, qui avait posté une voiture près du club-house du terrain de golf.

Caden n'était plus qu'à quelques pas d'une double rangée de Ferrari rouges classiques. Une voiturette de golf lui a coupé la route. Un policier en a sauté. « Monsieur, vous allez devoir me suivre. »

« Vous ne comprenez pas ; ma voiture est ici. Tout ce que j'essaie de faire, c'est de la trouver. »

« Vous n'êtes pas inscrit à cet événement, ce qui signifie que vous n'avez rien à faire ici. Si vous refusez de partir, je serai obligé de vous arrêter. »

« Hé, attendez. Ma Ferrari est ici. J'ai le droit d'être là. »

« Monsieur, je vais vous demander une dernière fois de partir. »

« Je ne bougerai pas d'ici. Ma Ferrari vaut plus que ce que vous gagnerez dans toute votre pathétique vie. »

« Mettez les mains derrière le dos, monsieur. »

37

LA VEILLE, J'AVAIS ÉCUMÉ INTERNET SANS TROUVER LA moindre nouvelle. Était-ce trop tôt ? Ou, vu le taux de criminalité en Californie, l'incident était-il trop insignifiant pour être couvert ? Il était temps de consulter la presse locale. J'ai donc ouvert le site du *Monterey Herald*.

La une montrait une photo aérienne, prise par un drone, de dizaines de voitures rutilantes parsemant les fairways d'un terrain de golf. J'ai cliqué sur la page suivante et l'article était là : « Un homme de Floride arrêté au salon automobile Concorso Italiano ».

Ma main est passée derrière mon oreille tandis que je lisais le bref article :

Intervenant pour trouble à l'ordre public, la police a arrêté un homme qui s'était introduit illégalement dans le salon de voitures de sport italiennes. Brett Caden, le Floridien placé en garde à vue, a également été inculpé pour possession d'une substance narcotique illégale.

Les coins de ma bouche se sont relevés ; c'était encore mieux que prévu. J'ai continué ma lecture.

Selon des témoins, M. Caden agissait de manière erratique. On ignore s'il était sous l'emprise d'une substance au moment de son arrestation. M. Caden est détenu à la prison du comté de Monterey en attente d'une évaluation psychiatrique.

Il était facile d'imaginer Caden péter les plombs en réalisant qu'il s'était fait arnaquer et avait perdu l'une des voitures les plus précieuses au monde. Ce qui n'était pas prévisible, c'était l'inculpation pour possession de drogue. C'était un imprévu qui pouvait tout foutre en l'air.

J'ai utilisé un téléphone prépayé pour appeler Larson. « Tu peux parler ? »

« Bien sûr. Qu'est-ce qui se passe ? »

Je l'ai mis au courant de l'arrestation de Caden et j'ai demandé : « Que va-t-il se passer avec l'accusation de possession de drogue ? »

« Je ne suis pas un expert du code pénal californien, mais ça va dépendre de la quantité de drogue qu'il avait sur lui. »

« J'arrive pas à croire qu'il a pris l'avion avec de la coke. »

« Tu es sûr que c'était de la cocaïne ? »

« Sûr à quatre-vingt-dix-neuf pour cent. Il est tout le temps en train de sniffer cette merde. »

« Avec toute la cocaïne coupée au fentanyl qui circule, il joue à la roulette russe. »

« Comme tout le monde. Si c'est de la coke, quels ennuis risque-t-il ? »

« En supposant que ce soit pour sa consommation personnelle et que ce soit sa première infraction, il négociera probablement un plaider-coupable pour s'en tirer avec une amende. »

« Et pour l'intrusion ? »

« C'est un délit mineur. On est en Californie ; il se peut qu'il n'ait même pas d'amende. »

« Ça m'arrange. Combien de temps tu penses qu'il va être coincé en Californie ? »

« Avec le bon avocat, il sera libéré sous caution une fois l'évaluation ordonnée par le tribunal terminée. »

« Ça sera rapide ? »

« C'est juste un entretien avec un psychiatre. Ça ne devrait pas prendre longtemps s'ils ne trouvent rien. »

Le narcissisme était-il un délit passible de prison ? « Ensuite, il pourra quitter l'État ? »

« Ça peut s'arranger. Il sera libéré. On ne parle pas d'un meurtrier. »

Je pensais que si. « Tu t'en es débarrassé ? »

« Elle est en route pour la Russie. »

« Et l'argent ? »

« Il a été envoyé anonymement aux Mères contre l'alcool au volant ce matin. »

« Merci. »

« De rien. Quand est-ce que je récupère ma voiture ? »

« Ne t'inquiète pas, j'ai juste besoin d'un peu plus de temps. »

Après avoir raccroché, j'ai rédigé un court texto à Caden : *Salut, j'espère que le salon s'est bien passé. Quand tu te seras remis du décalage horaire, fais-moi signe. J'aimerais accepter ta proposition de m'accompagner chez le concessionnaire Ferrari.*

Il était plus que probable que le téléphone de Caden ait été confisqué lors de son incarcération. J'attendrais un jour avant d'envoyer un autre texto. Parler à Caden me donnerait des indices sur la façon dont il gérait sa situation délicate.

———

LA SALLE d'attente du cabinet du Dr Yushenko était à moitié pleine. Je suis allé voir la réceptionniste. « Salut, Denise. Comment tu vas ? »

« Bien. Il est vraiment débordé. »

« Dis-lui que j'ai besoin de cinq minutes, pas plus. Peut-être moins. »

Elle a froncé les sourcils et a décroché le téléphone. Dix minutes plus tard, elle m'a fait signe d'entrer par une porte latérale.

Yushenko tenait un dossier. « Je suis extrêmement occupé. »

« Je sais. On peut faire ça ici. » J'ai baissé la voix. « Si quelqu'un est ivre, très ivre, combien de temps ses facultés seraient-elles affaiblies ? »

« Il n'y a pas de réponse simple. Au-delà de la quantité bue, d'autres facteurs entrent en jeu, comme sa tolérance, s'il a mangé en même temps, son poids... »

« D'accord. En général, un homme d'une cinquantaine d'années, de corpulence moyenne, boit une bouteille et demie de vin, peut-être plus. »

« Il consomme de l'alcool régulièrement ? »

« Non. Seulement lors d'occasions spéciales. »

« Eh bien, à mon avis, il aurait une sacrée gueule de bois le lendemain, voire serait malade. »

« Et le surlendemain ? Disons qu'il a trop bu un samedi. Comment se sentirait-il le lundi matin ? Serait-il encore ivre ou aurait-il la gueule de bois ? »

« Il ne serait plus ivre ; la demi-vie de l'alcool est de quatre à cinq heures. Donc, il faut environ vingt-cinq heures à votre corps pour métaboliser l'alcool. »

« Mais est-il possible d'avoir encore la gueule de bois ? »

« Bien sûr. Il aurait mal dormi, donc il serait fatigué et

déshydraté. Probablement moins concentré, et sa coordination pourrait en pâtir à cause de ces facteurs. »

J'ai glissé deux billets de cent dollars dans sa main. « Merci, Docteur. »

――――――

LARSON M'A OUVERT LA PORTE. « Entre, Beck. »

« Pas de plage aujourd'hui ? »

« Trop de vent. »

« Tu n'arrives pas à faire la sieste quand il y a du vent ? »

« Très drôle. Attends dix ans, tu verras qu'il n'y a rien de tel qu'une bonne sieste. »

Je l'ai suivi dans la cuisine. Son îlot central avait des retombées en quartz. « Écoute, je voulais te parler de Barrone. »

Il s'est assis. « Tu as trouvé quelque chose ? »

« Pas vraiment. En gros, il est possible que le chirurgien n'ait pas été tout à fait dans son assiette le matin de l'opération. »

« Il n'en faut pas plus. »

J'ai haussé les épaules. « C'est très mince. Flagstaff était ivre au mariage de sa fille, mais c'était un samedi et ça a commencé à cinq heures. D'après Yushenko, il aurait pu être déshydraté, mais la plupart des médecins se mettent sous perfusion quand ils se prennent une cuite. »

« Ah bon ? »

« J'avais déjà entendu ça. S'il a arrêté de boire vers neuf heures, ça ferait presque trente-six heures avant qu'il entre au bloc. »

« Il n'y a rien d'autre sur lui ? »

« Non. J'ai remué ciel et terre. Au mieux, c'est limite. Je

sais que c'est une affaire importante pour toi. Peut-être qu'on peut faire un petit truc, comme déclencher les détecteurs de fumée de Flagstaff ou... »

« Tu ne penses pas que c'était la faute de Flagstaff ? »

« Non, vraiment pas. »

« D'accord. Laisse tomber. »

« Tu es sûr ? »

« Oui. »

« Tu veux que je le lui dise ? »

« Je le lui dirai moi-même. Tu en as déjà assez sur les bras. »

38

Caden a ouvert la porte. « Dépêche-toi, entre. »

Je me suis glissé à l'intérieur et il a refermé la porte.

« Mec, je n'y crois pas. Tu t'es fait arrêter ? »

« Ces enfoirés ont dit que je violais une propriété privée. Ils ne pouvaient pas me lâcher la grappe ? Je me suis fait avoir. »

Les cernes sous ses yeux étaient si creusés qu'on aurait pu y ranger une semaine de linge. « On doit bien pouvoir faire quelque chose. Raconte-moi ce qui s'est passé. »

Caden s'est frotté sa barbe naissante. « C'est comme dans un film, tu vois, ou un rêve, un truc du genre. »

Je l'ai suivi dans le salon. Les rideaux étaient tirés. « Qu'est-ce qui s'est passé ? »

Sur la table basse, il y avait un miroir et des restes de cocaïne. Il faisait les cent pas dans la pièce. « Freddo a appelé, il voulait l'Aperta dans le salon Concorso. »

« Ouais, je me souviens que tu m'en avais parlé. »

« C'était forcément quelqu'un qui imitait sa voix. C'est vraiment la merde, mec. » Il a mouillé son doigt et a essuyé les grains de coke sur le miroir, se les frottant sur la gencive supérieure. « Je suis allé au salon, et Freddo n'était pas là, et ma putain d'Aperta non plus. Je me suis fait arnaquer. C'est la merde totale ! »

« Je ne comprends pas. Comment ont-ils pu prendre ta voiture ? Elle vaut une fortune, non ? »

« Cinq millions. »

« Putain de merde ! Tu as une assurance, j'espère ? »

Il a eu un rire méprisant. « Elle était assurée pour deux millions. Ces enfoirés me cherchent des noises. »

« Pourquoi seulement deux millions ? »

« Je n'en sais rien. Je l'ai payée un peu plus de trois millions et demi, et l'agente me disait que je pouvais économiser de l'argent. Je m'en foutais, mais j'ai suivi ce qu'elle a dit. »

« Ils doivent bien pouvoir retrouver la voiture. Elle est si rare, elle va se remarquer. »

Caden a marmonné : « Les flics ont dit qu'elle était probablement déjà hors du pays. »

« Ou peut-être que c'est un kidnapping de voiture. Quelqu'un pourrait demander une rançon. »

« Tu crois ? »

« Bien sûr, c'est possible. »

« Non, ils m'auraient déjà contacté. Et les flics sont sûrs qu'elle a été expédiée à l'étranger. »

« Peut-être, mais Ferrari a une sorte de registre. Elle finira bien par réapparaître un jour ou l'autre. »

Il est allé dans la cuisine. « Elle a foutu le camp, bordel. Et je dois gérer cette putain d'accusation de drogue en Californie. »

« Tu disais que ça allait être réduit à un délit mineur. »

« C'est le cas, mais cette merde va me suivre. Je le sens. »

« Qu'est-ce que tu veux dire ? »

« On m'a piégé, mec. »

« Par qui ? »

Il a plongé la main dans une bonbonnière et en a sorti un sachet en papier cristal rempli de coke. « Comment veux-tu que je le sache, putain ? »

« Je sais que tu es contrarié, mais tu devrais peut-être laisser tomber ce truc pendant un moment. »

« Ne me dis pas ce que je dois faire. OK ? »

J'ai regardé l'heure. Mario allait l'appeler d'une minute à l'autre. « C'est juste pour ton bien, frangin. »

« Je peux me débrouiller tout seul. »

Les faits semblaient contredire sa conviction. « Je sais. Je ne veux juste pas te voir si abattu. »

« Je ne suis pas abattu. J'essaie juste de comprendre ce qui s'est passé, bordel. »

Le portable de Caden a sonné. « Numéro masqué, ces foutus appels automatisés. »

« Réponds. C'est peut-être les gens qui ont pris ta voiture. »

« Tu crois ? »

« Certainement. Mets le haut-parleur. »

Caden a posé le téléphone sur la table de la cuisine et a activé le haut-parleur. « Ouais ? »

Son visage est devenu blême tandis que Mario lisait le script que nous avions créé. « Monsieur Caden, je suis du bureau du procureur du comté de Collier. »

« De quoi s'agit-il ? De ma voiture ? »

« Non, monsieur. Vous avez été impliqué dans un accident de voiture mortel. »

Il s'est affalé sur une chaise. « C'était il y a longtemps. »

« Un témoin s'est manifesté, contestant une grande

partie des preuves que vous avez présentées durant le procès. »

« Je, je ne vois pas de quoi vous voulez parler. »

« Ce dont nous parlons, c'est de la falsification de dossiers médicaux et d'autres documents pour éviter une condamnation pour homicide involontaire par véhicule. »

« Je ne sais vraiment rien. Mon avocat s'occupait de tout. Il a tout géré. Vous devez parler à William Puzo. »

« C'est déjà fait. »

« Qu'est-ce qu'il vous a dit ? »

« Nous ne sommes pas en mesure de révéler les discussions que nous avons avec les témoins. »

« Qu'est-ce que vous me voulez ? »

« Pour l'instant, monsieur Caden, nous vous informons simplement que nous avons ouvert une enquête sur cette affaire. »

« Q-q-qu'est-ce que ça veut dire ? »

« Nous allons réexaminer l'affaire dans son intégralité et déterminer si elle a été jugée correctement. Passez une bonne journée, monsieur Caden. »

Le téléphone a cliqué, et Caden a pris sa tête entre ses mains. « Je suis foutu. Qu'est-ce que je vais faire ? »

« Alors, Puzo a vraiment ouvert sa gueule. »

« Il me balance pour sauver sa peau. »

« Tu devrais peut-être l'appeler ? »

« J'ai appelé ce salaud dix fois. Il m'évite. »

« Ce n'est pas bon signe. Tu sais, je me demandais… non, ce n'est pas possible. »

Il s'est levé. « Quoi ? Qu'est-ce qui n'est pas possible ? »

J'ai dit : « C'est fou, mais tu penses qu'il y a une chance que Puzo soit impliqué dans l'arnaque à la voiture ? »

« Je ne sais pas… J'imagine. »

Il a ouvert le congélateur et en a sorti une bouteille de vodka GREY GOOSE. « Tu veux un verre ? »

« Juste une goutte. »

Il a versé quatre doigts dans un verre, a pris une grande gorgée et m'en a versé une giclée. « Puzo est une ordure. Je n'ai jamais pu blairer ce salaud. »

« J'ai entendu dire que c'est un super avocat, et il t'a bien sorti d'affaire. »

« Et alors ? Ça ne veut pas dire que je l'aimais bien. »

« Puzo a vraiment de bons contacts. Il connaît beaucoup de monde. »

« Il m'a mis dans un sacré pétrin. » Il a vidé son verre. « Je suis fini. Je suis complètement fini. »

Il a bu le reste de son verre cul sec. « Pourquoi s'en prendrait-il à moi ? »

« Il est dans de sales draps et il cherche à balancer des infos pour s'en tirer à bon compte. »

« Putain, j'arrive pas à croire qu'il déterre cette histoire d'accident. »

« Dis-moi, est-ce qu'il a quelque chose qui pourrait te causer des ennuis ? »

« Il se passait un tas de merdes à l'époque. »

« Je ne comprends pas ; qu'est-ce que ça veut dire ? »

« Rien. Oublie ça. Je devrais peut-être prendre un avocat. »

« Non. Je ne ferais pas ça. »

« Pourquoi pas ? »

« Ça donnera l'impression que tu caches quelque chose. »

Caden a haussé les épaules. « Ça n'a pas d'importance. Ils enquêtent déjà là-dessus. »

« Tu sais, je suis en train de penser, tu connais le principe de *non bis in idem* ? »

« En quelque sorte. Je me souviens d'un film que j'ai vu il y a un moment. »

« Eh bien, si quelqu'un passe en procès et qu'il est acquitté, il ne peut pas être poursuivi à nouveau pour les mêmes faits. »

Les yeux de Caden se sont écarquillés. « Putain de merde. C'est vrai. »

« Tu n'as pas à t'en faire. »

« Mais s'ils trouvent de nouvelles preuves ? »

« Je ne crois pas que ça change quoi que ce soit. Laisse-moi chercher sur Google. » J'ai tapoté sur mon téléphone. « Tu es tiré d'affaire, mon ami. Le seul cas où ça ne s'applique pas, c'est si le juge ou le jury a été corrompu. Tu n'es pas au courant de pots-de-vin, n'est-ce pas ? »

Il a souri. « Non, rien de tout ça. » Il a attrapé la bouteille et a bu au goulot. « Beck, t'es un putain de génie. »

39

LE DR YUSHENKO A SECOUÉ LA TÊTE EN ENTRANT DANS LA salle d'examen. « Vous êtes en train de vous bousiller le foie. »

J'ai souri. « Je ne suis pas là pour ça, docteur. J'ai quelques questions à vous poser sur un sujet. »

« Eh bien, c'est une bonne nouvelle. Que puis-je faire pour vous ? »

« Vous êtes neurologue, n'est-ce pas ? »

« Oui, croyez-le ou non, ma spécialité ne consiste pas à réhydrater des patients. »

« Touché. Pouvez-vous me faire un cours accéléré sur les lésions nerveuses ? »

« Ça n'existe pas. Nous commençons à peine à comprendre... »

« J'ai compris, docteur. Disons que quelqu'un tombe d'une échelle et prétend avoir subi des lésions nerveuses. Est-ce réaliste ? »

« Naturellement, la hauteur de la chute a une incidence

sur la gravité de la blessure, mais on peut se blesser en descendant d'un trottoir. »

« Il était sur une échelle d'environ un mètre quatre-vingts. Disons qu'il était à un mètre cinquante du sol. Est-ce que ça pourrait causer des lésions nerveuses ? »

« C'est très spéculatif, mais un traumatisme contondant peut endommager les nerfs en les comprimant. »

« Et si la région du cou est touchée ? »

« Le coup du lapin n'est normalement pas associé aux chutes, mais une secousse violente de la tête pourrait en provoquer un. »

« Quel genre de douleur est-il possible de ressentir ? »

« Les lésions nerveuses sont connues pour causer certaines des pires douleurs qu'un être humain puisse éprouver. Ça peut être très handicapant. »

« Comment peut-on prouver une lésion nerveuse ? Il y a un test, ou quelque chose du genre ? »

« Il existe quelques tests, mais ils ne sont pas concluants. Certains cas sont extrêmement difficiles à diagnostiquer. »

« Est-il courant que les médecins ne soient pas d'accord sur un diagnostic ? »

« Comme je l'ai mentionné au début, nous en apprenons encore et nous avons un long chemin à parcourir. Les avis peuvent diverger, mais nous commençons toujours par le patient et ses symptômes. »

« Quels sont les symptômes dont la cause est difficile à déterminer ? »

« Le coup du lapin a toujours été complexe, mais nous préférons pécher par excès de prudence, en immobilisant le cou pour éviter des dommages supplémentaires. »

« Quoi d'autre ? »

« Les mouvements musculaires incontrôlés sont difficiles à cerner. »

« Est-il possible de simuler une lésion nerveuse ? »

Il a froncé les sourcils. « Voudriez-vous que j'examine quelqu'un ? »

« Ça n'arrivera pas. Mais pouvez-vous me dire s'il est possible de simuler la douleur et de la faire passer pour une lésion nerveuse ? »

« Les gens ont des seuils de tolérance à la douleur différents. Ce que vous pourriez supporter, d'autres pourraient en être incapables. »

« Pourquoi ça ? Nous sommes biologiquement identiques. »

« La réponse simple est que nous ne savons pas. Nous en apprenons tous les jours, mais nous ne savons pas grand-chose sur le cerveau et le système neurologique. »

———

UNE BRISE légère rafraîchissait la terrasse extérieure du Food for Thought. Je suivais l'hôtesse, l'œil fixé sur leur club sandwich à la dinde. Elle s'est arrêtée à une table et y a déposé un menu. « Bon déjeuner. »

« C'est ma table ? »

« Elle est à vous. »

J'ai hésité. « Merci. »

C'était la même table où Laura et moi avions mangé à chacune de nos quatre visites. Repoussant l'idée que ce fût une sorte de message, la serveuse est venue prendre ma commande. C'était la fille tatouée que nous avions eue à chaque fois.

« Salut. On attend ton amie ? »

« Euh, non. Je suis en solo. Je vais prendre le club sandwich à la dinde et une eau gazeuse. »

« Ça marche. »

J'ai sorti mon téléphone et j'ai fait défiler la conversation par texto avec Laura. Le dernier message datait de plusieurs jours. On approchait du point de non-retour. J'ai pesé le pour et le contre, puis j'ai tapé : *Salut, comment ça va ?* En le relisant, je l'ai effacé.

La serveuse a apporté mon déjeuner. « Tu dois vraiment aimer ce sandwich, tu le prends à chaque fois. »

« Quand on trouve un truc qu'on aime, pourquoi changer ? »

Elle a ri et s'est éloignée.

Il était délicieux. Comme toujours. Même Laura, qui commandait religieusement une salade au restaurant et n'était pas fan de dinde, en avait pris un pour déjeuner la dernière fois que nous étions venus. J'ai essayé de me souvenir de la blague qu'elle avait racontée cet après-midi-là.

Je m'étais étouffé avec ma nourriture quand elle avait balancé la chute. Ça parlait d'un zèbre qui se prenait pour un lion. Quand elle racontait une blague, elle gloussait, rendant chaque mot amusant.

J'ai englouti le reste de mon déjeuner et j'ai payé. Dès que je suis monté dans la voiture, j'ai sorti mon téléphone et j'ai composé un texto pour Laura : *Il faut qu'on parle. Appelle-moi quand tu pourras.* Je l'ai effacé et j'ai appuyé sur le bouton pour démarrer la voiture.

Ce que j'avais tapé pouvait être interprété de plusieurs manières. C'était parfait. Je l'ai retapé et j'ai appuyé sur Envoyer. J'ai mis la climatisation à fond et j'ai zappé à la radio. Trois chansons plus tard, le téléphone n'avait pas sonné. Elle était probablement occupée.

J'ai mis le téléphone dans ma poche et je suis parti voir Caden.

———

SON IPAD À LA MAIN, Caden a ouvert la porte. « Beck, quoi de neuf ? »

« J'étais dans le coin, je me suis dit que j'allais prendre ton avis sur un truc. »

« Bien sûr. De quoi as-tu besoin ? »

« Ça va te paraître dingue, mais je pense à m'acheter une autre Ferrari. »

Il a souri. « Loin de là, mec. Tu as juste attrapé le virus, c'est tout. Tu serais surpris du nombre de mecs qui s'achètent leur deuxième bagnole moins d'un an après avoir sauté le pas. »

« Vraiment ? »

« Ouais, entre. Dis-moi à quoi tu penses. »

« J'aime beaucoup cet endroit. C'est du vrai bois ? »

« Bien sûr. »

« Je n'en avais jamais vu d'aussi blanc. »

« C'est sympa, non ? »

« Ouais, mais comment tu fais pour que ça reste propre ? »

« Je ne m'en fais pas. Dès que ça commence à être usé, je fais tout arracher et je fais installer autre chose. »

Je l'ai suivi sur la terrasse arrière. « C'est comme ça qu'il faut voir les choses. »

« Comment tu trouves la vue ? Plutôt pas mal, non ? »

« Tu as un bateau ? »

« J'en ai quelques-uns en vue. »

« Bonne chance. »

« Quelle Ferrari t'intéresse ? »

« La Roma. »

Il a secoué la tête. « Non, tu ne veux pas de ça. Ils ont arrêté la Portofino pour faire la Roma Spider. »

« Ah ouais ? »

« Ouais, la Roma, c'est l'entrée de gamme de Ferrari. Tu dois monter en gamme. »

Mon téléphone a vibré. « Pour prendre quoi ? »

« Oh, tu as l'embarras du choix. »

« Je ne veux pas me ruiner. »

« De quoi tu t'inquiètes ? Tu ne l'emporteras pas dans ta tombe. Faut que j'aille pisser. »

« D'accord. » J'ai jeté un coup d'œil furtif : Laura appelait. J'ai décroché. « Salut, je peux te rappeler tout de suite ? »

Elle pleurait. Il ne manquait plus que ça.

Je lui ai demandé ce qui n'allait pas, et quand elle me l'a dit, je me suis raidi. « J'arrive. »

40

LES GYROPHARES D'UNE VOITURE DE POLICE SE REFLÉTAIENT
sur les bâtiments de Vanderbilt Collections. Je me suis garé
sur une place alors que le flic s'éloignait.

Mario était assis sur un banc. Laura se tenait près de lui.
Je me suis précipité vers eux. « Tu te sens bien ? »

« Ouais, j'ai un mal de tête qui commence, mais ça va. »

« Tu devrais aller à l'hôpital. »

« Non. Pas la peine. »

« Qu'est-ce qui s'est passé ? »

Mario a déplacé la poche de glace qu'il tenait sur le haut
de son crâne. « J'allais me prendre une part de pizza chez
Mister O1 et, l'instant d'après, bam, je me suis fait
assommer. »

Vêtue d'un short qui moulait ses formes, Laura a dit :
« J'ai tout vu. J'allais faire mon épilation du maillot (mon
entrejambe s'est tendu, je n'avais pas besoin de cette distraction) et je ne savais même pas que c'était Mario. J'ai vu ce
type arriver de l'arrière du bâtiment. Il avait une main sur le

mur. J'ai réalisé que c'était Mario, et puis une moto a déboulé d'entre les immeubles et a filé. »

« Tu as pu voir le conducteur ? »

Elle a répondu : « Pas vraiment. Il avait, genre, un bandana sur le bas du visage. »

Mario a dit : « J'étais sonné, mais de dos, il m'a fait penser à ce type, Hound. »

« Le type de Royal ? »

Il a hoché la tête.

« Tu en es sûr ? »

« Je crois, oui. »

« Il a dit quelque chose ? »

« Non, rien du tout. »

Je me suis tourné vers Laura. « Tu as vu quelque chose qui pourrait nous aider à savoir de qui il s'agit ? »

« C'est qui, Hound ? »

« Un type qu'on connaît. »

« Tu vois ? Tu ne peux même pas me parler d'un type lambda qui a peut-être frappé Mario. »

« Non. Ce n'est pas ça. J'essaie juste de comprendre ce qui a bien pu se passer, et pourquoi. »

« C'est qui, Hound ? »

« Si c'est lui, il travaillait avec Royal. »

« L'homme qui est mort quand son bateau a explosé ? »

J'ai hoché la tête.

« Pourquoi s'en prendraient-ils à Mario ? »

J'ai haussé les épaules. « Je n'en ai aucune idée. »

Elle a ricané. « Rien ne change avec toi, Beck. »

« Non, ne te méprends pas. »

« Il faut que j'y aille. Je suis déjà en retard. »

J'ai regardé son cul parfait s'éloigner. Toute chance de voir le travail de l'esthéticienne s'était évaporée.

Mario a dit : « Je vois que tu ne t'es pas réconcilié avec elle. »

« Pas encore. Tu es sûr que ça va ? »

« Je vais bien. Un mal de crâne, mais c'est tout. »

« On ne peut prendre aucun risque. Je vais appeler le Dr Yushenko. On doit s'assurer que tu n'as pas de commotion cérébrale. »

« Qui va garder un œil sur le peintre ? »

« Tu as dit que tu pensais qu'il était vraiment blessé. »

« C'est ce que je pense. »

« Je passerai plus tard pour vérifier par moi-même. »

« Tu veux le drone ? Il est dans ma voiture. »

« Non, je vais y aller à l'aveugle. »

Nous sommes montés dans ma voiture. J'ai quitté la place en marche arrière en disant : « Si c'est le type de Royal, c'est peut-être une vengeance pour avoir bousillé son alibi. »

« Pourquoi est-ce qu'ils s'en soucieraient maintenant ? »

« La loyauté. Il pourrait y avoir une lutte pour le contrôle, et ces types rivalisent pour montrer qui reprendra la place de Royal. »

« C'était peut-être juste un cinglé. »

« Je n'aime pas le fait qu'il se soit enfui à moto. L'équipe de Royal les utilise dans beaucoup de ses magouilles. »

En longeant Airport Pulling Road, j'ai repassé la séquence des événements. Les choses avaient vite tourné. L'appel de Laura m'avait procuré une montée d'excitation, mais au lieu de retrouver ma copine, je me retrouvais à gérer la possibilité que le gang de Royal veuille se venger.

———

Nous avons quitté le bureau du Dr Yushenko et sommes remontés dans ma voiture. J'ai dit : « Tu as eu de la chance. Ça aurait pu être pire qu'une légère commotion. »

« Me faire cogner sur la tête et rater ma pizza, ce n'est pas exactement ce que j'appellerais avoir de la chance. »

« Comment tu te sens ? »

« Juste un mal de tête, mais ce n'est pas comme celui que j'avais avec le Covid. »

« Bien. Appelle Susan. Je veux qu'elle reste avec toi. »

« Je n'ai pas envie d'avoir de la compagnie. »

« Tu n'es pas obligé. Elle doit garder un œil sur toi. Ne joue pas les héros. Si tu as des trous de mémoire ou que tu as la nausée… »

« La nausée ? Je meurs de faim. »

« Commande quelque chose et fais-toi livrer. Mais souviens-toi, tu dois être vigilant si tu te sens super fatigué ou que tu deviens irritable. »

« Je vais m'en sortir, papa. »

« Ne fais pas le macho. J'ai besoin de toi, surtout si les hommes de Royal s'en prennent à nous. »

« Je n'arrive pas à piger. J'ai cru que c'était lui, mais je me suis peut-être trompé. J'étais peut-être à côté de la plaque après m'être fait cogner. »

« Tu es plutôt observateur, mais quoi qu'il en soit, on ne peut prendre aucun risque. S'ils nous cherchent, on doit être prêts. »

« Ça n'a aucun sens ; pourquoi faire ça dans un lieu public ? »

« La seule chose à laquelle je pense, c'est l'effet de surprise. On baisse notre garde dans ce genre d'endroits. »

« Ce n'était peut-être pas prévu, et Hound m'a vu et a juste agi sur le coup. »

« Ça ne serait jamais arrivé si Royal avait été là. Il était trop discipliné. »

« Tu as raison. Peut-être que Hound a pété un plomb. »

« Après t'avoir déposé, je vais aller voir ce que je peux trouver. »

————

LARSON A OUVERT la porte sans demander qui était là.

« Tu n'as pas vérifié qui c'était. »

Il a montré son téléphone. « J'ai vu que c'était toi. »

« Tu as enfin branché les caméras ? »

« Ouais, Harry a tout installé en une heure. »

« Qu'est-ce qui t'a décidé à le faire maintenant ? »

« Je ne sais pas. J'en avais juste marre de voir ça traîner dans le placard. »

Est-ce que Larson savait quelque chose ? « Je ne savais pas que Harry savait faire ça. »

« Ah ouais, il a même installé une caméra à l'arrière. »

« Eh bien, je suis content que ce soit enfin opérationnel. »

« Tu es là pour Barrone ? »

« Non. Mario s'est fait attaquer aujourd'hui. »

« Oh non ! Comment va-t-il ? »

« Bien, il se repose. »

« Qu'est-ce qui s'est passé ? »

Je lui ai raconté ce qui s'était passé, et Larson a demandé : « Tu penses vraiment que ce sont les mecs de Royal ? »

« Je ne sais pas. Tu as entendu quelque chose sur leurs activités ? »

« Pas le moindre bruit. »

« Et au sujet de conflits internes ? »

« Je n'ai pas entendu un mot. »

« Et leurs opérations ? »

« Pour autant que je sache, rien n'a changé. Les frères Rodriguez sont descendus d'Orlando après que Royal s'est fait sauter, mais l'équipe de Royal leur a vite cloué le bec. »

« Donc, rien n'a changé ? Ils continuent sur leur lancée ? »

« Ouais, et en parlant de ça, où en es-tu avec l'affaire de la voiture ? »

« Ça évolue, mais la cible a mordu à l'hameçon. »

« Mario m'a dit que celle-ci payait bien. »

« Qu'est-ce qu'il t'a dit d'autre ? »

« Rien, juste que tu étais sur un coup qui rapportait gros. »

« Ça paie bien, mais c'est une grosse production avec une tonne de dépenses. »

« Comment tu t'en sors avec l'affaire Lombardy que Ventura t'a confiée ? »

« Est-ce qu'il y a quelque chose que tu ignores ? »

Il a souri. « C'est mon boulot. »

Et le mien. « Mario pense que la blessure est réelle. »

« Vraiment ? Le médecin qu'il va voir a l'habitude de bidonner les demandes d'indemnisation. »

« Je vais m'en assurer, d'une manière ou d'une autre. »

« On n'a pas beaucoup de temps. Le procès commence dans quelques jours. »

41

La circulation s'est fluidifiée sur la Route 41 après l'intersection du Golden Gate Boulevard. En continuant vers le nord, j'ai repéré l'Hampton Inn et j'ai tourné à droite. Un pâté de maisons avant Goodlette Frank Road, je me suis garé de l'autre côté de la rue, en face de la maison de Munoz.

Munoz n'était pas vraiment un peintre ; sa maison d'un vert terne avait grand besoin d'un coup de peinture. Il semblait rester une heure de lumière du jour. La Ford Edge blanche, immatriculée au nom de Munoz, était garée dans son allée.

Je suis sorti de ma voiture et j'ai ouvert le capot. Penché sur le moteur, j'ai attendu une minute avant de m'approcher de la maison de Munoz. Sans quitter la fenêtre de devant des yeux, j'ai sonné. Derrière le salon vide, on pouvait apercevoir un coin de la cuisine.

Les mains sur sa minerve, Munoz est apparu. Une seconde plus tard, la porte s'est ouverte brusquement. « Qu'est-ce que tu veux ? »

« Ça m'embête de te demander, mais… » – j'ai montré ma voiture d'un coup de pouce – « ma voiture est en panne. Tu penses que tu peux m'aider à la redémarrer ? »

« T'as des câbles ? »

« Non. »

Il a montré une maison deux portes plus loin. « Essaye chez Franco, il a un garage rempli d'outils. »

« D'accord, merci. Si je n'arrive pas à la démarrer, je vais devoir la laisser là pour la nuit et la faire remorquer demain matin. Tu peux y jeter un œil pour moi ? »

Il a haussé les épaules. « Je pars à sept heures, mais elle ne risquera rien ici. »

« Merci, mec. »

Je suis allé à la maison que Munoz m'avait indiquée et j'ai fait comme si je me trompais de sonnette. Alors que le crépuscule s'installait, je suis monté dans ma voiture. À la faveur de l'obscurité, je mettrais mon plan à exécution et appellerais un Uber.

———

Le lendemain matin, Mario est passé me prendre et nous sommes retournés chez Munoz récupérer ma voiture. J'ai vérifié la vidéo de la dashcam que j'avais installée. C'était de l'or en barre. Nous avons fait semblant de redémarrer ma voiture et nous nous sommes séparés.

Je suis rentré chez moi, j'ai changé de voiture et j'ai conduit la Ferrari de Larson jusqu'à chez Caden. Ça a pris un moment, mais Caden a fini par ouvrir la porte, une tasse de café à la main. Il a plissé les yeux. J'ai demandé : « Qu'est-ce qui se passe ? Trop tôt pour toi ? »

Il a grogné en retournant à l'intérieur.

J'ai dit : « Nuit blanche ? »

« Trop de tequila. »

« T'es allé où ? »

« Qui s'en souvient ? On a commencé au Good Times, puis au Mr. Tequila, et qui sait où après. »

« J'imagine que tu conduisais la Maserati hier soir. »

Il s'est versé une autre tasse de café. « J'ai dû fermer un œil pour rentrer. »

« Tu devrais faire attention. »

« Je fais attention. Je sais comment conduire quand je fais la fête. »

« Ça ne prend qu'une seconde, et tout peut déraper. »

« Qu'est-ce que tu voulais ? »

« Tu te souviens que je t'avais parlé de m'acheter une autre Ferrari ? »

« Ouais, tu voulais le modèle bas de gamme. »

« J'aimais bien la Roma. »

Caden a posé sa tasse et a sorti une fiole de coke. « T'en veux un trait ? »

« Non. »

Caden a fermé une narine avec un doigt et a sniffé une cuillérée. Il a secoué la tête et s'est frotté le nez. « Ça va mieux. Écoute, si tu comptes prendre une Roma, ne perds pas ton temps. C'est un modèle pour débutant. »

« Je la trouve sympa. »

« Sois un homme et passe à la gamme supérieure, ou reste sur la Portofino. »

« Il faut que j'y réfléchisse. C'est une tonne de pognon. »

« Ce n'est que de l'argent. » Il a sniffé une autre cuillérée.

« Je sais, mais je n'ai pas aussi bien réussi que toi. »

« Peu de gens ont réussi. J'ai fait ce que je devais faire

pour y arriver. Tout est à portée de main, si tu le veux vraiment. »

Peu de gens étaient le fils unique d'un père riche. « Tu donnes l'impression que c'est facile. »

« Pour moi, ça l'est. »

« Alors, quel modèle je devrais envisager, d'après toi ? Mais rien de follement cher. »

« Pourquoi on n'irait pas faire un tour chez le concessionnaire demain ? Je parlerai à Dino, pour voir quel prix il peut te faire. »

« Vraiment ? Mec, j'apprécie. »

« Ces enfoirés me doivent bien ça. C'est de leur faute si mon Aperta a disparu. J'ai le mauvais pressentiment qu'ils étaient dans le coup. »

« Le concessionnaire Ferrari ? »

« Ça ne fait aucun doute. »

« Tu en es sûr ? »

« Comment ça aurait pu arriver, sinon ? Je pense que ce connard de Freddo magouille un truc avec les Ritals en Italie. C'est probablement un coup de la Mafia. »

« J'imagine que c'est possible. T'as déjà entendu parler d'un truc comme ça ? »

« Ça arrive tout le temps. Même Jerry Seinfeld s'est fait arnaquer. »

« Vraiment ? »

« Ouais, il a acheté ce qu'il pensait être une Porsche et ça s'est avéré être une fausse. »

« Une fausse Porsche ? »

« Ouais, il a payé, genre, deux millions pour une Porsche 356A Carrera de 1958, et il s'est avéré que c'était une contrefaçon. »

« Ouah, je ne savais pas. Je devrais peut-être reconsi-
dérer mon achat. »

« N'attends pas, mec. Elles ne font que prendre de la
valeur avec le temps. »

« Je sais, mais je ne suis pas tout à fait prêt à acheter. J'ai
un investissement immobilier que je suis en train de liqui-
der. Il me faudra un mois ou deux pour boucler ça. »

« Pas de problème. Ça te donnera une idée de ce qu'il y a
sur le marché. Souvent, il n'y a tout simplement pas de
stock, et il faut se tourner vers des occasions récentes. »

« Il faut faire attention avec les occasions ; les gens
maltraitent ces voitures. Je n'aurais jamais acheté la mienne
si elle n'avait pas appartenu à mon ami. »

« Ne t'inquiète pas, je saurai tout ce qui est à vendre. »

Il savait tout. On devrait mettre Caden sur la recherche
d'un remède contre le cancer. « D'accord, à demain. »

─────

LARSON VOULAIT ME PARLER. J'ai quitté la maison de Caden
et, une minute plus tard, je me suis garé dans le parking de
Vanderbilt Beach. Cabana Dan m'a adressé un sourire
chaleureux et a montré du doigt l'extrémité sud de la plage.

C'était une autre journée parfaite dans une longue série.
Faisant attention à ne pas mettre de sable dans mes baskets,
j'ai avancé d'un pas lourd le long de la berme de végétation
jusqu'à l'endroit habituel de Larson.

Juché sur le bord d'une chaise longue, Larson était au
téléphone. Il a levé la main pour me saluer et, alors que je
me glissais sur une chaise, il a raccroché. « Quelle journée !
Regarde l'eau. »

« On dirait un lac. »

« Tu sais ce que tu regardes ? La vue, elle n'a pas changé depuis des milliers d'années. Penses-y. C'est incroyable, non ? »

J'ai répondu : « Attends qu'ils commencent à installer ces éoliennes au large. »

« Pas en Floride, en tout cas pas de mon vivant. »

« Je n'en serais pas si sûr. Les fédéraux imposent leur programme et avec les milliers de kilomètres de côtes que nous avons, ils vont nous l'imposer de force. Ils en ont après la Floride. »

« Ce serait une sacrée bataille, et celui qui voudra forcer les choses pourra faire une croix sur les votes de l'État. »

« S'ils pouvaient les mettre assez loin pour qu'on ne les voie pas... »

« C'est l'argument que les politiciens utiliseront pour nous vendre le projet. Ensuite, ce sera : "Bref, il y a eu un problème, et ceci et cela", et avant même qu'on s'en rende compte, la vue sera gâchée, pour toujours. »

« Ils devraient faire passer des lois, maintenant, pour empêcher ça. »

« Ça ne nous protège que sur quelques kilomètres. Au-delà, ça relève de la juridiction des fédéraux. »

« Mais une personne d'un mètre quatre-vingts ne voit qu'à cinq kilomètres. On pourrait trouver un arrangement. »

« Tu as plus confiance dans le gouvernement fédéral que moi, Beck. »

« C'est peut-être parce que j'ai dix ans de moins et donc moins d'expérience. »

Il a souri. « C'est tout à fait ça. »

« De quoi voulais-tu me parler ? »

Il a baissé la voix. « Je me suis un peu renseigné. On dirait que Hound a agi en solo. »

« Il a agi en solo ? »

« On dirait que ce n'était rien de plus qu'un concours de celui qui a la plus grosse. »

« Tu es sûr de ça ? »

« Je le tiens de deux sources. Apparemment, J-Dog et Greezy défiaient une bande de mecs il y a une semaine au Bar X. Crois-le ou non, ils ont organisé un concours. Ils offraient jusqu'à vingt mille dollars à celui qui arriverait premier. »

« Premier à quoi ? »

« À agresser quelqu'un pour le sport, comme si c'était une sorte de jeu. »

« Tu te fous de moi ? »

« J'aimerais bien, mais ces types sont aussi primitifs qu'on puisse l'être. »

« Mais pourquoi Mario ? »

« Hound a pensé qu'il marquerait plus de points en faisant d'une pierre deux coups. »

42

Au volant de la Ferrari de Larson, je suis passé prendre Caden. Pendant le court trajet jusqu'à la concession Ferrari sur Tamiami Trail, je lui ai dit : « Je vois que tu te sens mieux. »

« Je n'étais pas malade. »

« Non, je veux dire, par rapport à l'appel du procureur au sujet de l'accident. Je vois que ça ne t'inquiète plus. »

« Ça ne m'a pas vraiment dérangé. J'étais juste surpris, c'est tout. »

« Eh bien, je suis content que ce soit derrière toi. »

Alors qu'il hochait la tête, son téléphone a sonné. « Allô ? C'est qui, putain ? » Il a raccroché.

« Qu'est-ce qui se passe ? »

« Je n'arrête pas de recevoir ce genre d'appels. Parfois, ça raccroche, et une ou deux fois, on m'a dit qu'on allait s'en prendre à moi. »

En entrant dans le parking, j'ai dit : « S'en prendre à toi ? Pourquoi ? Qu'est-ce que ça veut dire, au juste ? »

Il a baissé la voix. « Ils ont dit que la prochaine fois, ils en prendraient plus. »

« Plus de quoi ? »

« Je n'en ai aucune putain d'idée, mais je vais installer des caméras dans mon garage, au cas où ils voudraient s'attaquer à une autre de mes voitures. Je ne peux pas encaisser un autre coup comme ça. »

« Voler une voiture, ce serait de la folie. »

Caden est sorti de la voiture. « Les gens le font tout le temps. »

« Je ne sais pas. Tu es sûr que ce ne sont pas juste des gosses qui s'amusent ? »

« Malheureusement, je suis sûr que non. »

Il a fait un signe de la main. J'ai regardé dans cette direction et j'ai vu le directeur général, Dino, qui fumait dehors.

Caden lui a serré la main. « Dino, ça roule ? »

« Content de vous voir, monsieur Beck. »

Inspirer la fumée de cigarette qui flottait dans l'air m'a fait du bien. « Moi de même, a dit Caden, mais c'est juste Beck. »

« Ouais, il est comme Bono, il n'utilise qu'un seul nom. »

« Donnez-moi votre clé. Je vais la faire laver pendant que vous êtes là. »

J'ai mis le boîtier de la clé dans la main tendue de Dino. « Merci. »

Dino a transmis la clé et a écrasé sa cigarette dans un cendrier sur pied. Il a ouvert la porte. « Entrez, messieurs. »

Le showroom était frais et sentait comme un spa. Une toute nouvelle sélection de voitures y était exposée.

Caden a dit : « J'aime bien la nouvelle peinture jaune sur la 812 GTS. »

Dino a répondu : « Nous n'avons fait aucun changement. »

« Pas possible. Cette nuance est plus riche. »

« C'est peut-être la lumière. »

Nous avons suivi Caden jusqu'à la voiture. Il s'est penché. « Je pense qu'ils ont ajouté une ou deux couches supplémentaires. Ça lui donne un aspect presque translucide. »

« C'est possible. Monsieur Caden m'a dit que vous étiez intéressé par une nouvelle Ferrari. »

« J'y songe. »

« Quelle gamme de prix envisagez-vous ? »

Caden, qui avait la tête dans le véhicule jaune, a dit : « Il devrait prendre une 812. Je l'adore en Rosso Corsa. »

Un homme en jean rôdait non loin. Caden a observé l'homme et a chuchoté : « C'est qui, lui ? »

Dino a dit : « Je ne sais pas. Il est entré juste derrière nous. »

J'ai demandé : « Vous avez une 812 en rouge ? »

« Elle est déjà vendue, mais nous pouvons aller la voir. Elle est en préparation pour la livraison. »

« Quel est le délai de livraison ? »

« Je suis désolé, mais nous ne prenons plus de commandes pour la 812 GTS. Vous devriez choisir quelque chose dans notre inventaire. »

« Oh, c'est dommage. J'aimerais quand même voir la rouge. »

« Absolument. Allons dans l'espace de préparation. »

Nous avons suivi Dino, et Caden a murmuré : « Ce type est juste derrière nous. »

« Il veut probablement juste voir la voiture, lui aussi. »

« Je n'aime pas la façon dont il me regarde. »

« Détends-toi, Caden. Il n'y a rien. »

Dino a maintenu la porte ouverte, et nous sommes entrés dans l'espace de préparation et de livraison. C'était d'une propreté clinique. Le grondement rauque d'une voiture en révision dans le garage attenant était la bande-son parfaite.

Dino a désigné deux hommes qui essuyaient une voiture avec des chiffons en peau de mouton. « La voilà. Une pure merveille, n'est-ce pas ? »

Ça m'a cloué sur place. Je n'étais pas un fana de voitures, mais la question était de savoir pour combien de temps encore. Nous avons tourné autour du véhicule. C'était à la limite du saisissant. Caden a demandé : « Elle est à combien ? »

« Un peu moins de cinq cent mille. »

Le prix d'un demi-million a anéanti mon rêve naissant d'en posséder une.

« Elle en vaudra six cent mille avant la fin de l'année. »

Dino a remarqué l'autre homme et lui a demandé : « Je peux vous aider ? »

Il a secoué la tête et est retourné dans le showroom.

Dino a dit : « Nous avons une autre 812 à l'étage supérieur. Un magnifique Bianco Cervino. »

Caden a commenté : « C'est le plus beau blanc que Ferrari ait jamais fait. »

« Allons voir ça. »

Nous avons pris l'ascenseur et, en sortant, Dino a reçu un appel sur son portable. Caden et moi avons fait le tour de la voiture de sport blanche. Caden a chuchoté : « Je ne l'aimais pas, ce type en bas. Il n'a pas dit un mot. »

« Tu te fais des idées. »

« C'est qui, ce mec ? »

« Tu imagines des choses. »

« Ah ouais ? » Il m'a fait un signe du menton, et j'ai suivi son regard. L'homme qui inquiétait Caden se tenait en haut de l'escalier de notre étage et regardait dans notre direction.

43

Caden a dit : « Cassons-nous d'ici. »

Dino a demandé : « Est-ce que tout va bien ? »

Caden s'est dirigé vers l'ascenseur. « Allez. On y va. »

J'ai répondu : « Il a mal au ventre. Je lui ai dit qu'on pourrait revenir un autre jour, mais il a insisté. »

« J'espère qu'il se sentira mieux. »

« Merci, Dino. Laissez-moi réfléchir pour la voiture. Je n'ai pas les mêmes moyens que les autres acheteurs, et c'est un gros engagement pour moi. »

« Je comprends tout à fait. Prenez votre temps. Je suis à votre disposition pour vous aider dès que vous serez prêt. »

Caden sortait du showroom quand je l'ai rattrapé. « Eh, attends voir. »

Nous sommes sortis sur le parking. Caden a levé les yeux. « Ce salaud est en train de me surveiller. »

« Je ne suis pas sûr qu'il le soit. »

« Arrête, mec. Quoi, tu es aveugle ? Il nous suit depuis qu'on est arrivés. »

« Qui ça pourrait être, à ton avis ? »

« Je ne sais pas. Tu penses que ça pourrait être un flic en civil ? »

« Un flic en civil ? Pourquoi est-ce qu'ils… »

« Tu as oublié le procureur qui m'a appelé ? »

« Ah oui, je suppose que c'est possible. »

« Je n'aime pas du tout la tournure que ça prend. »

Le moteur ronronnant, une Ferrari bleu nuit s'est garée sur une place. J'ai dit : « Tiens, c'est Bob Stone. Tu te souviens de lui, au rallye. On était assis à la même table à Barbatella. »

Caden s'est moqué : « Ce connard prétentieux pense que sa McLaren de merde est la plus rapide du monde. »

« Il s'y connaît beaucoup en voitures. »

« Pas plus que moi. »

Stone est sorti et je me suis approché. « Eh, Bobby. Quoi de neuf ? »

« Beck. Tu as déjà acheté quelque chose ? »

« J'essaie encore de me décider. On a vu une belle GTS. »

« La blanche à l'étage ? »

« Ouais, elle est jolie, n'est-ce pas ? »

Il a hoché la tête. « C'est ton ami ? »

« Ouais. » J'ai crié : « Brett, viens dire bonjour. »

Caden s'est traîné jusqu'à nous. « Salut, Bob Stone, c'est ça ? »

« Yep, comment tu vas, euh… »

« Brett, Brett Caden. »

« Ah oui, désolé, mec. Maintenant, je m'en souviens. Tu pensais que ta 788 GTS était plus rapide que ma 720S. »

« Elle l'est. »

Stone a ri. « Ouais, si c'est ce que tu veux croire, vas-y. »

« Ça n'a rien à voir avec une croyance, c'est un fait avéré. »

« Je ne sais pas d'où tu tiens tes infos, mais tout le monde sait qu'une McLaren 720S est plus rapide qu'une 788 GTS. »

« C'est faux. »

« C'est vrai ! »

« Putain que non. »

J'ai dit : « Du calme, les garçons. »

Stone a dit : « Beck a raison. On devrait y aller mollo. »

Caden a dit : « Même si ta McLaren de merde était assez rapide pour battre ma GTS, ça dépend du pilote. »

« C'est vrai. Je ne suis pas un pro, mais j'ai fait assez de tours de piste pour me défendre. Et toi ? »

« J'ai fait plus que ma part de courses et je n'en ai encore jamais perdu une seule. »

« Tu te vantes un peu, hein ? »

« Ce n'est pas de la vantardise si c'est la vérité. »

« On ne parle pas de la piste pour les gamins, n'est-ce pas ? »

« Va te faire foutre. »

J'ai dit : « Les gars, soyez sympas. »

Caden a dit : « Cassons-nous d'ici. »

Stone a dit : « Quand tu voudras faire la course, dis-le à Beck. Enfin, si tu n'as pas peur. »

J'ai dit : « On se revoit, Bobby. »

Nous sommes montés dans la Ferrari de Larson. Caden a dit : « C'est quoi son putain de problème, à ce type ? »

« Bobby est un type bien. Il est juste un peu imbu de lui-même quand il s'agit de voitures. Pour te dire la vérité, je l'ai vu courir deux ou trois fois à l'événement Lamborghini. Il ne m'a pas impressionné. »

« Il ferait mieux de la fermer. »

« Tu sais, je n'y connais rien en course, mais la dernière fois qu'on est allés au circuit de Miami, il a à peine passé le premier tour de qualification, et puis le deuxième tour a commencé, et il était loin derrière. L'instant d'après, après le troisième tour, il a abandonné et est rentré au stand. »

« Trouillard. »

« Bobby a dit que c'était un problème mécanique, mais un autre de mes potes, qui s'y connaît, a dit que c'était une excuse. »

« Il a un sacré culot de l'ouvrir comme ça. »

« Tu devrais relever son défi. »

« Faire la course contre lui ? »

« Pourquoi pas ? Je paierais pour voir comment il s'explique quand tu le laisseras sur le carreau. »

Caden a haussé les épaules. « Ces courses ne sont pas des victoires écrasantes. Tu bats une machine haut de gamme d'une longueur de voiture, et c'est une promenade de santé. »

« Peu importe. Si tu peux le battre, il devra la fermer. »

« Si ? Je sais que je le battrai. »

« Alors, faisons-le. »

« Ce n'est pas facile de trouver un circuit pour ça. »

« Tu as dit que Lamborghini organisait un truc au circuit de Miami. »

« En effet. »

« Tu connais les gens de chez Lamborghini. Tu ne peux pas leur demander de nous aider ? »

« Ils ne veulent pas s'impliquer dans une affaire privée ; ils veulent mettre en avant leurs propres voitures. »

« Il doit bien y avoir un endroit. »

Alors que nous nous garions devant la maison de Caden, son téléphone a sonné. « Allô ? Allô ? C'est qui ? Fous-moi la paix, putain ! »

Caden a fourré son téléphone dans sa poche, et j'ai demandé : « C'était qui ? »

« Ça doit être les mêmes mecs. »

J'ai fait vrombir le moteur plusieurs fois avant de le couper. « Quels mecs ? »

« Si je le savais, je te le dirais, putain. »

J'ai montré du doigt un homme avec une casquette et une barbe fournie qui marchait le long de la maison de Caden. « C'est qui, lui ? »

Caden s'est figé avant de dire : « Eh ! Qu'est-ce que vous foutez ? »

L'homme a regardé dans notre direction. « Rien, je regardais juste la vue derrière. »

« Dégagez de là. »

Le type est monté dans sa voiture et est parti. Caden a dit : « Tu vois ? Je ne perds pas la tête. »

« On devrait aller voir derrière la maison. »

« Tu penses qu'il essayait d'entrer ? »

« On ne sait jamais. »

Caden est allé directement au garage. Il a tapé le code et, tandis que la porte montait, il s'est penché. « Elles sont toutes là. »

« Bien. Fais le tour de la maison. Je vais vérifier à l'arrière. »

Caden est monté sur sa terrasse. Depuis le ponton en contrebas, j'ai dit : « Tu vas vouloir voir ça. »

« Quoi ? Qu'est-ce qui ne va pas ? »

44

À PEINE RENTRÉ CHEZ MOI, MON TÉLÉPHONE A SONNÉ. C'était Caden. « Salut, Brett, comment ça va ? »

« Très mal. T'as vu cette merde sur Puzo ? »

J'étais parfaitement au courant. « Non. Qu'est-ce qui se passe ? »

« L'ordure a passé une sorte d'accord et il a été libéré. »

« Vraiment ? »

« Ouais, et il s'est barré en Italie. »

« En Italie ? »

« Ouais, on dit qu'il a loué une maison au bord du lac de Côme. »

« Il a l'argent pour… »

« Il se planque comme le rat qu'il est. »

« Puzo a peut-être vendu la mèche sur quelques-uns de ses clients. »

« Je n'en ai rien à foutre d'eux, je me soucie seulement de ce qu'il a dit sur moi. »

« Je sais. Larson a dit qu'il t'avait dit… »

« C'est forcément lui qui a laissé l'article de journal. »

« Celui que j'ai trouvé dans ton jardin ? »

« Exact, ça ne fait aucun doute dans mon esprit. »

« Parce que ça parlait de l'accident ? »

Il y a eu une pause pendant qu'il sniffait un rail. « Ouais, il gardait une sorte de putain d'album avec tous les articles et les reportages sur l'accident. »

Puzo l'avait toujours fait. « Ah oui ? »

« Ouais, il disait que c'était pour s'assurer d'avoir la preuve d'un procès inéquitable si on perdait. Mais je sais que ce sont des conneries maintenant ; il voulait des trucs à utiliser contre moi. »

« Je n'en suis pas si sûr. »

« Ah ouais ? Eh bien, moi, si. Qui d'autre déterrerait tout ça ? »

« Tu marques un point. »

« Ils me cherchent. »

« Calme-toi. Souviens-toi, tu es protégé par la règle *non bis in idem.* »

« Je suis sûr que Puzo a manigancé autre chose. Je veux dire, il sait tout et… je suis foutu. Je le sens. »

« Détends-toi. Tu sais, j'ai beaucoup de contacts. »

« Je parie que Puzo a tout raconté à la famille Peterson. »

« Ouais, c'est possible. Je n'y avais pas pensé. Qu'est-ce qu'il a bien pu dire ? »

« Ils me cherchent. Qu'est-ce que je vais faire ? »

« Il faut que tu te calmes. »

« Je ne peux pas. »

« Tu dois le faire. Prends cinq grandes inspirations par le nez et expire lentement par la bouche. »

Caden a inspiré et expiré comme je le lui avais dit. J'ai demandé : « Tu te sens mieux ? »

« Je ne sais pas. »

« Écoute, tiens bon. Je dois faire une course ; je t'appelle dans une heure. »

« Tu peux passer ? »

« Laisse-moi voir comment ça se passe. Je te tiens au courant. »

J'ai raccroché. « Allez, Toby. On va faire une promenade. »

Toby a levé la tête. Quand j'ai attrapé sa laisse, il a bondi hors de son panier.

Après avoir marché un pâté de maisons, Toby a ralenti. Il a reniflé, cherchant l'endroit parfait pour laisser sa marque, et j'ai sorti un téléphone prépayé. J'ai composé un numéro et Caden a répondu : « Allô ? »

Je suis resté silencieux.

« Allô ? »

« Hé ! C'est qui, putain ? »

J'ai raccroché.

Toby a fait ses besoins, et nous sommes rentrés à la maison. J'ai pris un autre téléphone prépayé et, en utilisant une application de distorsion vocale, j'ai rappelé Caden.

Il a répondu mais n'a rien dit pendant quelques secondes. « Allô ? »

« Tu ferais mieux de surveiller tes arrières, mon pote. »

« C'est qui ? »

« On va te chercher. »

« Va te faire foutre ! »

« On va enfin t'avoir. »

Caden a raccroché.

J'ai mis une machine en route et je me suis fait un sandwich. Alors que je cherchais un podcast dont Larson m'avait parlé, mon téléphone a sonné. C'était Caden.

« Beck ! Beck ! Je ne sais pas ce qui m'arrive. »

« Qu'est-ce qui ne va pas ? »

« Je n'arrive pas à respirer. Et je sens une grosse pression sur ma poitrine. »

« C'est peut-être une crise cardiaque. »

« Quoi ? »

« Une douleur ou une sensation d'engourdissement dans le bras gauche ? »

« Non. »

« La pression est forte ? »

« Pas si forte, mais il se passe quelque chose. »

« Ne bouge pas. J'arrive tout de suite. »

La chemise de Caden était trempée de sueur. « Comment tu te sens ? »

Sa respiration était à deux doigts de l'hyperventilation. « Pas bien… pas bien du tout. »

« Allonge-toi sur le canapé. »

J'ai attrapé une bouteille d'eau dans le réfrigérateur. « Bois une gorgée. »

« Mon cœur bat la chamade. »

« Et tes mains ? Tu sens quelque chose ? »

« Des picotements. »

« Quand est-ce que tout ça a commencé ? »

« Après t'avoir parlé, j'ai reçu quelques appels d'eux. »

« De qui ? »

« Si je savais putain de qui il s'agit, je te le dirais ! »

« Calme-toi. Qu'est-ce qu'ils ont dit ? »

« Qu'ils allaient me chercher. Qu'ils allaient enfin m'avoir. »

« Et c'est ça qui a déclenché ce que tu ressens ? »

Il a hoché la tête et s'est essuyé le front avec sa manche.

« Tu fais une crise de panique. Tu en as déjà eu avant ? »

« Non ! »

« Détends-toi et lâche la coke. »

« J'en ai à peine pris aujourd'hui. »

« Tu te sens un peu mieux ? »

« Un peu. »

« D'accord. Je dois retourner au travail. Je passerai voir comment tu vas plus tard. »

45

J'AI ATTENDU, ASSIS DANS MA VOITURE. DÈS 13 H, JE ME SUIS dirigé vers la salle d'audience. Ventura avait appelé ; le demandeur avait clos son exposé. Ventura allait commencer à défendre son client après une brève suspension pour le déjeuner.

La prudence aurait été de faire profil bas, mais je n'étais pas seulement motivé par l'argent. En boitant à travers le détecteur de métaux, le garde ne m'a pas reconnu. La paire de lunettes, la barbe, la casquette et la béquille étaient efficaces.

Il y avait une poignée de personnes dans la salle d'audience. Alors qu'on rappelait à Rigo Munoz qu'il était toujours sous serment, j'ai pris place sur l'avant-dernier banc.

Phil Ventura s'est approché de la barre des témoins. « Monsieur Munoz, cette minerve a l'air inconfortable. »

« On peut dire ça. »

« Je suis désolé de devoir vous rappeler à la barre. Êtes-vous prêt à continuer ? »

Munoz a fait une grimace. « Je souffre énormément, mais je veux juste en finir. »

« Je ferai de mon mieux pour que ça aille vite. Vous avez précédemment témoigné avoir subi plusieurs blessures invalidantes à la suite d'une chute chez M. Puglia. »

« C'est exact. »

« Je ne voudrais pas me tromper et minimiser ce qui vous est arrivé. Pourriez-vous rappeler à la cour la nature de vos blessures ? »

« J'ai de nombreuses lésions nerveuses. Mon dos et mon cou me font constamment souffrir, et la rétine de mon œil gauche était partiellement décollée. »

« Si je comprends bien, la rétine est complètement guérie. Est-ce exact ? »

« Oui. »

« C'est bien ce que je pensais. Notre ophtalmologiste n'a trouvé aucune preuve qu'elle ait été décollée. »

L'avocat de Munoz a dit : « Objection. Nos experts ont témoigné au sujet du décollement. Neuf mois se sont écoulés depuis que des conditions dangereuses ont provoqué la chute de M. Munoz. »

« Objection retenue. »

« Comment est votre vision maintenant ? »

« Toujours floue. »

« Même si elle est guérie ? »

« Les médecins disent que ça prendra beaucoup de temps et que je ne récupérerai peut-être jamais complètement. »

« Je ne suis pas médecin, mais je pense que vous irez bien. Maintenant, comment êtes-vous tombé ? »

« J'étais sur une échelle, en train de peindre les corniches. La chose suivante dont je me souviens, c'est de tomber. J'ai heurté le sol. C'est du marbre, et j'ai perdu connaissance. »

« Combien de temps êtes-vous resté inconscient ? »

« Je ne sais pas, peut-être cinq minutes. »

« Vous êtes-vous cogné la tête ? »

« Non, je ne crois pas. »

« Avez-vous eu une commotion cérébrale ? »

« Pas à ma connaissance, mais c'est possible. »

« Comment avez-vous perdu connaissance si vous ne vous êtes pas cogné la tête ? »

« Objection. M. Munoz n'est pas un professionnel de la santé et n'est pas qualifié pour répondre. »

« Objection retenue. »

« Avez-vous mal tout le temps, monsieur Munoz ? »

« Oui, ça n'arrête jamais. »

« Je n'ose imaginer. Toute la journée, vous avez mal ? »

« Oui. »

« Et votre cou, il vous fait souffrir ? »

« C'est terrible. Je ne peux pas le décrire. »

« Vous devez porter cette minerve tout le temps ? »

« Oui. »

« Même en dormant ? »

« Oui. »

« Vous ne l'enlevez jamais ? »

« Non. Les médecins disent que je pourrais devenir paralysé si je le faisais. »

« Ça a l'air effrayant. »

« Ça l'est. J'ai tellement peur de finir en fauteuil roulant pour le reste de ma vie. »

« J'imagine que vous faites extrêmement attention à vos activités quotidiennes. »

« J'ai trop mal pour faire quoi que ce soit. Je ne fais que

regarder la télé. La seule fois où je quitte ma maison, c'est pour aller voir des médecins. »

« Je suis navré de l'apprendre. Vous avez témoigné plus tôt que les médecins vous ont dit que vous risquiez la paralysie. Vous ont-ils donné des consignes précises sur ce qu'il faut éviter de faire ? »

« Ils ne veulent pas que je me baisse, sauf si c'est nécessaire. »

« Et pour ce qui est de soulever des objets ? »

« Ils m'interdisent formellement de soulever quoi que ce soit. D'ailleurs, le simple fait de prendre une tasse de café est douloureux. »

Ventura s'est tourné vers les jurés. « Nous compatissons certainement à la douleur et aux blessures qui ont changé la vie de M. Munoz. Si ce préjudice a été causé par une négligence, un mépris délibéré et total pour la sécurité de la personne blessée, alors il est raisonnable de justifier l'octroi d'une compensation, comme une forme de réparation. »

Une vague d'acquiescements a parcouru le banc des jurés tandis que Ventura disait : « Avant d'essayer de calculer quel montant serait équitable, j'aimerais diffuser une vidéo. »

On a roulé un écran jusqu'à lui.

« Je vous prie de prêter une attention particulière à ce film. Je crois qu'une personne raisonnable saura qu'il contient tout ce dont vous avez besoin pour rendre le jugement approprié dans cette affaire. »

Ventura a reçu la télécommande, et tous les jurés se sont penchés en avant.

« Comme vous pouvez le voir, l'horodatage indique sept heures quarante-cinq du matin, le deux mai. La maison que l'on voit à l'image appartient à M. Munoz. »

Ventura a fait un zoom avant. « Voici M. Munoz qui sort de la maison. Il porte la même minerve qu'aujourd'hui. »

Alors que Munoz descendait les marches en sautillant vers l'allée, Ventura a dit : « Je ne suis pas médecin, mais il me semble qu'il se déplace assez rapidement. »

Munoz s'est arrêté et s'est penché, regardant le pneu avant côté passager. « On dirait qu'il a un pneu crevé. »

Munoz a secoué la tête et a balayé la rue du regard avant d'aller vers le coffre. Le coffre s'est ouvert, et il s'est penché pour sortir un cric et une clé en croix.

Ventura a souri. « J'espère que ce n'est pas trop lourd. »

Munoz les a posés près de l'avant de la voiture et a porté les mains à son cou. Ventura a mis la vidéo en pause, en disant : « Vous pouvez voir clairement M. Munoz en train d'enlever sa minerve. »

« Objection ! » L'avocat de Munoz s'est levé d'un bond. « La cour ne peut permettre la diffusion de cette vidéo tant que nous n'aurons pas pu en vérifier l'authenticité. Pour autant que nous sachions, il peut s'agir d'un deepfake créé par une IA. »

« Rejetée. Vous aurez l'occasion d'examiner la vidéo. Elle est recevable. »

Ventura a souri et a relancé la vidéo.

« Il est en train de changer le pneu. Quiconque en a déjà changé un sait que la force nécessaire pour desserrer un écrou de roue est considérable. »

Ventura a fait un arrêt sur image au moment où Munoz plaçait une extrémité de la clé sur l'écrou et empoignait le manche. « Je sais que ça peut sembler tomber à pic, mais il y a environ six ans, j'ai eu un pneu crevé sur Santa Barbara Boulevard et je me suis bloqué le dos en essayant de desserrer un écrou. » Il a mis la main sur sa hanche et a froncé les sourcils. « Regardons la suite. »

Munoz a retiré les écrous, a saisi la roue à deux mains et l'a détachée de la voiture. Il l'a faite rouler et l'a appuyée contre son véhicule. Il a ensuite pris la roue de secours et s'est penché pour la manœuvrer afin de la mettre en place.

Ventura a déclaré : « Je ne sais pas ce que vous en pensez, mais la plupart des gens diraient que M. Munoz me semble en parfaite santé. Il ne s'est pas arrêté pour se reposer et ses mouvements sont fluides. »

Ventura a marqué une pause, regardant chaque juré dans les yeux avant de dire : « Je ne suis pas médecin, mais je ne suis pas né de la dernière pluie non plus. Je crois que M. Munoz a été pris la main dans le sac en train d'essayer d'escroquer un dédommagement à M. Puglia. »

46

OBTENIR LE NUMÉRO DE PORTABLE DE QUELQU'UN N'AVAIT rien de compliqué. J'ai entré le numéro du Dr Schwartz dans un téléphone prépayé. Ça a sonné cinq fois avant de basculer sur la messagerie vocale.

« Salut, Doc, rappelle-moi. J'ai quelque chose que tu ne voudrais pas que ta femme voie. »

Une minute s'est écoulée avant qu'un texto n'arrive : *Qui est-ce ?*

Un ami. Appelle-moi. Maintenant.

Le téléphone a sonné. C'était le podologue. « Salut, Doc, il faut qu'on se voie. »

« Qui es-tu ? »

« Considère-moi comme un ami. J'ai quelque chose que tu ne voudrais absolument pas que ta femme voie. »

« De quoi parles-tu ? »

« Un pantalon blanc moulant, ça te dit quelque chose ? »

« Je n'ai pas la moindre idée de ce dont tu parles. »

« Est-ce que le Marriott TownePlace t'aide un peu plus ? »

Il a hésité. « Qu'est-ce que tu veux, de l'argent ? »

« Non. J'essaie juste de rendre service à tout le monde. Voyons-nous. »

Une autre longue pause. « Ça ne me plaît pas. Tu es le mari de Janet ? Tu vas me faire du mal ? »

Génial. On avait affaire à deux infidèles. « Calme-toi. Je ne vais pas lever la main sur toi. On se retrouve, et je t'expliquerai tout. »

« Où ? Il faut que ce soit dans un lieu public. »

« Bien sûr. Ça te va, à Waterside Shops ? »

Trois secondes se sont écoulées avant qu'il ne dise : « D'accord. À quelle heure ? »

Il était censé commencer à pleuvoir dans quatre-vingt-dix minutes. « Dans deux heures. »

« Très bien. Où ça ? »

« Près du parking couvert, ça te va ? »

« D'accord. »

« Ne sois pas en retard. Je déteste quand les gens sont en retard. »

47

LA CLIENTÈLE DU DÉJEUNER TARDIF AVAIT DEPUIS LONGTEMPS déserté le Seasons 52. J'étais le seul assis au bar. Ventura s'est installé sur un tabouret. « Je ne sais pas comment tu te débrouilles. »

« Je ne peux pas révéler mes secrets. »

« Toujours sur tes gardes, n'est-ce pas ? »

« C'était bien joué de ne pas le communiquer à la défense. Ils auraient lâché l'affaire avant le procès, et nous n'aurions pas eu droit au spectacle. »

« Le juge Wilkins n'a pas apprécié. Il parlait de poursuivre Munoz pour parjure. »

« C'est trop flou quand quelqu'un prétend souffrir de lésions nerveuses. Mais il ne recommencera jamais une chose pareille. »

« Exactement. Et avec la presse qui s'est emparée de l'affaire, personne n'essaiera de s'en prendre à nouveau à Puglia. » Ventura m'a tendu une enveloppe. « Puglia était si reconnaissant qu'il a ajouté un petit quelque chose en prime. »

J'ai ouvert l'enveloppe. Le chèque était de trois-cent-mille. « Cinquante mille de plus, c'est un petit quelque chose ? »

« Puglia a dit que le spectacle en valait la peine. »

« Je n'ai fait que tourner la vidéo. C'est toi qui as ajouté le côté dramatique, en faisant monter la tension avant d'achever Munoz. »

« Tu as été assez malin pour la filmer, mais quel coup de chance que Munoz ait eu un pneu à plat. »

J'ai souri.

« Tu n'as pas crevé son pneu, si ? »

Inutile de mentir. « Bien sûr que non. » Crever un pneu aurait laissé une trace, ce qui aurait mis Munoz sur ses gardes. Dégonfler la valve était indétectable.

48

Je me suis garé près de l'Apple Store et j'ai marché sous les auvents du centre commercial Waterside Shops. C'était presque l'heure de la fermeture. Le seul endroit où il y avait du monde était le BrickTop's. La pluie avait ruiné l'activité du bar et de la terrasse du Bravo.

J'ai attendu juste à l'entrée du parking couvert rempli au quart. Quelques clients se sont précipités vers le parking et ont quitté le centre commercial.

Il a été facile de repérer Schwartz avant même de pouvoir voir son visage. Tenant un parapluie, sa tête pivotait de gauche à droite. Je suis sorti de derrière la colonne et j'ai levé une main. Sur le point de traverser la rue, le podologue s'est arrêté net. Il a balayé la zone du regard et s'est approché lentement. Je me suis glissé derrière la colonne.

Il a fait une pause à l'entrée. J'ai désigné la rampe menant au deuxième étage et j'ai commencé à la monter.

« Eh, attendez une seconde. »

Je me suis retourné. « Taisez-vous et marchez, ou votre femme ne va pas être contente de vous. »

« Je ne vais nulle part. Qu'est-ce que vous croyez faire, au juste ? »

Sortant mon téléphone, je me suis dirigé vers le podologue. Je lui ai collé l'écran sous le nez. « Vous voyez ça ? On dirait vraiment vous, non ? »

« Où avez-vous eu ça ? Vous me suiviez ? »

« La ferme et avancez. » Je me suis retourné et j'ai continué à monter vers le deuxième étage. Entendre une autre paire de pas signifiait que Schwartz me suivait.

Il n'y avait pas de voitures au deuxième étage du parking. J'ai marché jusqu'au coin le plus éloigné et j'ai regardé Schwartz s'avancer péniblement.

Un SUV est descendu du toit. Je me suis caché derrière un pilier jusqu'à ce qu'il soit passé. C'était le dernier véhicule là-haut. Schwartz s'est arrêté à une longueur de voiture. « Vous allez me dire de quoi il s'agit, bordel ? »

« Calmez-vous. Vous n'êtes pas en position de poser des questions. »

« Qu'est-ce que vous me voulez ? De l'argent ? »

« Venez ici. »

J'ai lancé la vidéo de lui et de la femme au Marriott.

« Et alors, j'ai eu une petite aventure. Ce n'est pas bien grave. »

« Ce sera une autre histoire pour votre femme, n'est-ce pas ? Et pour le mari de cette femme ? »

Il a haussé les épaules.

« Si vous faites ce que je dis, j'effacerai la vidéo. Sinon, je l'enverrai à votre femme, à son père et au mari de la femme. Votre beau-père vous déshéritera probablement, et il a beaucoup d'argent, n'est-ce pas ? »

Nouveau haussement d'épaules.

« Vous avez un contrat de mariage, n'est-ce pas ? »

Il a hoché la tête. « Écoutez, vous allez trop loin. »

« Et la maison est au nom de votre femme… »

« Allons. Je suis quelqu'un de bien qui a juste fait une erreur. »

J'ai ricané. « Quelqu'un de bien ? Faut pas déconner, non plus. »

« Vraiment, je le suis. »

« Vous gagnez votre vie en aidant les gens à en arnaquer d'autres. »

« Quoi ? Je ne comprends pas. »

« Fracture de fatigue. »

« Quoi ? »

« Vous m'avez bien entendu. »

« Qu'est-ce qu'une fracture de fatigue a à voir avec tout ça ? »

« C'est pour ça que vous êtes ici. Vous et vos amis avocats véreux, vous les utilisez pour tromper les gens. »

« Non, ce n'est pas vrai. »

J'ai levé la main. « Ne me dites pas ça. Je suis venu vous voir moi-même. »

Il a froncé les sourcils. « Ce n'est pas quelque chose que je fais souvent. Vraiment, vous devez me croire. »

« Voilà ce qui va se passer. Je vais envoyer ça à votre femme, à votre beau-père et au *Naples Daily News* si vous ne faites pas ce que je vous dis. »

« Quoi ? Quoi ? Vous allez gâcher ma vie. Je ferai n'importe quoi. »

J'ai regardé par-dessus le bord. « Sautez d'ici. »

« Quoi ? C'est de la folie. »

« Ce n'est pas si haut. Vous vous casserez peut-être une

jambe, mais vous aurez certainement des fractures de fatigue aux deux jambes. »

« Vous plaisantez, j'espère. Je ne saute pas. »

J'ai sorti mon téléphone. « Le numéro de votre femme, c'est bien le 239-332-4349, n'est-ce pas ? »

« Mais qui êtes-vous, bordel ? »

« Peu importe. Montez là-haut. »

« Pas question. »

J'ai sorti mon Glock. « Dépêchez-vous. J'ai un autre rendez-vous. »

« Allons. S'il vous plaît. Je ferai n'importe quoi. Je peux trouver de l'argent. Combien vous voulez, cent mille, deux cents ? »

« L'argent ne peut pas tout arranger. » J'ai pointé le pistolet vers sa jambe. « Montez là-haut et sautez avant que je vous pète les rotules. »

Schwartz a grimpé tant bien que mal sur le muret. « S'il vous plaît. Je vous en supplie. »

J'ai armé le pistolet. « Descendez sur ce rebord. C'est moins haut. »

Il s'est agrippé au mur et s'est laissé descendre. Le but n'était pas qu'il se brise les jambes ou subisse une blessure grave.

« Sautez. »

« Je n'y arrive pas. »

Je me suis penché et j'ai pressé le canon du pistolet contre sa cuisse. La pluie me cinglait le bras. « Je vous donne trois secondes. »

« S'il vous plaît. S'il vous plaît. »

« Trois, deux, un. »

Schwartz a sauté dans le vide. Il a hurlé en touchant le

sol. Mais il s'est relevé en grimaçant, se tenant les jambes. Je n'ai pas eu besoin d'appeler les secours. Je suis parti. Schwartz saurait ce que c'était qu'une fracture, et je doutais qu'il se livre à d'autres magouilles.

49

Marchant entre Caden et Bob Stone, nous sommes sortis du terminal d'aviation générale de l'aéroport d'Immokalee. J'ai dit : « On dirait qu'ils ont rénové cet endroit récemment. »

Stone a dit : « Oui, ils ont posé le nouveau toit en tôle et l'ont repeint en blanc il y a un an. »

« Ça rend bien, n'est-ce pas, Caden ? »

« Ça va. »

Deux cuves de carburant blanches de près de deux mille litres longeaient la clôture. Nous avons traversé une zone herbeuse et atteint le tarmac. La chaleur qui se dégageait du béton me réchauffait le bas des jambes. Stone s'est penché et a touché la surface du béton. « C'est chaud, mais le soleil ne tape plus directement dessus. Ça ira. »

J'ai dit : « Pour le prix qu'ils demandent pour la location, on ne peut pas s'attendre à avoir la clim. »

Caden a dit : « Ils se font de l'argent, sinon ils ne le feraient pas. »

J'ai dit : « Tu as raison, mais ils ont dû interrompre le

trafic aérien, fournir une ambulance, et ils ont été cools sur le fait qu'on monte un circuit au lieu de juste utiliser la piste de dragster. »

Caden a dit : « C'est dans les virages et les courbes qu'un pilote fait la différence. N'importe quel crétin peut faire une course de dragster. »

J'ai dit : « Tu dis ça parce que tu sais que ma McLaren enterrera tout ce que tu possèdes sur une piste de dragster. »

Caden a ricané. « Tu vas probablement te planter dans les lignes droites. »

J'ai dit : « On va pouvoir régler ça dans un petit moment, alors garde tes provocations pour toi. »

Caden a dit : « J'essaie juste d'aider ton pote qui se fait des illusions. »

J'ai dit : « Vous pensez que des trafiquants de drogue utilisaient cet aéroport à l'époque ? »

Stone a dit : « Probablement, mais je peux vous dire que si Naples continue de s'agrandir, cet aéroport vaudra cent fois ce qu'il vaut aujourd'hui. »

Caden a dit : « L'aéroport de Naples est bien trop fréquenté. Un jet privé décolle toutes les cinq minutes, surtout en haute saison. Ils devraient limiter ce qui s'y passe. »

Stone a répondu : « L'image de la jet-set de l'aéroport de Naples ne représente pas tout. Je veux dire, il n'y a aucun doute que les riches l'utilisent, mais n'oubliez pas que les hélicoptères médicaux de la région y sont basés, que la police y a sa force aérienne, sans parler des opérations de démoustication du comté. »

Caden a dit : « Tu vas voir, tout ce qu'il y a de bien là-bas va se faire éjecter par les gros bonnets avec leurs jets privés. »

Stone a montré du doigt. « Est-ce que ce sont des enfants, là-bas ? »

Quatre garçons avaient renversé l'un des cônes orange qui délimitaient les virages du circuit. J'ai dit : « Oui, ils étaient là quand je suis venu la semaine dernière, en train de jouer au foot. »

Caden a dit : « Ils ne devraient pas être ici. »

J'ai dit : « Le directeur de l'aviation a dit qu'ils sont du coin. Ils utilisent le terrain extérieur pour taper dans un ballon. »

Caden a dit : « Assure-toi qu'ils ne nous gênent pas. »

J'ai dit : « Ne t'inquiète pas, avant qu'on ne commence, ils auront quitté la propriété. »

Stone a dit : « Vous savez que cette piste improvisée est courte. Vous avez un handicap intégré. »

J'ai dit : « Va te faire foutre. »

Stone a repris : « Je suis sérieux. Vous avez même dit que ma McLaren est plus rapide… »

J'ai dit : « Écoute, mec, je vais tellement te mettre la pâtée que peu importe si on faisait la course à Daytona. »

Stone a ricané. « Ouais, c'est ça. »

Caden a dit : « Ok, les gars, gardez ça pour la piste. »

Stone a dit : « Greg vient avec son équipement vidéo. Il va enregistrer l'arrivée. »

J'ai dit : « C'est lui qui a pris la photo dans votre bureau ? »

Stone a répondu : « Yep. Hé, Caden, tu devrais peut-être porter un déguisement ou un truc du genre. »

Caden a grogné : « Continue de jacter, trou du cul. »

J'ai dit : « Caden, tu as dit que tu avais mis des pneus neufs. Quelle marque ? »

« Des Pirelli Prestige. »

J'ai dit : « Tu veux me les montrer ? J'ai besoin d'en apprendre plus sur eux si je dois me reprendre une Ferrari. On se voit plus tard, Bob. »

Stone s'est éloigné. « Ça marche. »

Caden a dit : « Hé, Stone ! Ça t'intéresse de parier sur la course ? »

Stone a ricané. « Absolument. Mais il te reste de l'argent après t'être fait arnaquer ton Aperta ? »

Le visage de Caden a rougi. « Plus que tu n'en auras jamais. »

Stone a dit : « Que dirais-tu de cent mille ? »

J'ai dit : « Attendez, les gars, c'est de la folie. »

Caden a lancé : « Marché conclu. »

Stone a dit : « Je le veux par écrit. »

Caden a protesté : « Tu ne me fais pas confiance ? »

« Pas du tout. »

Caden a dit : « Va te faire foutre. Alors oublie. »

Stone a dit : « Tu vois ? Tu n'avais aucune intention de payer si tu perdais. »

Je me suis mis devant Caden. « Oublie-le. Montre-moi les pneus. »

Sa mâchoire était si crispée que son menton tremblait. « Ce fils de pute a besoin de se faire remettre à sa place. »

J'ai dit : « Contente-toi de le battre et il se fera tout petit. »

Caden a sifflé : « Je vais pulvériser ce salaud. »

J'ai dit : « Je sais que tu vas le faire. Rends-moi juste service et reste loin de lui. D'accord ? »

« Ouais, d'accord. »

Il nous restait une heure avant le départ, soixante longues minutes à empêcher Caden de s'en prendre physiquement à Stone.

Caden s'est dirigé vers le bâtiment de l'aviation. « Faut que j'aille pisser. »

Caden s'est engouffré dans les toilettes pour hommes. Trente secondes plus tard, j'ai senti une envie pressante et je l'ai suivi. Caden était penché au-dessus du lavabo, en train de sniffer une ligne de coke avec un billet de cent dollars roulé.

Il s'est frotté le nez. « Tu veux une trace ? »

J'ai dit : « Pas maintenant. J'attendrai que tu gagnes, et ensuite on fêtera ça. »

Il a préparé une autre ligne. « Je vais tellement lui mettre la misère qu'il ne refera plus jamais la course. »

« Tout ce que tu as à faire, c'est de gagner. Personne ne se souviendra de l'écart. »

« Moi si, et Stone aussi. Je ne veux pas le battre ; je veux l'annihiler. »

Pendant que j'étais devant un urinoir, Caden a ouvert le robinet, a mouillé son index et son majeur et a aspiré des gouttelettes d'eau par le nez. Il voulait récupérer la moindre particule de coke.

Il a quitté les toilettes et je me suis lavé les mains. J'étais sur le point de sortir quand la porte s'est ouverte brusquement. C'était Caden.

« T'as oublié de pisser ? »

« Je crois que le type qui était chez moi est ici. »

« C'est pas possible. »

« Va voir. Il porte un short jaune et il est près du comptoir. »

J'ai entrouvert la porte et j'ai regardé. « Ouais, t'as raison. Je crois que c'est lui. »

Une goutte de sueur a perlé au bout du nez de Caden. « C'est qui, putain ? »

J'ai secoué la tête.

« Qu'est-ce que tu crois qu'il me veut ? »

« J'en sais rien. Tu dois te concentrer sur la course. Ne laisse pas ce type te distraire. »

« Mais c'est qui ? »

J'ai regardé dehors. « Il est parti. Tirons-nous d'ici. On ne peut pas rester éternellement dans les toilettes des hommes. »

« Attends. J'ai un putain de mal de crâne. » Il a renversé un sachet en papier cristal et en a fait tomber un petit tas en tapotant.

« T'es sûr que ça va aider pour un mal de tête ? »

Il a utilisé une carte de crédit pour faire une ligne, en a léché le bord et l'a rangée. Il a roulé un billet et la poudre a disparu dans son nez.

« Allez, viens. On va sur la ligne de départ. »

Nous sommes sortis. La tête de Caden bougeait comme celle d'un oiseau. « Tu le vois ? »

« Non. Il est parti. »

« Je le revois. Je vais aller lui parler directement. »

« Oublie-le pour l'instant ! Tu as une course à faire. » Je lui ai fait face, en posant mes mains sur ses épaules. « Tu dois te concentrer, mec. »

« Je le ferai. Je vais lui botter le cul, à Stone. »

J'ai levé le poing. « On va le faire ! »

Il a cogné mon poing. « Et comment. »

« Regarde ta voiture. Elle est incroyable. »

« C'est qui, ce type que t'as trouvé pour agiter le drapeau ? »

« Ronnie. Tu ne l'as jamais rencontré ? »

« Non. On peut lui faire confiance pour être réglo quand il lancera la course ? »

« Absolument. C'est un type bien. »

« Tu sais, je me suis renseigné, et ton pote Stone a la réputation de tricher. »

« Ah ouais ? Alors comment a-t-il perdu à Miami ? »

« J'en sais rien. Peut-être que l'autre type était meilleur tricheur. Tu sais bien que les gens trichent tout le temps. »

Quand on conduit une voiture jaune, on remarque les voitures jaunes plus qu'un autre. « Ça va être juste. S'il se passe quelque chose, je m'assurerai qu'on recommence. »

« Je ne fais pas confiance à Stone ; il trouvera un moyen de griller le départ. »

« C'est une course de dix tours, même s'il prend une seconde d'avance, tu la rattraperas. »

« Chaque seconde compte. À cent soixante kilomètres à l'heure, une voiture parcourt quarante-cinq mètres en une seconde. »

C'était plus que ce à quoi je m'attendais. « Ça va aller. Arrête de t'inquiéter. Qui sait, tu pourrais démarrer avant lui. »

« Faut que j'aille repisser. »

« D'accord, moi je dois passer un coup de fil. »

Pendant que Caden partait sniffer plus de cocaïne, j'ai regardé mon téléphone. Mario n'était toujours pas là et n'avait pas laissé de message. Je l'ai rappelé et lui ai laissé un autre message vocal. On avait assez de monde, mais c'était un boulot important et il n'y avait pas de place pour l'erreur.

J'avais veillé sur Mario quand on était en famille d'accueil. Il me disait souvent qu'il ne voulait pas que je le surveille, qu'il pouvait se débrouiller seul, et me rappelait toujours que c'était lui qui avait trouvé les fausses cartes d'identité dont on avait eu besoin pour fuguer. Mais maintenant, il dépendait de moi pour le travail et, quand je devais le recadrer de temps en temps, il ne se plaignait jamais. Le fardeau d'avoir été forcé d'être responsable si jeune avait-il eu un effet boomerang ?

Sa copine, Susan, saurait où il était. Je n'avais pas son numéro, mais Laura, si. J'ai hésité avant d'appeler mon ex, ressassant ce que j'allais dire pour être sûr qu'elle ne pense pas que j'utilisais ça comme une excuse pour l'appeler. Ou peut-être que si ?

« Laura ? C'est Beck. »

« Oh. Salut. »

« Comment vas-tu ? »

« Bien. Et toi ? »

Qu'est-ce que c'était que ces réponses monosyllabiques ? « Tout va bien. J'essaie de joindre Mario, mais il ne répond pas à son téléphone, et je savais que tu avais le numéro de Susan. »

« Tu veux que je l'appelle, pour voir ce qu'elle sait ? »

Ça me permettrait d'avoir une deuxième conversation avec elle. « Bien sûr, ce serait super. J'apprécie. Alors, tu vas bien ? »

« Oui. On a été très occupés au travail, et ma mère est venue en ville. »

J'espérais que ça ne lui laissait pas de temps pour une vie sociale. « C'est bien. Dis-lui bonjour. Ne travaille pas trop. Tu sais ce qu'on dit : trop de travail et pas de plaisir, ça peut rendre ennuyeux. »

Je l'ai regretté dès que ça m'a échappé. Elle n'a rien dit, et j'ai essayé de me rattraper avec : « Mais tu n'as pas à t'en faire pour ça. »

« Laisse-moi appeler Susan et voir ce qu'elle dit. »

« D'accord, merci. J'apprécie vraiment. »

J'ai repassé la conversation dans ma tête. J'avais foiré. Encore. Caden m'a tiré par le bras en murmurant : « C'est qui ce type en noir ? »

« Quel type ? »

« Près de ma voiture. Je le surveille. Il a pas intérêt à toucher à ma bagnole. »

« C'est Angelo. C'est un de mes voisins. Il s'intéresse aux voitures. Je lui ai parlé de ça, et il est venu. »

« Je ne veux pas que des gens s'agglutinent autour de moi. »

Le nombre de personnes venues assister à la course aurait à peine rempli les toilettes d'un avion. « Ne sois pas si nerveux. »

« Je ne suis pas nerveux. Pourquoi tu dis ça ? »

« C'est juste une expression. »

« Ne dis pas des conneries comme ça. »

Mon téléphone a vibré. « Salut, Laura. Tu as eu des nouvelles ? »

« Oui, j'ai parlé à Susan, et elle n'a pas eu de nouvelles de Mario non plus. »

« Merde. »

« Elle a dit qu'il a quitté la maison vers neuf heures pour aller à la salle de sport et faire quelques courses, mais qu'il n'est jamais revenu. »

Mon téléphone indiquait qu'il était presque six heures. « Pourquoi n'a-t-elle appelé personne ? »

« Je ne sais pas. Peut-être parce qu'elle ne se sentait pas

bien. Elle a de la fièvre et est restée au lit presque toute la journée. »

« Mais où est-ce qu'il peut bien être ? »

« Ne panique pas tout de suite. Ce n'est probablement rien. Il est sans doute saoul dans un bar. »

Il aimait bien picoler, c'est vrai. « J'en doute. Il était censé me retrouver. »

« Où est-ce qu'il devait te retrouver ? »

« On travaille sur un truc. »

Elle a hésité avant de demander : « Où ça ? »

Si je lui fermais la porte au nez, je ne me remettrais jamais avec elle. « À Fort Myers, près de Daniels Parkway. »

« Qu'est-ce que tu fais là ? »

« J'ai rendez-vous avec un client. »

« Quel genre de client ? »

Elle me cherchait. « Un type veut construire un bâtiment commercial et a besoin d'aide pour des questions de zonage. »

« Tu n'as jamais dit que tu t'y connaissais dans ce genre de choses. »

Je ne lui avais jamais dit grand-chose. « J'ai beaucoup de contacts qui pourraient lui être utiles. »

« Quel genre de contacts ? »

« Des avocats et des gens comme ça. Écoute, mon client vient d'arriver. Je t'appelle plus tard. Si tu as des nouvelles de Susan, préviens-moi. »

Elle se jouait de moi, testant jusqu'où j'irais avant de me braquer.

J'ai pris quelques photos, documentant les gens présents à la course, et je me suis approché de Caden. Il était à genoux, en train d'inspecter un pneu.

J'ai demandé : « Tout va bien ? »

« Je m'assure juste que personne n'a touché à mes pneus. »

« Tu as vu l'installation vidéo ? »

Il a hoché la tête et est passé à la roue suivante. « Je vais faire quelques tours d'entraînement, pour m'habituer à la piste. »

« Bonne idée. »

« Ce n'est pas un pur ovale comme ceux auxquels je suis habitué. »

« Tu t'en sortiras très bien. »

« Bien m'en sortir, c'est de la connerie. Je veux l'écraser. »

« Tu as dit que tu avais la voiture la plus rapide et que tu étais un meilleur pilote. »

« Comme l'a dit Dale Earnhardt Jr. : "Le gagnant n'est pas celui qui a la voiture la plus rapide. C'est celui qui refuse de perdre." »

« C'est une bonne citation. »

Il s'est relevé après avoir inspecté le dernier pneu. « Et je refuse catégoriquement de perdre. »

Le starter s'est approché. « Fais quelques tours d'entraînement, puis on abaissera le drapeau. »

50

LES DEUX VOITURES ALIGNÉES DEVANT LUI, LE STARTER SE tenait entre Caden et Stone et a dit : « Faisons une course juste et amusante, messieurs. La sécurité avant tout. Ne vous mettez pas en danger, ni l'autre pilote, ni vos véhicules. En cas d'incident, nous avons une ambulance qui se tient prête. » Il a désigné le véhicule d'urgence garé avant le virage le plus éloigné. « Laissez-les faire leur travail si quelque chose arrive. Compris ? »

Les deux pilotes ont hoché la tête.

Il a poursuivi : « Bien. C'est une course de dix tours. Je donnerai le départ en abaissant le drapeau avec ma main droite. Gardez les yeux sur ma main gauche. J'utiliserai mes doigts pour faire le décompte à partir de cinq avant d'abaisser le drapeau avec mon bras droit. Si vous rencontrez un problème mécanique, veuillez vous ranger sur le bas-côté. C'est une course courte, et vous n'avez pas d'équipe aux stands pour réparer ce qui pourrait arriver. Je sais que vous voulez tous les deux franchir la ligne d'arrivée en premier, mais l'essentiel est de s'amuser et de conduire prudemment. »

Caden et Stone ont de nouveau hoché la tête.

« Très bien, messieurs, serrons-nous la main et commençons ! »

Stone a souri en tendant la main. Caden s'est détourné et a marché vers sa voiture.

Stone est monté dans sa McLaren. Les derniers rayons du soleil se reflétaient sur l'aérodynamique impressionnante de sa voiture. La portière papillon s'est abaissée, l'enfermant comme un astronaute. Le moteur a pris vie et Stone s'est avancé lentement vers la ligne de départ.

Mon regard s'est tourné vers la Ferrari de Caden. C'était une machine racée et puissante, qui dégageait la confiance dont son pilote manquait. C'était aussi sexy qu'un objet inanimé pouvait l'espérer.

Les deux véhicules étaient de séduisantes œuvres d'art sur roues.

Caden tournait autour de sa voiture. J'ai trotté jusqu'à lui. « Tout va bien ? »

« On dirait, mais le starter m'a regardé en parlant de problèmes mécaniques. »

« Je ne comprends pas. »

« Je pense que quelqu'un a trafiqué ma voiture. »

« Mais tout a l'air en ordre. »

« De l'extérieur. »

« Les voitures sont restées là. Si quelqu'un avait fait quelque chose, nous l'aurions vu. »

Il a eu un rire méprisant. « Il y a des tonnes d'électronique sous le capot. C'est plus facile que tu ne le penses de les bousiller. »

« Tu as raison, je n'y avais pas pensé. »

« Plus personne ne me croit. »

« Moi, je te crois, mec. Mais la réalité, c'est que s'ils ont fait quelque chose, tu ne peux rien y faire maintenant. »

« Je les choperai, ces enfoirés, s'ils l'ont fait. »

« Allez. Monte dans ta voiture. Stone est déjà sur la ligne. »

Caden était dans la voie de droite, et Stone à quelques mètres sur sa gauche. Le starter se tenait sur une estrade. Le son assourdissant des deux pilotes faisant vrombir leurs moteurs m'a poussé à toquer à leurs vitres. Leur faisant signe de baisser le son, j'ai dit : « On va bientôt lancer la course ! »

Ils ont réduit le vrombissement rauque, et le starter a levé le bras. Le cœur battant, j'ai reculé en courant le long de la piste.

Le starter a levé l'index. Un. Le poids des pilotes sur leur pédale d'accélérateur augmentait à chaque doigt que le starter levait.

Le drapeau vert s'est abaissé, et les voitures de sport ont explosé au départ dans un crissement de pneus. Elles ont jailli en avant à une vitesse à couper le souffle, et l'odeur de caoutchouc brûlé a envahi l'air.

Me hissant sur la pointe des pieds, j'ai essayé de voir qui était en tête. C'était un flou de couleurs, les deux étant au coude-à-coude.

À l'approche du premier virage, le son tapageur des moteurs a diminué alors qu'ils rétrogradaient. Stone a perdu du terrain en déviant vers Caden en entrant dans la courbe.

L'arrière de la voiture de Caden a dérapé à quelques centimètres des cônes orange qui bordaient le virage.

« Ralentis », m'a-t-il échappé alors qu'ils abordaient la

ligne droite. Stone a accéléré devant Caden à l'approche du virage le plus proche de la ligne de départ et d'arrivée.

La voiture de Caden a légèrement dérapé de l'arrière alors qu'il se catapultait hors de la courbe pour entrer dans la ligne droite, et il a pris la tête.

Alors que le duo passait à toute vitesse, l'un des garçons qui jouaient au foot est apparu dans mon champ de vision. En shootant dans son ballon, il s'est approché de la piste.

Le partenaire de Bob Stone a crié : « C'est dans la poche, Bobby ! » Il était positionné derrière le cône au début du virage. À l'approche de la courbe, Caden a dévié vers l'intérieur, essayant d'empêcher Stone de le rattraper.

Stone a levé le pied. Collant à l'arrière de la Ferrari de Caden dans le virage, Stone s'est déporté vers l'intérieur et a puisé dans l'extraordinaire puissance de la McLaren. Donnant l'impression que sa voiture était clouée au bitume, il a bondi en avant, reprenant la tête d'une demi-longueur de voiture.

Les voitures manœuvraient, jouant au chat et à la souris pour la première place dans le virage suivant. Stone a filé en avant alors qu'ils prenaient la courbe. Caden luttait pour sa position au moment où ils ont atteint la ligne droite.

Stone a ralenti à l'approche du virage suivant, mais Caden n'a pas lâché. Mon regard a été attiré par le ballon de foot. Il décrivait un arc dans les airs, au-dessus de la piste.

En dessous, un garçon.

Un crissement de pneus.

La voiture de Caden a fait une embardée. *Bam !*

Il avait percuté le garçon qui courait après le ballon. Caden et Stone ont tous deux dévié de la piste, rebondissant sur la zone herbeuse avant de s'immobiliser.

Deux secouristes ont sauté de l'ambulance. L'un a couru

vers le garçon, et l'autre a ouvert brusquement les portes arrière, attrapant un brancard. Alors qu'il le poussait vers le lieu de l'accident, le secouriste a crié : « Reculez ! Faites de la place. »

J'ai tendu les bras. « Ils ont besoin d'espace pour s'occuper de lui. S'il vous plaît, restez en arrière. »

« Comment va-t-il ? »

Les portières papillon de la voiture de Stone se sont levées et il s'est relevé d'un bond. Caden est sorti, laissant la portière de sa Ferrari ouverte. Stone a essayé d'intercepter Caden, mais celui-ci l'a repoussé.

Alors que les ambulanciers chargeaient le brancard dans l'ambulance, j'ai couru vers Caden. « Calme-toi ! Ça va aller. »

« Qu'est-ce qu'il foutait là, putain ? »

« Il a dû se faufiler. »

Sirènes hurlantes et gyrophares allumés, l'ambulance a démarré en trombe.

51

Caden a mis ses mains sur sa tête. « Où est-ce qu'ils l'emmènent ? »

« À l'hôpital. »

« Il va s'en sortir ? »

J'ai montré du doigt le sang là où le gamin avait été allongé. « Il était salement amoché. »

« Putain, j'y crois pas ! J'ai pas de bol ! Rien, pas un putain de gramme de chance. »

« Calme-toi, c'était un accident. »

Stone s'est approché. « Putain de merde, qu'est-ce qui s'est passé ? »

J'ai dit : « Les gamins qui jouaient au foot tout à l'heure, l'un d'eux courait après un ballon et... »

« Tu allais trop vite, mec. »

« Va te faire foutre. C'est pas vrai. »

J'ai dit : « On aurait dit que tu ne ralentissais pas pour le virage. »

« Il a surgi de nulle part. Je ne l'ai pas vu. Et d'un coup... »

« C'est bon, mec. Il sera sur pied en un rien de temps. »

Stone a dit : « Je déteste te dire ça, mon pote, mais regarde ce sang. Tu l'as défoncé, le gamin. »

Caden en est resté bouche bée. J'ai serré son épaule. « Calme-toi. Ça ne sert à rien de te mettre dans tous tes états. »

« Mais, mais… »

« Monte dans ta voiture et rentre chez toi. Je vais prendre des nouvelles du gamin et je te rejoins là-bas. »

« Je n'arrive pas à croire à cette merde. »

J'ai dit : « Bob, je ne veux pas que ça s'ébruite. À personne. »

« Ne t'en fais pas, Beck. Tout ce que tu voudras. »

« Et ça vaut aussi pour tes hommes, d'accord ? »

« Pas de souci. »

« Assure-toi-en. »

« Je le ferai. »

« Attends. » J'ai porté le téléphone à mon oreille, simulant un appel. « Oh, mec ! C'est génial. Il va bien ! Merci. » J'ai fait semblant de raccrocher et j'ai dit : « Dis à tes gars que le garçon s'est relevé dans l'ambulance et qu'il est sur ses pieds. »

« Compris, Beck. Est-ce que je peux faire autre chose pour toi ? »

« Rien. »

« Tu es sûr ? »

« Oui. Si j'ai besoin de quelque chose, je te le ferai savoir. »

« D'accord, tout ce dont tu auras besoin. »

J'ai passé mon bras autour des épaules de Caden et je l'ai raccompagné jusqu'à sa voiture. « Ne t'inquiète pas, je m'en occupe. Le gamin a été gravement blessé, mais je vais gérer ça. »

« Mais tu as dit qu'il allait bien. »

J'ai secoué la tête. « Ce n'est pas le cas. Je ne voulais pas que Stone le sache, mais je ne crois pas qu'il respirait. »

« Il était conscient ? »

« Non. »

« Oh merde ! Et s'il meurt ? »

« Laisse-moi m'en occuper. »

« Gérer quoi ? Le gamin va mourir. Comment tu vas gérer ça, putain ? »

Je l'ai fait se retourner, en posant mes mains sur ses épaules. « J'ai beaucoup d'amis, dans les forces de l'ordre et en dehors. »

« Putain, mais ça veut dire quoi, ça ? »

« Que j'ai des ressources, des gens qui me sont redevables, et si je dois te faire rembourser quelques faveurs, je le ferai sans hésiter une seconde. »

« Tu ferais ça ? »

Je lui ai mis la paume sur la joue. « On est amis, mec. Je te couvre. Allez, viens. Vérifions si ta voiture peut rouler. »

Une partie de l'avant, côté passager, s'était fissurée et pendait. « Merde ! Regarde-moi ça. »

« Ce n'est pas grave. On dirait que c'est juste une pièce. C'est quoi ça, de la fibre de verre ? »

« Non, de la fibre de carbone. » Caden a secoué la tête. « Il y a du sang partout. »

J'ai retiré ma chemise et j'ai essuyé la plus grande partie du sang. « Il y a un tuyau d'arrosage sur le côté du bâtiment de l'aviation. Nettoie la voiture au jet avant de partir. »

Caden a froncé les sourcils.

« Ça va aller. Arrête de t'inquiéter et rentre chez toi. Je t'appelle dès que je sais quelque chose. »

« Je ne peux pas venir avec toi ? »

« Je ne pense pas que ce soit une bonne idée. On doit rester discrets. »

———

ASSIS DANS LE SALON FAMILIAL, le téléphone a vibré. Encore. C'était Caden. J'ai ignoré le cinquième appel qu'il m'avait passé depuis une heure qu'il avait quitté le circuit. Il fallait que je m'en occupe en personne. J'ai attrapé mes clés de voiture et je suis sorti.

Même si j'ai sonné quatre fois, Caden n'a pas répondu. J'ai composé son numéro. « Beck, que s'est-il passé ? »

« Tu es chez toi ? »

« Oui, comment va le… »

« Je suis sur ton porche. Ouvre la porte. »

« Tu es là ? Chez moi ? »

« Oui. »

« Attends. »

La porte s'est entrouverte. Caden est resté hors de vue. « Entre vite. »

Les yeux de Caden étaient rouges. Il a claqué la porte. « Comment va le gamin ? »

« Assieds-toi. »

« Non ! Dis-le-moi. »

« Il n'a pas survécu. »

« Ne déconne pas avec moi, mec. »

« Je ne déconne pas. Il est mort sur le chemin de l'hôpital. »

« Oh non. Non, non, non ! Ça ne peut pas être en train d'arriver. »

J'ai levé les mains en l'air. « Calme-toi ! »

« Mais qu'est-ce que je vais faire ? J'ai tué un garçon. »

« On peut gérer ça. »

« Et les flics ? Ils vont me tomber dessus. Je devrais peut-être prendre un avocat. »

« Ne fais rien. Surtout, ne mêle pas d'avocat à ça. »

« Mais comment je, je veux dire, qu'est-ce que je dois faire ? Les parents vont… »

« Reste tranquille. J'ai beaucoup de relations. Ce que j'ai appris, c'est que les parents du gamin sont morts. Il vivait avec un oncle alcoolique. »

« Je ne comprends pas. Qu'est-ce que ça a à voir avec quoi que ce soit ? »

« Personne ne cherche le gamin. D'accord ? Ses amis sont partis quand on les a chassés. Il était le seul à être revenu. »

« Beck, putain, mais qu'est-ce que tu racontes ? »

« Il n'est jamais arrivé à l'hôpital. Je connais le type qui possède la société d'ambulances. On pourra peut-être s'arranger. »

« S'arranger pour quoi ? »

« Pour que tout ça reste entre nous. »

Caden faisait les cent pas dans la pièce. « Comment tu peux faire ça ? »

« Des gens me doivent beaucoup de faveurs. »

« Mais un gamin est mort. »

« Je le sais, mais n'oublie pas qu'il habite à Immokalee et qu'il n'a ni père ni mère. »

« Les journaux vont s'emparer de cette affaire. »

« Ne t'inquiète pas pour la presse. Ce sont des gigolos, à fond sur un truc jusqu'à ce qu'ils passent au suivant. »

« Et la police ? Une fois que le corps sera retrouvé, ils vont remonter jusqu'à moi. Je devrais avouer ce qui s'est passé. »

« Personne ne trouvera de corps. »

Il a arrêté d'arpenter la pièce. « Qu'est-ce que tu veux dire ? »

« Je t'ai dit de me laisser gérer ça. Ce sera comme si le gamin s'était enfui ou que quelqu'un l'avait enlevé. »

« Mais il y avait, genre, dix personnes qui ont vu. Quelqu'un va forcément parler. »

« Tous ceux qui étaient là me sont redevables, d'accord ? »

Il se massa la poitrine. « Je n'arrive pas à respirer. »

« Allonge-toi. C'est juste une crise de panique. »

52

ALORS QUE JE SIROTAIS UN DEUXIÈME CAFÉ, LE TÉLÉPHONE prépayé que j'utilisais avec Mario a vibré. « Eh, bordel, où est-ce que tu étais… »

Une voix grave a répondu : « Nous avons votre ami. »

« Quoi ? »

« Hier matin, nous avons embarqué votre gars, Mario. »

« Qui ça, "nous" ? »

« Si vous voulez le revoir, vous devrez parler à notre patron. »

« Qui est à l'appareil ? »

« Le parking du Walmart. Celui près de Lely, sur Collier Boulevard. »

« Je veux parler à Mario. »

Ils lui ont passé le téléphone. « Beck. »

« Mario, ça va ? »

« Ouais. Ils m'ont attrapé… »

« Ça suffit. Soyez là à quatorze heures aujourd'hui. »

« Je n'irai nulle part tant que vous ne m'aurez pas dit pour qui vous travaillez. »

« Royal. »

Le téléphone m'est tombé de la main. Je l'ai ramassé. « Allô ? »

Ils avaient raccroché.

Royal ? Il était vivant ? Mais où ? Comment ? J'ai secoué la tête. Ou alors, c'étaient ses hommes ? Où est-ce qu'ils détenaient Mario et cherchaient-ils à l'échanger contre moi ? J'ai fait les cent pas dans la pièce. S'ils voulaient m'enlever, pourquoi ne l'avaient-ils pas déjà fait ? J'étais presque sûr que personne ne m'avait suivi. Mais la vérité, c'était que j'avais baissé ma garde après l'explosion du bateau de Royal.

C'était leur revanche pour avoir détruit l'alibi de Royal. Je l'avais sous-estimé. Il était bien plus dangereux et rusé que je ne l'avais imaginé. S'il avait simulé sa mort, les flics avaient tout gobé, car le médecin légiste qui avait certifié que c'était son corps était à la solde de Royal.

J'avais trois heures. Larson savait peut-être quelque chose. Il a répondu à la première sonnerie. « Salut, Beck, l'argent des Peterson vient de tomber. »

« Ils ont Mario. »

« Qui ça ? »

« Ils ont dit que c'était Royal. »

« Qui a dit ça ? »

Je lui ai raconté l'appel. Il a dit : « Merde, si Royal est vivant, il est plus malin que je ne le pensais. »

« Tu as entendu quelque chose ? »

« Rien de plus que le fait que pour eux, les affaires continuent comme si de rien n'était. »

« C'est une folie. »

« Ça doit être lui. Si tu penses à toute cette histoire de bateau, juste avant qu'il ne soit envoyé en prison, ça paraît logique que ce soit une arnaque. »

« Où est-ce qu'il pourrait être, à ton avis ? »

« C'est une bonne question. Tu as dit qu'ils voulaient te voir dans l'est de Naples. »

« Ouais. »

« Il ne peut pas venir à toi en personne. Ce serait trop dangereux si tu avais prévenu les autorités. »

« Ils auront des éclaireurs qui surveilleront, mais je ne le vois pas non plus sortir de sa cachette. »

« Il y a quelques années, il a eu affaire aux chefs de la tribu Miccosukee. »

« Ah oui ? Pour quoi faire ? »

« Il y avait deux commerces – une station-service avec une supérette et un exploitant d'hydroglisseurs juste à la limite de la réserve. Les Miccosukee voulaient s'en débarrasser et prendre leurs distances avec l'opération. Alors, ils ont engagé Royal pour, euh, disons les "persuader". »

« Je suis surpris que la tribu se soit acoquinée avec quelqu'un comme Royal. »

« Tu plaisantes ? Ils ont toute une écurie d'hommes de main locaux qui donneraient du fil à retordre à Royal et sa bande. »

« Tu peux passer quelques coups de fil ? J'ai besoin de renseignements si je dois les rencontrer. »

« Bien sûr. »

« Merci. Fais vite. Je n'ai que deux heures. »

« Évidemment. Mais tu dois sérieusement te demander si c'est une bonne idée de les rencontrer. »

« Ils ont Mario. Je ne peux pas l'abandonner à son sort. »

« Ce n'est pas lui qu'ils veulent. C'est toi. »

« Alors pourquoi n'ont-ils pas essayé de m'attraper ? »

« Ne te sous-estime pas. Tu as un sixième sens. Le plus simple, c'était de se servir de Mario pour t'atteindre. »

« Qu'est-ce qui se passera si je refuse d'y aller, à ton avis ? »

« Hmm. Difficile à dire, mais ils passeraient probablement à la vitesse supérieure. »

« Tu ne penses pas qu'ils lui feraient du mal ou… »

« Royal aime rester aussi discret que possible. Les cadavres attirent l'attention. Mais si c'est un de ses hommes qui mène l'opération, tous les paris sont ouverts. La plupart de ces types ne réfléchissent pas plus d'une heure à l'avance. »

« Ça doit être Royal. Il a mis en scène sa propre mort. »

« Ça a marché. Je n'aimerais pas être à la place du médecin légiste qui a signé le certificat de décès de Royal. »

« Royal doit faire attention. S'il s'avère qu'il est vivant, ça va embarrasser beaucoup de monde. Le bureau du shérif du comté de Lee devra le traquer avec tous les moyens dont il dispose. »

« Ça va être un sacré bordel. Assure-toi juste de ne pas devenir une victime collatérale, Beck. »

« Ce n'est pas le mot juste, mais Royal est pragmatique. »

Larson a ricané. « C'est la première fois que j'entends qualifier un criminel endurci de pragmatique. Tu minimises le danger. Si tu veux y aller, vas-y. Mais sois honnête sur ce dans quoi tu mets les pieds. »

« Je le suis, ne t'inquiète pas. Renifle un peu partout et dis-moi si tu trouves quelque chose. »

53

L'ODEUR DE LA PLUIE FLOTTAIT DANS L'AIR ALORS QUE JE montais les escaliers de la maison de Caden en regardant vers l'est. De sombres nuages s'amoncelaient depuis le golfe du Mexique. J'ai dû envoyer un deuxième texto pour que Caden m'ouvre la porte.

« Alors, tu dormais ? »

Il a secoué la tête.

J'ai appuyé sur l'interrupteur en disant : « Allume un peu. On se croirait dans un cachot, ici. »

« Attends ! Quelqu'un m'observe. »

« D'où ça ? »

« De l'arrière. » Il a entrouvert les rideaux. « Il était juste là, dans un petit bateau. »

« Il pêche, probablement. »

« Non. Il fixait ma maison. »

« Tu te fais des idées. »

Il a lâché le rideau. « Mais non. Il va revenir. »

« Il faut que tu te calmes, Caden. »

Caden a fouillé dans un tiroir de cuisine. Il en a sorti une fiole et a pris une cuillerée de coke par le nez.

« Qu'est-ce que tu fous ? Il est à peine dix heures du matin. »

« Je n'arrivais pas à dormir, alors j'ai pris un Ambien il y a une heure. Maintenant, il faut que je me réveille. »

« Si tu commences avec ces somnifères, tu ne t'en sortiras jamais, et tu as besoin d'une douche. »

Il a haussé les épaules, sniffant une autre trace. Mettant la fiole dans sa poche, Caden a demandé : « Tu as dit que tu avais quelque chose à me dire. Qu'est-ce que c'est ? »

« On a un problème. »

« Quel genre de problème ? »

« Quelqu'un qui est au courant pour le gamin commence à s'énerver. »

« S'énerver ? Qu'il aille se faire foutre. Tu sais ce que j'en pense ? »

« Il fait du bruit. »

« Qu'est-ce que ça peut bien vouloir dire ? »

« Il menace de parler. »

« Qui ? C'est quel fils de pute ? »

« Un des mecs de Stone. Il cherche de l'argent. »

« Qu'il aille se faire foutre. »

« Ne prends pas ça à la légère. C'est quelque chose à prendre en considération. »

« Tu avais dit qu'ils te devaient un service ! Et que tout allait bien. »

« Je fais de mon mieux. N'oublie pas que personne ne t'a balancé aux flics. »

« Je savais que c'était des conneries. J'aurais dû aller voir la police. Maintenant, je vais passer pour un con... »

« Attends, on peut contenir ça si on le paie. »

« Qu'est-ce que ce salaud veut ? »

« Il veut juste deux cent mille. »

« Juste ? C'est une tonne de fric. »

« C'est beaucoup moins cher que d'engager un avocat pour te défendre dans une affaire de meurtre. Un bon avocat de la défense va te facturer mille de l'heure, et ils vont faire traîner les choses. Tu seras en faillite avant même de passer au tribunal. »

« Meurtre ? »

« À ton avis ? Non seulement tu l'as tué, mais en plus tu t'es barré. Si tu ne t'étais pas enfui de la scène... »

« C'est toi qui m'as dit de le faire ! »

« Écoute, la situation est ce qu'elle est. Au final, c'est un petit problème qui peut être réglé. Tu paies le type, et ça disparaît. »

« Comment je peux savoir qu'il ne va pas en demander plus ? »

« Il ne le fera pas. »

« Mais comment en être sûr ? »

« S'il le fait, je » – j'ai fait des guillemets avec mes doigts – « m'occuperai de lui. »

« Qu'est-ce que tu veux dire ? »

« Il y a des choses qu'il vaut mieux ne pas dire. »

« Qu'est-ce que tu dis ? Que tu le ferais tuer ? »

« Ne t'inquiète pas pour moi. C'est toi qui as le problème. J'essaie juste de t'aider à t'en sortir. »

« Mais j'ai besoin de savoir. »

« Ce que tu as besoin de faire, c'est de trouver quatre cent mille. En liquide. »

« Tu as dit deux cent mille, et maintenant c'est quatre cent mille ? »

« Arrête de te plaindre. Tu sais que c'est une bonne

affaire, surtout quand tu penses que tu serais bloqué à gérer ça pendant les deux prochaines années. »

« Non, c'est de la folie. Je ne peux pas rassembler autant d'argent liquide d'un coup. »

« Combien tu peux réunir ? »

« Cinquante, peut-être soixante mille en liquide. »

J'ai secoué la tête. « Ça ne va pas suffire. »

« Combien je dois trouver ? »

« La totalité. Trouve cinquante mille en liquide, et je te donnerai les infos bancaires pour virer le reste. Ce sera une banque à l'étranger, introuvable. »

Caden a soupiré. « D'accord. Très bien. J'ai besoin de quelques jours pour vendre des trucs. »

« Pourquoi tu ne te débarrasses pas d'une voiture ? »

« Pas question ! »

« Tu as six voitures. »

Il a baissé la voix. « C'est juste cinq. »

« Ah oui, j'avais oublié l'arnaque. »

« Et je n'en obtiendrai pas la pleine valeur. »

« Personne n'a besoin d'autant de voitures. »

« J'adore mes caisses. »

« Peut-être que tu pourrais m'en vendre une ? J'en cherche une nouvelle. »

« Non, je ne peux pas en perdre une autre. »

« Penses-y. »

« Non, oublie. »

Je me suis levé. « D'accord, je t'enverrai les instructions pour le virement par texto. »

« Tu pars déjà ? »

« Ouais. »

« Reste un peu. On peut se faire livrer un truc. »

« J'ai une tonne de choses à faire aujourd'hui. »

« Comme quoi ? Tu ne peux pas rester un petit moment ? »

« Ne le dis à personne, mais j'ai un rendez-vous avec un politicien très important. » J'ai souri. « Il est haut placé et je le tiens par les couilles. »

« Comment tu as fait ça ? »

« Il faut que j'y aille. »

« Quand est-ce que tu reviens ? »

« Difficile à dire. Ce gros bonnet me fait venir à Orlando en jet privé. »

54

Un flot ininterrompu de clients entrait et sortait de Walmart en poussant leurs chariots. Je me suis garé au milieu du parking. En balayant la zone du regard, je l'ai vue : une Escalade noire aux vitres teintées.

Elle s'est rangée à ma hauteur, et la vitre passager avant s'est abaissée. « Laissez votre téléphone et montez. »

« Où est-ce que vous m'emmenez ? »

« Vous le saurez bien assez tôt. Montez. »

J'ai fourré mes deux téléphones dans la console et je suis sorti. La portière arrière de la Cadillac s'est ouverte. J'ai jeté un œil à l'intérieur. Ils étaient trois. Deux à l'avant et un sur la banquette arrière. Ils étaient baraqués.

Ils avaient plus d'or pendu au cou que dans la vitrine de chez Tiffany's. La voiture a démarré brusquement. Le colosse à l'avant s'est retourné en se mettant à genoux sur son siège. « Approchez. »

J'ai avancé d'un pas. Le gorille à côté de moi m'a poussé. « Ne me touchez pas ! »

« La ferme. »

Les deux hommes m'ont palpé. « Il n'a rien sur lui. »

Le type à côté de moi m'a tendu un sac noir. « Mettez ça sur votre tête. »

« Quoi ? »

Il a relevé son t-shirt. Un flingue était coincé dans son pantalon. « Mettez-le, ou je le fais pour vous. »

Le tissu m'a éraflé le visage. « Combien de temps je dois garder cette merde ? »

« Relax, Beck. Un long trajet nous attend. »

Au bout de dix minutes, mon dos s'est enfoncé dans le siège. Nous montions une pente. Une longue. Puis une descente. La seule chose logique, c'était un pont. « On va à Marco ? »

« La ferme. »

La voiture a pris une série de virages. Nous avons ralenti, puis nous nous sommes arrêtés. « On est arrivés ? »

« Non. »

La voiture a avancé et s'est arrêtée. J'ai entendu une porte de garage s'ouvrir. « Laissez-moi enlever ce truc. » On m'a frappé la main pour l'écarter du sac.

« C'est moi qui vous le dirai ! » Un bras s'est étendu devant ma poitrine pour ouvrir la portière. « Sortez. »

En entendant les autres portières s'ouvrir, j'ai sorti les jambes. Une main a empoigné mon avant-bras alors que je sortais et que je m'habituais à l'air lourd. « Par ici. Faites attention où vous mettez les pieds. »

Un courant d'air glacial a refroidi la sueur qui coulait dans mon dos. On m'a fait entrer dans une pièce, et la porte s'est refermée derrière moi. J'ai retiré le sac. D'épais rideaux couvraient une baie vitrée.

« Où est-ce qu'on est ? »

« Asseyez-vous. »

« Où est votre patron ? »

« On se casse dans dix minutes. »

« Pour aller où ? »

Il m'a tendu une bouteille d'eau. « Combien de fois il faut que je vous dise de fermer votre putain de gueule ? »

J'ai descendu la bouteille d'eau d'un trait.

« Dépêchez-vous. Remettez le sac. »

Pendant qu'ils me guidaient dehors, deux d'entre eux parlaient. J'avais l'impression que nous marchions sur du bois. Puis la surface a bougé sous mes pieds. C'était un quai. « Montez. »

Ils m'ont aidé à monter sur un bateau et m'ont poussé dans ce que j'ai imaginé être une zone couverte. « Allongez-vous et ne sortez pas avant que je le dise. »

Le bateau a d'abord avancé lentement, puis l'avant s'est soulevé et nous filions à pleine puissance. Plusieurs heures plus tard, nous avons ralenti jusqu'à avancer au pas. L'un d'eux a dit à l'autre : « Saute et amarre-nous. »

Nous avons accosté et on m'a conduit à l'intérieur. On m'a arraché le sac de la tête. Un Royal barbu était assis dans un fauteuil inclinable en velours côtelé. Sa dent en or a brillé quand il a souri et dit : « T'as besoin de pisser ? »

« Non. Qu'est-ce que je fous ici, bordel ? »

« Assieds-toi. » Il s'est tourné vers ses hommes. « Allez lui chercher à boire et prenez quelques pizzas. Une toute garnie. Et du vrai Pepsi, pas de cette merde de light. »

« Où est Mario ? »

« Il est avec mes gars. »

« Où ça ? »

« Il va bien. »

« Laisse-le partir. Tu m'as, maintenant. »

« On le fera. Après avoir parlé. »

« Comment je peux être sûr qu'il va bien ? »

Royal a attrapé un téléphone sur la table et a passé un appel. « Passe-le-moi. Son père veut lui parler. »

Royal a mis le téléphone sur haut-parleur. « Allô ? »

« Mario ! C'est Beck. Est-ce que ça va ? »

« Ouais, je crois que ce sont les gars de Royal qui m'ont eu. T'es où ? »

« Tiens bon. Ils ont dit qu'ils allaient te relâcher bientôt. »

Royal a coupé l'appel et a balancé le téléphone sur la table. Il m'a dévisagé pendant trente bonnes secondes avant de dire : « Je sais que c'était toi. »

« De quoi tu parles ? »

Royal m'a lancé un regard de marbre. « Tu as foutu en l'air mon alibi. »

« Tu te trompes. »

« On se connaît depuis longtemps, Beck. Et on a fait de bonnes affaires ensemble. Ça m'insulte que tu le nies. C'était toi et ton gamin, Mario. Admets-le. »

Tout ce à quoi je pouvais penser, c'était la scène du *Parrain*.où Michael Corleone essayait de faire admettre à son beau-frère qu'il l'avait piégé. Carlo avait fini par céder... avant de se faire étrangler quelques minutes plus tard.

« Je ne sais pas où tu as eu tes infos, mais elles sont fausses. Complètement fausses. »

« Je te croyais plus malin que ça. »

liturgy of waters

Je voulais rester en vie. « Pourquoi tu m'as emmené jusqu'ici, où que ce soit ? »

« T'es un freelance, une sorte de mercenaire à louer. Mais il y a des limites que tu n'es pas censé franchir. »

« Je respecte tous mes contacts. »

Royal a ricané : « Même si ce n'est pas dans ma nature, je suis prêt à te pardonner de m'avoir trahi. »

Je suis resté silencieux pendant qu'il tapotait un paquet de Marlboro pour en faire sortir une cigarette. Mon envie de fumer est montée en flèche. Il a fait claquer un briquet et a tiré une bouffée.

La fumée s'est échappée des narines de Royal. « Tu peux te racheter, et on reste amis. »

« L'amitié, c'est bien... »

Il a grimacé. « Pour l'instant, on n'est pas amis. Tu es un ennemi. »

« Allons, Royal. Tu sais... »

« Je sais ce que je sais. Tu veux que je te lâche la grappe ? Il va falloir le mériter. »

« Je n'ai rien fait, mais dis-moi, qu'est-ce que tu veux ? »

Le bout incandescent de la cigarette a brillé. Royal a expulsé la fumée et s'est penché en avant. « T'as des contacts au bureau du procureur. »

« Je ne dirais pas... »

« Laisse-moi parler, putain ! »

« D'accord, vas-y. »

« Si tu veux sauver ta peau et celle de ton pote, tu vas devoir faire un truc. »

« Quoi ? »

Royal a attrapé le paquet de cigarettes. « Écoute attentivement. »

55

« Vous pouvez enlever le sac. »

L'Escalade s'arrêta sur le parking du Walmart. « Descendez. »

Je sautai hors du véhicule et claquai la portière. La Cadillac noire s'éloigna et je courus jusqu'à ma voiture. J'ouvris la portière et attrapai mon téléphone. Sept appels manqués de Caden. Il allait devoir attendre. Je composai un numéro.

« Mario, ils t'ont laissé partir ? »

« Ouais. Je suis sur cette putain de Pine Island, j'attends un Uber. »

« Je suis à Marco. Tu veux que… »

« C'était les hommes de Royal ? »

« Oui, il n'est pas mort. »

« Quoi ? »

« Je l'ai rencontré, quelque part. Je crois que c'était peut-être dans les Keys, un truc du genre. »

« Qu'est-ce qu'il veut, bordel ? »

« Retrouve-moi chez moi ce soir, disons vers huit heures. Je dois aller voir quelqu'un, là. »

Assis à l'une des tables extérieures du Coastal Kitchen, mon regard oscillait entre le menu et le parking. En piochant dans la corbeille à pain, je n'avais aucun doute sur le fait que j'allais prendre le sandwich au mérou. La question était de savoir si l'accompagnement serait des frites de patates douces ou quelque chose de plus sain.

Je levai la main quand O'Leary jeta un œil sous la tente. Je ne l'avais jamais vu en short. Je rejetai un autre appel de Caden tandis qu'O'Leary tirait une chaise. Il demanda : « Bonjour, qu'est-ce qu'il y a de si urgent ? »

« Vous mangez ? »

« Non, j'ai déjà mangé. »

Je fis signe à la serveuse. « Je meurs de faim. Attendez. » Je passai ma commande. O'Leary demanda un verre de chardonnay. La serveuse s'éloigna au moment où mon téléphone vibra. C'était Caden. Rejetant l'appel, je me penchai en avant et baissai la voix. « Royal est en vie. »

« Nathan Royal ? »

Je hochai la tête. « Oui, il a simulé sa mort pour éviter la prison. »

« Et comment savez-vous ça ? »

« Je l'ai rencontré il y a quelques heures. »

O'Leary posa les deux mains sur la table. « Attendez une seconde. Vous êtes en train de me dire que vous l'avez vu ? Où ça ? »

« Ses hommes m'ont récupéré dans l'est de Naples. Ils m'ont fait porter une cagoule, mais je crois qu'on est allés à Marco et qu'on a pris un bateau pour les Keys. »

« Et vous n'avez aucun doute sur le fait que c'était bien Nathan Royal ? »

« Sûr à mille pour cent. »

O'Leary se renversa sur sa chaise. « Il a le médecin légiste du comté de Lee à sa solde. »

La serveuse déposa mon plat et le vin d'O'Leary. « On dirait bien. »

« Qui diable était le cadavre sur le bateau ? »

« Royal a dit que c'était un toxico mort d'une overdose. » J'enfournai deux frites dans ma bouche.

« Non volontaire, j'en mettrais ma main à couper. »

« C'est possible. »

« Possible ? Comme par hasard, un type de sa corpulence fait une overdose le jour où il prend la fuite. »

Je saisis mon sandwich. « Il l'avait peut-être au frais dans un frigo quelque part. »

« Qu'est-ce qu'il veut ? »

La bouche pleine de mérou, je dis : « Un arrangement. »

« Ce type a des couilles d'acier. Il se barre avant le verdict, commet une fraude en simulant sa mort, et il veut un arrangement ? »

Je rejetai un autre appel de Caden. « Il veut que toutes les charges, en cours et tout ce qui s'y rattache, soient abandonnées. »

O'Leary haussa le ton. « Bien sûr, et pourquoi pas ? »

« Il a des informations qui enverront la plupart des membres du gang Petrov derrière les barreaux pour quelques décennies. »

« Si ça, ce n'est pas pactiser avec le diable. Quel genre d'infos ? »

« Il n'a pas trop levé le voile, mais comme vous le savez, la majeure partie du fentanyl en Géorgie et en Floride est passée en contrebande par les frères Petrov. »

« Entre ces foutus Russes et les Chinois… » Il secoua la

tête. « Avec toutes les overdoses, le fentanyl est un sujet brûlant en ce moment, mais je ne peux pas vous promettre que le procureur va signer quoi que ce soit. Si Royal veut négocier une réduction de peine en échange, on peut probablement le faire. »

« Il m'a dit que c'était tout ou rien. »

« Il n'est pas en position de force. C'est lui qui est en cavale. Il sait qu'on finira bien par lui mettre la main dessus. »

« Je n'en suis pas si sûr. Il a dit qu'il avait assez d'argent et qu'il se dirigeait vers une île sans traité d'extradition avec l'Amérique. »

« Sa mère n'était pas haïtienne ? »

« Je crois que vous avez raison. »

« Haïti et la République dominicaine, l'autre pays de l'île d'Hispaniola, n'ont pas de traité. »

« Et la Barbade, la Jamaïque, Trinité… »

« Vous avez fait des recherches. »

Je pris une frite. « Quand il a disparu, je me suis demandé s'il n'était pas parti sur une île. »

« Notre bureau aussi. »

« Vous pensez pouvoir faire quelque chose pour lui ? »

« Vous êtes devenu son avocat, maintenant ? »

« Jamais. Mais il sait que c'est Mario et moi qui avons torpillé son alibi. »

« Et il vous a menacé ? »

« Il a kidnappé Mario, l'a utilisé comme appât pour m'attirer. »

« Il va bien ? »

« Pour le moment. »

« Qu'est-ce que ça veut dire ? »

« Vous savez que Royal est dangereux. »

« Oui, mais ça ne veut pas dire qu'il peut faire tout ce qui lui chante. »

J'ai poussé mon assiette vide au milieu de la table. « Bien sûr, mais si vous faites tomber les frères Petrov, non seulement vous étoufferez l'approvisionnement de la merde qu'ils refourguent, mais la presse encensera votre bureau comme le soleil de juin en Floride. »

« La publicité, je m'en fiche complètement. »

« Je sais, mais ce bruit vous aidera quand viendra le moment d'établir le budget. Ils n'auront pas le culot de contester la moindre de vos demandes. »

O'Leary a bu le reste de son chardonnay. « Dire que c'est délicat est un euphémisme. On va avoir besoin de quelque chose de concret si on veut que ça mène quelque part. »

« Je vais voir ce que Royal peut offrir. »

Il s'est levé. « Ça ne me plaît pas du tout. »

« Moi non plus, mais c'est le pire dans cette histoire de plus gros poisson ; Royal est un requin, mais les Petrov sont un banc d'orques tueuses. »

En attendant l'addition, j'ai envoyé un texto à Caden pour lui dire que je passerais chez lui dans vingt minutes.

———

L'EXTÉRIEUR de la maison de Caden était éclairé comme en plein jour. Un ou deux bips ont retenti et la porte s'est ouverte.

Les yeux vitreux, il a demandé : « Putain, t'étais où ? »

« Si je te le disais, tu ne me croirais pas. »

Caden a claqué la porte et a réactivé l'alarme de la maison. Il m'a fourré son téléphone sous le nez. « J'ai des emmerdes, mec. De grosses emmerdes. »

« Qu'est-ce qui se passe ? »

Il a tapoté sur son téléphone et a tenu l'écran pour qu'on puisse voir tous les deux. C'était une vidéo de l'hippodrome. « Où est-ce que tu as eu ça ? »

« Quelqu'un me l'a envoyée. »

« Qui ? »

« Qu'est-ce que j'en sais, putain ? Tu m'as dit que tu t'en occupais. »

« Calme-toi. »

« Me calmer ? C'est une vidéo de l'accident. C'est une putain de preuve. Je n'aurais jamais dû t'écouter. J'aurais dû aller voir la police. Maintenant, ils savent que c'était moi. »

« Vas-y mollo. Si les flics étaient au courant, ils seraient déjà là. »

« Ce n'est qu'une question de temps. »

« Personne n'enquête là-dessus. »

« Comment c'est possible ? »

« Tu as vu quelque chose aux infos ? »

« Non. »

« Voilà. Je t'ai dit que le gamin n'avait pas de parents et, bon, c'est triste, mais c'est comme ça. »

Il a secoué son téléphone. « Ouais, et ça alors ? »

« Il faut qu'on trouve qui c'est. » J'ai sorti mon portable. « Laisse-moi vérifier avec le type qui a pris la vidéo. Il a beaucoup travaillé avec moi et je lui confierais ma vie. »

« Mais c'est avec ma vie qu'il joue. »

« Ne t'inquiète pas, je gère. »

Un klaxon a retenti. Après avoir sursauté, Caden a expiré. « C'est ce que tu as dit la dernière fois, et regarde où j'en suis. »

« Il ne s'est rien passé. »

« Qu'est-ce que tu racontes ? Ils me cherchent. »

Je lui ai touché le bras. « On est dans le même bateau. Si et quand une menace apparaît, je m'en occuperai. »

« Je suis mort d'inquiétude, mec. »

« Envoie-moi la vidéo. Je vais demander à mes hommes de retrouver qui l'a envoyée. »

« Comment tu vas faire ça ? »

« Chaque vidéo a une empreinte numérique qui peut être tracée. »

« Vraiment ? »

« Bien sûr, et on peut remonter au numéro depuis lequel ça a été envoyé. »

« Mais seuls les flics peuvent faire des trucs comme ça. On ne peut pas aller les voir. »

J'ai levé la main. « J'ai des contacts. On trouvera qui est l'enfoiré qui nous fait chier. »

« Et si ça vient d'un téléphone prépayé ? »

« Fais-moi confiance, on trouvera qui l'a envoyé. »

« Comment ? On ne les enregistre pas. Ils n'ont pas de relevés téléphoniques. »

« On peut identifier où il a été activé, puis on trouve le magasin qui l'a vendu. Neuf sur dix ont des caméras de surveillance. On a nos méthodes. On l'aura. »

« Ça va prendre combien de temps ? »

« Pas longtemps. Si c'est un prépayé, ça prendra plus de temps. »

« Et s'il me contacte ? S'il demande de l'argent ou un truc du genre ? »

« Ce serait une bonne chose. »

« Une bonne chose ? Je ne peux pas payer un autre type. »

« Si quelqu'un te contacte, ce sera plus facile de l'identifier. Si tu reçois quelque chose, préviens-moi. Envoie-moi la vidéo et le numéro d'où elle vient. »

« D'accord. Je le fais tout de suite. » Caden a tapoté sur son téléphone. « Je l'ai transférée. »

« Bien. On se voit plus tard. »

« Tu t'en vas ? »

« Je reviens. Pourquoi tu n'irais pas prendre une douche ? »

Caden a passé une main sur sa barbe naissante. « Tu reviens dans combien de temps ? »

« Dès que mon gars me dira qui c'est. Va te laver et essaie de dormir. »

56

Caden a désactivé l'alarme et a entrouvert la porte. Je me suis glissé à l'intérieur. Il s'apprêtait à tapoter sur le clavier quand j'ai dit : « Tu n'as pas besoin de la remettre. Du moins, pas tant que je suis là. »

« Ça ne prend qu'une seconde. » Il a activé le système et s'est tourné vers moi.

« Tu saignes du nez. »

Il a passé un doigt en dessous. « Merde. » Il a sorti une liasse de serviettes en papier tachées de sang de sa poche et s'est tamponné le nez. « Qu'est-ce que tu as découvert ? »

« C'était plus facile que prévu. On sait qui a envoyé la vidéo. »

« C'était qui ? »

« Un type du nom de Peter Abernathy. »

Caden a plissé les yeux. « Abernathy ? Ce nom ne me dit rien. »

« C'est un parfait inconnu. »

« Un parfait inconnu, peut-être, mais il veut un million de dollars, sinon il l'envoie à *WINK News*. »

« On va s'en occuper. »

« Comment ? Comment putain on va gérer ça ? S'il l'envoie aux infos, je vais crever derrière les barreaux. »

« J'ai un type pour ça. »

« Et qu'est-ce qu'il va faire ? Même s'il récupère la vidéo, ce salaud a sûrement des copies. »

« Mon type est spécialisé dans l'élimination de problèmes. »

« L'élimination ? Qu'est-ce que ça veut dire, bordel ? »

« Exactement ce que le mot veut dire. »

Les yeux de Caden se sont écarquillés. « Il le tuerait ? »

J'ai hoché la tête.

Caden a souri. « Quand ? »

« Le mieux, c'est d'agir le plus vite possible. »

« Alors, allons-y. »

« Il faut qu'on rencontre mon type. »

« En personne ? Tu ne peux pas le faire pour moi ? »

« Non, il a ses petites manies. Il insiste pour que ce soit en face à face. C'est un mec de la vieille école. Il ne veut laisser aucune trace. »

« C'est bien, ça, c'est bien. »

« Il veut deux cent mille. »

Caden a froncé les sourcils. « J'imagine que c'est raisonnable, étant donné, tu sais… »

« Soit tu me donnes l'argent, soit tu viens avec moi et on le dépose directement sur son compte. »

« Aller à la banque ? Pourquoi devrait-on faire ça ? »

« Il est superstitieux, il pense que ça porte malheur. »

« Ce type a l'air bizarre. »

« Il fait le boulot, mais il est dangereux. »

« Il ne va pas me chercher des noises, hein ? »

« C'est lui qui se charge de l'élimination. S'il tentait quoi que ce soit, on aurait l'avantage sur lui. »

« Ouais, c'est ça. Comment il s'appelle ? »

« Je ne peux pas te le dire. Pour l'instant, appelons-le Monsieur X. »

« Pourquoi tant de secrets ? »

« Il est ultra prudent. S'il veut te le dire, il le fera. »

« D'accord. Il faut qu'on fasse ça vite. Si cette vidéo sort, je suis complètement foutu. »

« Quand est-ce que tu veux aller le voir ? »

« Le plus tôt sera le mieux. »

« Je vais organiser ça. Mais tu dois savoir qu'il opère depuis un endroit très loin d'ici. »

« C'est une bonne chose, non ? Il est où ? »

« C'est une bonne chose, mais comme je te l'ai dit, il est très prudent et il ne laisse personne savoir où il se trouve. »

« Ce type me plaît. »

« On portera des cagoules sur la tête. »

« Comme un kidnapping ? »

« Un peu. Ça te va ? »

« Je suppose. Je veux juste que ce soit réglé. Et le plus vite possible. »

———

UNE FORTE BRISE SOUFFLAIT. Des nuages sombres surplombaient Bayfront. J'étais le seul client attablé en terrasse au EJ's Cafe. J'étais à mi-chemin d'une pile de leurs pancakes au blé complet quand O'Leary est entré dans la zone couverte.

« Salut. »

Il a tiré une chaise. « Ça fait beaucoup de sirop, Beck. »

« Et c'est vachement bon. Tu veux un café ? »

« Non, c'est bon pour moi. »

J'ai fait signe au serveur de s'éloigner et j'ai poussé mon assiette sur le côté. « Qu'est-ce que le patron a dit à propos d'un accord avec Royal ? »

« Avant ou après avoir remis en question ma santé mentale ? »

« C'était si mauvais que ça ? »

« Dire qu'il était tiède serait un euphémisme. »

« D'accord. Alors, ce n'est pas encore mort. »

« Disons plutôt que c'est sous assistance respiratoire. Il va falloir que tu me trouves quelque chose de gros pour les faire changer d'avis. Quand je leur ai dit que Royal était en vie, ils se sont tous empressés de couvrir leurs arrières. Tu comprends l'image que ça donne du service ? »

« C'est délicat, je sais. Mais démanteler un gang de fentanyl… »

« Et s'il a tué le sans-abri, on ne peut pas fermer les yeux sur un homicide. »

« Laisse-moi voir ce que je peux trouver là-dessus. Écoute, je veux que Royal reçoive une dose létale de ce que les prisons utilisent de nos jours, mais il faut qu'on le fasse mariner, pour voir ce qu'on peut tirer de lui. »

« Fais attention à ce que tu lui promets. »

« Je vais retourner le voir. »

« Sois prudent, Beck. Je ne le sens pas du tout. »

57

CADEN EST MONTÉ DANS MA VOITURE. « JE NE SAVAIS PAS QUE tu portais des lunettes. »

« J'ai déchiré ma lentille de contact ce matin. »

« Je ne sais pas comment tu fais pour mettre ces trucs dans tes yeux. »

« On s'habitue à tout. »

Tandis que nous roulions vers le point de rendez-vous, Caden a sorti sa fiole de cocaïne. Je lui ai dit : « Tu devrais plutôt prendre un relaxant, on a un long trajet devant nous. »

« Ça va. »

« Tu sais, ce type, c'est aussi un dealer. »

« Il vend de la coke ? »

« Ouais, et des trucs plus durs. Il te fera sûrement un bon prix, si tu lui en achètes assez. »

« J'ai besoin d'un nouveau fournisseur. Le connard chez qui je me fournis la coupe avec de la merde. »

« Tu dois faire gaffe, beaucoup de dealers coupent leur came avec du fentanyl. »

« Et ton homme mystère ? Sa came est pure ? »

« Oui. Il ne touche pas au fentanyl. Trop d'overdoses, et ça attire l'attention, ce qu'il ne veut pas. »

« C'est une bonne chose. Si j'oublie, rappelle-moi de lui demander. »

« On y est. »

« Walmart ? »

« Laisse ton téléphone dans la voiture. Ils n'autorisent rien à prendre avec soi, et ils vont te fouiller. »

« Ce type me plaît encore plus. »

Trois heures plus tard, nous avons été escortés dans la même pièce où j'avais déjà rencontré Royal. Royal est entré d'un pas vif. Sa barbe commençait à être longue. Il a étudié Caden pendant quelques secondes avant de nous faire signe de nous asseoir.

J'ai dit : « Avant de commencer, il faut que je vous parle de ce dont nous avons discuté, en privé. »

Royal a dit : « Pluck, emmène ce péquenaud dans une autre pièce. »

Le visage de Caden s'est décomposé. J'ai ajouté : « Je n'en ai que pour une minute. »

Ils ont escorté Caden dehors, et je me suis assis au bord de ma chaise. « Écoutez, comme prévu, il y a de la résistance concernant un accord pour vous. Ça ne va pas être facile. »

« Facile ? Ce n'est pas mon problème. Vous êtes le médiateur, alors réglez-le ! »

« Ils veulent quelque chose de concret sur le gang Petrov. »

« Je ne vais pas lâcher ma carte de sortie de prison. »

« Je ne vous demande pas ça. Donnez-moi juste des informations pour prouver que vous allez tenir parole. »

« Laissez-moi y réfléchir. »

« L'autre chose, c'est lui. » J'ai pointé la chaise vide à côté de moi. « Vous l'aidez avec son problème, et tout le monde sera content. »

« Quel problème ? »

« Peter Abernathy. Ce type le menace, et je lui ai dit que vous pourriez le faire disparaître, pour de bon. »

Il a souri. « Vous voulez que je bute quelqu'un, et ça va m'aider avec les flics ? »

« C'est compliqué, et ils ne m'en ont pas dit beaucoup. Écoutez, je leur en demanderai plus à ce sujet, mais pour aujourd'hui, dites simplement à Caden que vous le ferez. »

Royal m'a dévisagé.

J'ai ajouté : « Et je peux le convaincre de cracher quelques billets pour vous aider à vous installer dans votre nouvelle vie. »

« Combien ? »

« Cinquante mille. »

« Disons cinquante d'avance et cinquante de plus si on doit le faire. »

« Marché conclu. »

« Si vous me cherchez des noises, Beck, je tuerai Mario, votre copine Laura, Larson, tous ceux que vous connaissez. »

« Allons, Royal. Nous sommes tous les deux des gens pragmatiques. On conclut un marché, les deux parties doivent y gagner, sinon il tombe à l'eau. Je suis… »

« La ferme, Beck. Si tu déconnes avec moi, je les ferai se vider de leur sang devant toi avant de t'étriper. T'as compris ? »

« Cinq sur cinq. »

« Pluck, ramène ce péquenaud. »

Caden s'est précipité sur le siège à côté de moi. « Tout va bien ? »

J'ai hoché la tête. « Dis-lui ce que tu veux qu'il fasse. »

Caden a chuchoté : « Tu ne lui as pas dit ? Tu avais dit que tu avais tout arrangé. »

« Il veut l'entendre de ta bouche. N'est-ce pas ? »

Royal a dit : « Crache le morceau. J'ai pas toute la journée. »

« Euh, il y a ce type, Peter Abernathy ; il me fait chanter pour de l'argent. Vous voyez, il a une vidéo et… »

« Pas besoin des détails. Qu'est-ce que tu veux qu'on fasse de cet Abernathy ? »

Caden m'a regardé, j'ai hoché la tête, et il a dit : « Je veux qu'il soit éliminé. »

« C'est un mot bien chic. Tu veux qu'on le tue ? »

« Oui. »

« Eh bien, alors, dis-le. »

« Je veux que vous tuiez Peter Abernathy, et je suis prêt à payer le prix pour que vous le fassiez. »

« En espèces. »

Caden m'a regardé, j'ai hoché la tête, et il a dit : « D'accord. »

« Marché conclu. »

« C'est tout. Vous le ferez ? »

« Ouais. »

« Quand ? Il faut que ce soit fait rapidement. »

Royal a ricané : « Ne pousse pas le bouchon, mon petit. »

Je me suis levé. « Je vous ferai parvenir l'argent. Pouvez-vous demander à vos hommes de nous ramener ? »

La capuche sur la tête, nous sommes montés sur la banquette arrière d'un VUS. Le chauffeur a démarré et

Caden s'est penché vers moi en chuchotant : « Putain de merde, ce type fait vraiment flipper. »

« Ouais. »

« C'est qui ? »

« Reste silencieux jusqu'à ce qu'on soit de retour. »

58

L'ALARME A SONNÉ APRÈS QUE J'AI APPUYÉ UNE DEUXIÈME FOIS sur la sonnette. Caden a ouvert la porte, et je me suis glissé à l'intérieur.

Les traits du visage de Caden s'étaient creusés depuis la course d'Immokalee.

« Tu ne dors toujours pas ? »

« Non. Je n'arrive pas à me détendre avec toute cette merde qui me pend au nez. »

J'ai souri. « Tu vas dormir comme un bébé, maintenant. »

« Quoi ? Qu'est-ce qui se passe ? »

« M. X s'est occupé du problème. »

« Quoi ? Il a eu Abernathy ? »

Je lui ai collé mon téléphone sous le nez. L'écran affichait la photo d'un cadavre ensanglanté dans les bois.

« Putain de merde. C'est un truc de fou. Je n'arrive pas à y croire. »

« Crois-le. »

Il a fixé l'image et a souri.

J'ai tendu la main pour récupérer mon téléphone. « Je t'avais dit que tout irait bien. »

Caden a baissé la tête. « Je ne sais pas comment te remercier. »

« Pas de problème. Je vais voir notre ami. Tu as le reste de l'argent ? »

« Ouais, attends, je vais le chercher. Je devrais lui donner un pourboire ou un truc du genre ? »

« Non, reste pro. »

Tandis que Caden s'engageait dans un couloir, il a dit : « Mec, ce type m'a sauvé. J'ai du mal à y croire ; c'est fini. »

Caden est revenu avec un sac de sport. « Tu veux compter ? »

« Le compte y est ? »

« Ouais. »

« S'il manque quelque chose, M. X va être furieux. »

« Jamais je ne chercherais à l'arnaquer. »

« Tu es un homme intelligent. »

« Une fois que tu l'auras payé, je serai tiré d'affaire, c'est ça ? »

« Absolument. Tu n'auras plus rien à craindre. »

« Et si un autre problème survient ? M. X pourra le régler ? »

« Si ce n'est pas lui, j'ai plein d'autres contacts. »

« Mec, je suis tellement content d'être tombé sur toi. »

J'ai tendu mon poing et il l'a cogné en disant : « Il faut qu'on fête ça. Laisse-moi t'inviter ce soir. Ça te dit le Delmar ? Je nous réserverai une bonne table sur la terrasse, ou à l'intérieur s'il fait trop chaud. »

« Ça me va. Quelle heure ? »

« Dix-neuf heures trente. »

« À tout à l'heure. »

J'ai posé le sac de sport sur le siège passager et j'ai démarré. Alors que j'attendais pour tourner sur Vanderbilt Drive, le téléphone prépayé dans ma poche a vibré.

C'était Pluck, le bras droit de Royal. « Allô ? »

« Il veut te voir. Demain. »

« D'accord. À quel sujet ? »

« Même lieu de rendez-vous. Toi seul. Dix heures du matin. »

Clic.

Royal était-il prêt à me donner des informations sur le gang Petrov ? Ou avait-il changé d'avis ?

———

EN PASSANT DEVANT LA PESCHERIA, la voix de Caden se faisait entendre par-dessus le brouhaha des clients. J'ai monté quatre à quatre les marches du Delmar jusqu'à la terrasse. Caden parlait à travers les portes ouvertes à quelqu'un assis au bar. Il portait une chemise à damier noir et blanc, assortie au sol de la terrasse.

Assise à côté de lui, il y avait une femme aux cheveux jaune citron. Son haut blanc peinait à contenir sa poitrine formidable.

Caden m'a vu et a souri. « Le voilà. »

Nous nous sommes serré la main. Saisissant la bouteille de champagne dans le seau à glace, il a dit : « Prends une coupe, il faut qu'on trinque. »

J'ai salué sa cavalière, et Caden a dit : « Sylvia, je te présente Beck. Si tu as un problème, c'est l'homme de la situation. »

J'ai souri.

Caden a versé une coupe de champagne et me l'a tendue.

« Il faut que tu fasses gaffe, Syl, il connaît plein de gens qui déchirent. »

Elle s'est tortillée sur sa chaise. « Ah oui ? Quel genre de travail vous faites ? »

Je me suis assis. « Je travaille dans la finance. »

Caden a dit : « Ouais, c'est ça. »

Levant ma coupe, je lui ai donné un coup de pied dans le tibia sous la table et j'ai dit : « Mais je n'aime pas parler de travail quand je suis en congé. À la vie. »

Nous avons trinqué. Alors que je cherchais dans ma tête une excuse pour m'éclipser, Caden a dit : « Syl, c'est le type dont je te parlais. Il m'a sorti d'un sale pétrin, comme ça. » Il a claqué des doigts. « Ça m'aurait pris beaucoup plus de temps… »

Je me suis levé. « Caden, il faut que je te parle de quelque chose, en privé. »

« Bien sûr, mec. »

Il m'a suivi en bas des escaliers, jusqu'au trottoir. Je me suis réfugié dans la cour de l'immeuble voisin. Debout derrière une sculpture en métal, j'ai dit : « Qu'est-ce que tu as raconté à ta copine ? »

« Ce n'est pas ma copine. Je viens de la rencontrer hier soir au Campiello's. Tu aurais dû être là, mec. On a… »

« Tu parles trop. Je t'avais dit de la fermer. »

« Je n'ai rien dit. »

J'ai baissé la voix. « Tu pourrais tout faire foirer. Je m'en fous. Ça ne me fait ni chaud ni froid que tu ailles en prison. »

« Ah, allez, Beck. Je n'ai pas dit… »

« Si M. X découvre – et il le découvrira – que tu as vendu la mèche, tu vas regretter de ne pas être allé en prison. »

« Je suis désolé, mec. Je n'ai pas dit grand-chose, juste, tu sais, je te remerciais et tout. »

« Je ne veux pas que mon nom soit mentionné, ni quoi que ce soit que je fasse. Tu m'entends ? »

« Ouais, ouais, pas de souci. »

« Si tu dis un mot, ça ne va pas être joli à voir. »

« Mes lèvres sont scellées. »

« Fais en sorte qu'elles le restent. Je me casse. »

« Attends. Tu ne restes pas pour dîner ? »

« Tu m'as coupé l'appétit. »

59

J'AI FOURRÉ LES TÉLÉPHONES DANS LA BOÎTE À GANTS DE MA voiture et je suis monté dans l'Escalade noir. Le bras droit de Royal, Pluck, était sur le siège passager. Un autre homme de main, Griff, était assis à côté de moi. Il m'a jeté une cagoule.

« Combien de fois vais-je devoir porter ça ? J'y suis déjà allé plusieurs fois. »

Pluck a dit : « Mets-la. »

J'ai retiré mes lunettes et j'ai enfilé le sac sur ma tête. « Réveille-moi quand on arrivera. »

Impossible pour moi de piquer un somme. Royal me rendait nerveux. Il était dangereux et, bien qu'assez prévisible, il avait pété les plombs une ou deux fois au cours des quinze années où je l'avais connu.

Avais-je mal calculé mon coup en pensant qu'il avait besoin de moi ? Royal avait l'argent nécessaire pour s'enfuir sur une île de son choix et y vivre dans le luxe. Mais il y perdrait son pouvoir.

Je n'étais pas psy, mais j'avais vu Royal manier la peur

comme un maestro. Ça lui procurait une décharge de dopa-
mine. Il aurait du mal à renoncer à cette sensation.

Bien qu'il ait gagné son argent de manière peu conven-
tionnelle, Royal partageait un trait commun avec les gens
qui avaient amassé des fortunes colossales : ils continuaient
à travailler, non pas pour la richesse, mais pour la façon
dont le pouvoir flattait leur ego.

Le trajet en bateau a été plus court que les autres.
On m'a aidé à descendre. La marche sur le quai a été
plus longue que la fois d'avant. Une moustiquaire a
grincé en s'ouvrant. Pluck m'a prévenu : « Attention à la
marche. »

La porte s'est refermée derrière moi, et une main m'a
poussé en avant. Une autre porte s'est ouverte. Il a dit : « Tu
peux l'enlever. »

J'ai retiré la cagoule et remis mes lunettes.

Pluck a dit : « Assieds-toi. »

Royal avait changé d'endroit. Les persiennes étaient
fermées, mais il y avait plus de lumière dans cette pièce. Un
pack d'eau Zephyrhills était posé par terre.

« Je peux prendre une bouteille d'eau ? »

« Je t'en prie. »

J'ai percé un trou dans le plastique et j'ai sorti une
bouteille. Au moment où je la portais à mes lèvres, Royal est
entré.

« Salut. »

Royal a hoché la tête. Il s'est laissé tomber sur une chaise.
« Trajet plus rapide, hein ? »

« Ouais, mais je me passerais bien de la cagoule. »

Les jambes écartées et la main sur l'entrejambe, Royal
m'a étudié. « Comment je peux te faire confiance après que
tu m'as balancé ? »

« Combien de fois vais-je devoir te le dire ? Je ne t'ai balancé, ni toi ni personne. »

« Tu continues de t'en tenir à ces conneries ? »

« Si je faisais ça à qui que ce soit, ma réputation serait fichue. Plus personne ne voudrait bosser avec moi. »

« Tu ferais mieux de garder un œil sur ton gars, Mario. »

« Il est comme un frère pour moi. Mais si ça peut te rassurer, pour ce que j'essaie de faire ici, il n'est pas au courant. Du tout. »

« Tu m'entubes, Beck, et t'es un homme mort. Tu m'as bien entendu ? »

« Tu n'as aucun souci à te faire. »

« Toi, mort ; ton gars, Mario, mort ; ta copine, Laura, morte… »

« Allons, Royal. Je comprends les enjeux, mec. »

Quelqu'un a frappé à la porte. Royal a dit : « Quoi ? Je suis en réunion ! »

Nino a passé la tête dans l'embrasure. « Désolé, mec. Tu m'as dit de te prévenir pour, tu sais quoi. »

« C'est bon pour ça ? »

« Ouais, demain à midi et demi. »

« Très bien. Laisse-moi. »

Nino a disparu, refermant la porte.

Royal s'est léché les lèvres. « Je veux que toutes les charges soient abandonnées. »

« Écoute, c'est plus facile pour eux de te donner une nouvelle identité. »

Il s'est redressé d'un coup. « Comme le programme de protection des témoins ? »

« Tu ne serais pas dans un programme, mais tu aurais un nouveau passeport, de nouveaux papiers, et tu pourrais disparaître n'importe où sans craindre qu'on te traque. »

« Je ne pars pas seul. »

« Tu veux emmener une copine ? »

« Non. Je peux me trouver une poule n'importe où. J'ai besoin de mon gars. »

« De qui parles-tu ? »

« De Pluck. »

« Oh. Je ne sais pas, deux nouvelles identités… c'est beaucoup demander. »

« Ils les veulent, ces putains de Petrov, ou pas ? »

« Du calme. J'essaie juste de trouver un moyen de satisfaire tout le monde. Qu'est-ce qu'il sait sur les Petrov que tu ignores ? »

« Pluck ! »

La porte s'est ouverte brusquement. « Yo, patron, t'as besoin de quoi ? »

« Tu seras à la livraison des Petrov demain ? »

Pluck a baissé le menton et m'a regardé. Royal a dit : « C'est bon. »

« Ouais, j'y suis, genre, sur toutes les livraisons. T'as besoin de quelque chose ? »

« Non. C'est tout. »

Pluck est parti.

« Tu vois ? »

« D'accord, s'il est aussi impliqué avec eux, il sera utile. Je ferai ce que je peux pour lui, mais s'ils ne veulent rien lâcher, j'obtiendrai quand même ce qu'il faut pour toi, d'accord ? »

Il a hoché la tête.

« Bien. Maintenant, comment va-t-on coincer les frères Petrov ? »

« Facile comme bonjour, putain. »

« Il faut que ce soit quelque chose de concret. »

Royal s'est penché en avant et a vendu la mèche.

60

LE SOLEIL ÉTAIT HAUT DANS LE CIEL ET LA CIRCULATION, dense. Un semi-remorque s'est dégagé de la file de voitures pour tourner sur Metro Parkway. Il se dirigeait vers la zone de Fort Myers qui regorgeait de centres de distribution.

Le chauffeur a mis son clignotant et a tourné à gauche dans le complexe industriel de Fort Myers. Il a longé la voie d'accès, dépassant le centre UPS, long de plusieurs terrains de football, et un entrepôt régional de Publix, avant de s'engager dans une allée qui desservait un dépôt FedEx et l'entrepôt de Sun Glow Spirits. Le camion s'est avancé vers le bâtiment du distributeur de spiritueux. Un avion a vrombi au-dessus de leurs têtes tandis que le chauffeur effectuait une marche arrière pour s'aligner sur l'un des six quais de chargement.

Il est descendu et a ouvert les portes arrière de la remorque au moment où deux camionnettes FedEx quittaient leur entrepôt. Le chauffeur a fini de manœuvrer la remorque pour la mettre à quai, a sauté de sa cabine, un porte-bloc à la main, et a disparu à l'intérieur du bâtiment.

Les camionnettes FedEx ont convergé de part et d'autre de la remorque. Leurs portes se sont ouvertes à la volée et une équipe du SWAT de la DEA en est sortie en trombe. Armes au poing, les agents se sont précipités dans les escaliers du quai de chargement en annonçant leur présence.

La plupart des personnes dans l'entrepôt se sont figées, mais Pluck s'est précipité derrière un chariot élévateur qui transportait une palette de barils bleus.

L'agent en chef a hurlé : « Tout le monde à terre ! »

Gyrophares allumés, six voitures de patrouille des comtés de Lee et de Collier se sont arrêtées dans un crissement de pneus. Des flics en sont sortis en trombe et ont envahi les lieux.

Au milieu de la lecture des droits, des menottes ont été passées aux poignets des suspects, qui ont ensuite été embarqués à l'arrière des voitures de police.

Un flot de paroles en russe a été interrompu par un agent : « La ferme ! »

Le responsable de la DEA s'est approché d'un chariot élévateur et a dit à l'homme assis dessus : « Posez les barils par terre et descendez. »

Vêtu d'un débardeur et arborant une croix en pendentif au lobe de son oreille, le conducteur a répondu : « Je n'ai rien fait. Je travaille juste ici. »

Une fois la cargaison au sol, l'agent a ordonné : « Menottez-le. On verra ça plus tard. »

L'agent de la brigade des stupéfiants a tapoté le côté d'un baril bleu portant l'inscription « Huile d'olive biologique – Produit d'Espagne ».

Il a fait signe à un autre agent. « Ouvrez le couvercle. »

L'agent a mis un masque tandis que les autres reculaient. Le haut du baril est tombé sur le sol dans un bruit métallique. Il a regardé à l'intérieur, y dirigeant le faisceau de sa lampe de poche. « On dirait que c'est entièrement liquide. »

« Vous voyez des signes d'un double fond ? »

L'agent a jaugé le conteneur. « Non. »

« Ouvrez-en un autre. »

Il en a ouvert un deuxième. « On dirait de l'huile. Attendez, il y a quelque chose au fond. »

« Soyez prudent. Apportez-lui une pince de préhension. »

Il a trempé un doigt ganté dans le liquide. « Ça sent la vraie huile d'olive. »

L'agent a plongé l'outil dans le baril et en a sorti un paquet emballé sous vide. L'huile a dégouliné du plastique, s'écrasant sur le sol. « C'est rempli de pilules. »

« Ne l'ouvrez pas. C'est probablement du fentanyl. »

61

En quittant Hickory Boulevard, je me suis garé. « Allez, mon grand. » J'ai pris Toby sur le siège et je me suis dirigé vers l'entrée du parc canin de Bonita Beach. J'ai dû traverser de l'eau jusqu'aux genoux avant de poser Toby sur la terre ferme.

Toby a foncé vers un groupe de chiens qui s'ébattaient dans les vagues. Ils s'amusaient plus à la plage que la plupart des gens.

Je me suis replié à l'ombre d'un arbre décharné. Perdant Toby de vue, je me suis avancé et j'ai aperçu Mario qui arrivait.

Il a laissé tomber ses sandales. « C'est quoi toute cette flotte ? Il n'y a pas d'autre moyen d'entrer ? »

« L'ouragan Ian a tout chamboulé. C'est pire quand la marée monte. »

« Ils comptent faire quelque chose ? Ils ne peuvent pas remblayer ? »

« Ce n'est pas une priorité. Ils sont encore en train de gérer beaucoup d'autres dégâts. »

« Alors, qu'est-ce que tu as entendu sur la façon dont ça s'est passé ? »

J'ai reculé jusqu'à la lisière des arbres. « Très bien. Les deux Petrov étaient là, ainsi que Pluck. »

« Oh, merde, j'aurais trop aimé voir ça. »

« Moi aussi. Les Petrov sont moins expressifs qu'une pierre, mais à ce qu'on dit, les Russes ont piqué une crise. »

« Qu'ils aillent se faire foutre. Combien ont été arrêtés ? »

« Neuf, mais le bruit court que quelques-uns des employés de l'entrepôt n'avaient apparemment aucune idée de ce qui se passait. Mais écoute ça : un des hommes de confiance des Petrov s'est mis à table. Il a dit que la drogue était expédiée du Mexique vers l'Espagne, déguisée en tequila. »

« Quoi ? Pourquoi l'Espagne ? »

« Plutôt que d'essayer de la faire passer par la frontière, ils l'expédiaient dans des cargaisons légitimes de tequila du Mexique vers l'Espagne. Une fois sur place, ils la mettaient sous vide et l'immergeaient dans des barils d'huile d'olive expédiés à Charleston. »

« Ouah. Je dois dire que ces types ne laissaient rien au hasard. »

« Les Petrov sont doués dans ce qu'ils font. Ils ont gardé le cercle de confiance restreint et ont fait des efforts considérables pour tout dissimuler. »

« Ça, tu l'as dit. C'est le plan le plus élaboré que j'aie jamais vu. »

« Meilleur que le mien ? »

Mario a ri. « Qu'est-ce qu'O'Leary a dit ? Il doit être content d'avoir doublé la DEA. »

« Tu l'as dit. D'après lui, la DEA n'avait aucune idée de ce qui se tramait, et si Royal ne nous avait rien dit, ils n'auraient jamais rien découvert si les Petrov n'avaient pas merdé. »

« Ce n'est pas si difficile d'avoir une longueur d'avance sur les fédéraux. »

J'ai secoué la tête alors que mon téléphone prépayé vibrait. « C'est Royal. »

« Avec tout ça, il doit être anxieux. »

« C'est un euphémisme. Il m'a contacté quatre fois depuis la descente. Je lui ai dit que j'avais besoin de deux jours, mais il insiste comme un fou pour obtenir sa part du marché. »

« Laisse-le mariner. »

« Si tout se passe bien, j'irai le voir demain. »

« Royal va être furieux que son gars, Pluck, se soit fait pincer. »

« Il pense que je vais le faire libérer. »

« Tu peux faire quelque chose ? »

« Pourquoi est-ce que je grillerais une faveur pour un crétin comme Pluck ? Il va rester derrière les barreaux pour un long moment, là où est sa place. »

———

JE VERSAIS du lait d'avoine dans mon café quand une voix à la télévision a dit : « Dernière minute. Flash info. *WINK News* est en direct du bureau du shérif du comté de Collier, où le shérif Remin est sur le point de faire une brève déclaration à la presse. »

Je me suis précipité dans le salon pour être devant la télé. Le shérif s'est approché du podium.

« Bonsoir. J'aimerais vous informer d'un développement

important concernant un fournisseur majeur de la drogue la plus puissante dans la rue, le fentanyl. Plus tôt aujourd'hui, lors d'une opération multi-agences, incluant le bureau du shérif du comté de Collier, nous avons arrêté plusieurs membres d'un gang de trafiquants de drogue. Agissant sur la base d'un renseignement d'un informateur, mon bureau a sollicité l'aide de la Drug Enforcement Administration et du bureau du shérif du comté de Lee, et a coordonné une descente réussie sur un groupe notoire connu sous le nom des frères Petrov.

« Le gang, dirigé par Grigor et Zory Petrov, est le plus grand fournisseur de drogue de l'État de Floride, avec des tentacules qui s'étendent jusqu'en Caroline du Sud. Les suspects appréhendés aujourd'hui étaient en train de recevoir une importante livraison de fentanyl dans un entrepôt à Fort Myers. Parmi les personnes placées en garde à vue figuraient Grigor et Zory Petrov, les chefs de l'opération de trafic, ainsi que plusieurs membres de leur gang. L'enquête sur cette entreprise criminelle est en cours, et nous communiquerons les informations pertinentes en temps opportun. »

J'ai touché la cicatrice derrière mon oreille alors que le shérif disait : « J'ai le temps de prendre deux questions. »

La caméra a balayé la salle remplie de journalistes qui agitaient les mains. Le shérif Remin a désigné un homme au premier rang. « Brian. »

Un homme chauve en chemise à carreaux bleus s'est levé d'un bond. « Brian Gallagher, du *Naples Daily News*. Shérif, félicitations pour le succès de cette descente. Étant donné les multiples agences impliquées dans l'opération, nos lecteurs seraient intéressés de savoir quel rôle votre bureau y a joué. »

La question avait-elle été soufflée par les responsables des relations publiques du shérif ?

Remin a déclaré : « Nous avons joué un rôle crucial, d'abord en découvrant le complot visant à trafiquer et distribuer cette drogue mortelle, puis nous avons fourni les détails précis sur le moment et le lieu où cette livraison particulière devait être réceptionnée. »

« Saviez-vous que les frères Petrov eux-mêmes seraient présents ? »

« Je ne peux pas faire de commentaire. Question suivante. »

Remin a désigné quelqu'un au premier rang. « Kate. »

Une femme mince en tailleur-pantalon blanc s'est levée. « Kate Wilson, de *WINK News*. La crise du fentanyl fait des ravages dans de nombreuses communautés du sud-ouest de la Floride, et dans tout le pays. Vous avez qualifié l'organisation que vous avez démantelée de rouage important et conséquent, dirons-nous, dans l'importation et la distribution du fentanyl. Pensez-vous avoir considérablement interrompu le flux et que c'est un tournant décisif pour mettre fin à la crise ? »

« J'aimerais pouvoir dire oui. En réalité, nous avons gagné une bataille importante, mais la guerre est loin d'être gagnée. Merci d'être venus aujourd'hui. »

La seule façon de briser le cycle était soit de supprimer l'argent qui en était tiré, soit de tuer la demande. Trop de gens, y compris un nombre déprimant d'hommes politiques et de fonctionnaires, tendaient la main.

Mon téléphone prépayé a vibré. C'était Royal.

62

WALMART DEVAIT AVOIR DE GROSSES SOLDES. JE ME SUIS GARÉ dans la dernière rangée et j'ai ouvert l'emballage coque du téléphone que j'avais acheté la veille. La coque arrière du téléphone s'est enlevée facilement. J'ai inséré la carte SIM et activé le téléphone jetable ; les lieux neutres offraient une couche d'anonymat supplémentaire.

L'Escalade noire a serpenté jusqu'à ma voiture. J'ai balancé le téléphone jetable et mon portable dans la boîte à gants et je suis sorti.

La vitre avant teintée de la Cadillac s'est abaissée. Nino a dit : « Monte. »

J'ai souri. « Il faut qu'on arrête de se voir comme ça. » Il a remonté la vitre. Je me suis glissé sur la banquette arrière. Le malabar assis là m'a tendu la cagoule.

« Ça devient lassant. Pourquoi faut-il que je mette ça ? »

« Taisez-vous et couvrez-vous la tête. »

Le tissu m'a éraflé la joue. Qui d'autre avait porté ça ?

« Avancez-vous au bord du siège. »

Deux paires de mains m'ont fouillé. « Il est clean. »

Je me suis reculé et la Cadillac a démarré en trombe. Les yeux fermés, j'ai gardé mes sens en alerte tandis que nous nous dirigions vers Royal. La voiture a ralenti, puis a rebondi. Avions-nous quitté la route ? Je me suis raidi. « Où allons-nous ? »

« La ferme. »

La menace que les instincts animaux de Royal prennent le dessus était réelle. Allions-nous dans un endroit où il leur serait facile de se débarrasser de moi ? La voiture s'est arrêtée et les portières se sont ouvertes. J'ai soulevé le bord de la cagoule.

« Hé ! Ne jouez pas au con avec nous. »

Nous étions au bord de l'eau. Nous n'avions pas emprunté la montée qui marquait le pont vers Marco Island. Où étions-nous ?

Être conduit vers ce qui, j'en étais sûr, était un quai, a relâché une bonne partie de la tension dans mes épaules.

Une main a attrapé la mienne. « Montez. »

Nous montions à bord d'un bateau. On aurait dit que Royal n'avait pas changé d'avis. Pour le moment. Le bateau a démarré, et une gerbe d'eau a aspergé mon bras avant qu'on ne me fasse descendre en cale.

Au bout d'une heure et demie, le bateau a ralenti et a manœuvré dans un slip. Nous étions arrivés. Le pilote a coupé le moteur. « On y va. »

Je me suis levé. Le bateau tanguait. Une main a empoigné mon poignet et m'a guidé vers l'avant. « Montez. » Mon pied gauche a heurté le quai. Puis le droit. Nous sommes entrés dans une maison. La porte s'est refermée et j'ai retiré ma cagoule.

Une valise se trouvait à côté d'une table. Des caisses de

sodas et d'eau étaient empilées sur le sol. J'ai attrapé une bouteille d'eau.

Royal est entré dans la pièce. Il a fermé la porte et a pris un siège.

Alors que je m'asseyais, Royal m'a fait signe d'approcher. J'ai déplacé la chaise pliante à côté de lui. Il a demandé : « Tu l'as ? »

J'ai fouillé dans ma poche arrière. « Ouais. Tiens. »

Royal a pris le passeport. Il l'a ouvert à la page de la photo. « Byron West ? »

« J'aime bien le nom. »

Marmonnant sa nouvelle identité, il a approché le livret. Royal a passé son pouce sur l'hologramme. Il a hoché la tête et a refermé le passeport. « Ça a l'air bon. »

« Tu vois, je t'avais dit que je te l'obtiendrais. »

« T'avais pas le choix, Beck. »

« Je n'en suis pas si sûr. »

« Je l'ai putain de mérité, voilà ce que j'ai fait. »

Il avait raison. « C'est vrai, mec. C'était exactement ce qu'ils voulaient, mais ça n'a quand même pas été facile de les convaincre. J'ai dû utiliser toutes les faveurs que j'avais en réserve. »

« Et pour Pluck ? »

« Ils n'ont rien voulu faire pour lui. Surtout avec la connexion Petrov. »

« J'ai entendu dire que quelqu'un balançait. »

« Moi aussi. On dirait que c'est un des mecs des Petrov, Dimitri. »

« Ces putains de Russes le méritent. »

« Alors, où est-ce que tu vas ? »

« Pas sûr. Peut-être à la maison. »

« Chicago ? Ça fait trop longtemps que t'es en Floride. Tu ne supporteras plus le froid. »

« Je sais, peut-être Houston ou La Nouvelle-Orléans. »

Je me suis levé en tendant la main. « Eh bien, bonne chance. »

Royal a attrapé ma main, me tirant près de lui. Il m'a regardé dans les yeux. « Fais gaffe, le blanc-bec. »

J'ai souri. « Toujours. »

Il a lâché ma main. « Ramenez-le. »

La porte s'est ouverte brusquement. Griff a dit : « Mets ta cagoule. »

Je me suis tourné vers Royal. « Allez, mec. On a fini, tu as eu ce que tu voulais. »

« Il n'a plus besoin de la porter. Où est Nino ? »

« Dehors. »

« Va me chercher son cul. »

« Uh-huh. »

« Vas-y, tire-toi d'ici. »

Nous sommes montés à bord du bateau. C'était un douze-mètres, mais loin d'être neuf. L'eau avait la couleur des Caraïbes. Il s'est éloigné du quai pour entrer dans la zone de non-sillage. J'ai balayé le rivage du regard. Mon regard s'est posé sur un panneau : Captain Craig's Plantation Key. Royal se cachait dans les Keys de Floride.

Quelque chose a attiré mon attention. J'ai regardé vers le nord, et une flottille de bateaux filait vers le sud. J'ai plissé les yeux. Étaient-ce des bateaux de police ?

Un bateau s'est détaché du groupe, se dirigeant dans notre direction.

L'homme de Royal les a remarqués alors qu'ils se rapprochaient. « C'est quoi ce bordel ? Les flics ? »

J'ai demandé : « Qu'est-ce qui se passe ? »

Griff a dit : « Ferme ta gueule. »

Par-dessus le vrombissement du moteur de notre bateau, un haut-parleur diffusait : « Stoppez votre navire ! Ceci est un ordre du bureau du shérif du comté de Collier. Stop ! »

Notre pilote a ralenti. Les flics se sont rapprochés. Un agent a jeté un pare-battage blanc par-dessus bord et leur bateau s'est amarré au nôtre.

Deux agents ont levé leurs armes. « Les mains en l'air. »

Nous avons mis nos mains en l'air.

« Ne bougez pas. Nous montons à bord de votre navire. »

63

Je me suis servi trois doigts de Tito's. Les gens pensaient que toutes les vodkas avaient le même goût, mais il était facile de faire la différence. J'ai regardé l'heure et j'ai allumé la télé.

Encore une publicité agaçante d'un avocat spécialisé dans les dommages corporels. Ne savaient-ils pas que ces publicités revenaient à pousser les gens à envisager une arnaque ? Munoz avait-il été influencé par la façon dont ces avocats se vantaient des sommes qu'ils gagnaient ?

La publicité s'est terminée, et le logo de *WINK News* a rempli l'écran. J'ai relevé les pieds et siroté mon verre alors que le générique du journal se terminait. Naturellement, ils ont commencé par des alertes météo annonçant un temps orageux. Puis un bref aperçu des sujets qu'ils avaient prévus pour la soirée, y compris la raison pour laquelle je regardais.

Assis derrière un bureau, le présentateur a dit : « Nous ouvrons le journal de ce soir avec une affaire digne d'Holly-wood. Nos téléspectateurs se souviennent peut-être d'un reportage que nous avons diffusé concernant l'explosion d'un bateau au large de la côte de Lovers Key. »

Le présentateur a été remplacé par une vidéo de fumée noire s'échappant d'un navire à la dérive dans le golfe du Mexique.

« L'embarcation appartenait à Nathan Royal, qui devait être condamné dans les jours suivant l'explosion. Un corps, que l'on croyait être celui de M. Royal, a été retrouvé dans l'épave. Mais cette tragique histoire ne s'est pas arrêtée là. »

« Comme on peut le voir sur cette vidéo, prise hier après-midi dans le comté de Monroe, une arrestation a eu lieu à Key Largo. La personne placée en garde à vue n'était autre que Nathan Royal. Il semblerait que M. Royal ait simulé sa mort et se soit caché dans une maison sur l'île de Key Largo. »

« Un passeport contenant la photo de M. Royal, mais délivré au nom de Byron West, a été saisi. Les autorités du comté de Monroe pensent que M. Royal s'apprêtait à utiliser cette nouvelle identité pour disparaître à jamais. »

« Comme si cela ne suffisait pas, Lamar White, l'avocat représentant M. Royal, affirme que son client a agi en tant qu'agent pour le bureau du shérif du comté de Collier. Voici M. White qui s'entretenait avec notre journaliste Kate Wilson plus tôt dans la journée. »

L'avocat se tenait sous le portique du palais de justice. La journaliste a demandé : « M. Royal a simulé sa propre mort pour éviter une peine de prison certaine. Comment comptez-vous plaider ? »

« M. Royal était un agent de facto du bureau du shérif du comté de Collier. Il a fourni des informations, des informations cruciales, qui ont joué un rôle déterminant dans la récente arrestation des frères Petrov. »

« S'il travaillait avec les forces de l'ordre, pourquoi se cachait-il ? »

« Mon client a conclu un accord avec les procureurs du comté de Collier pour qu'ils abandonnent les accusations en cours en échange d'informations menant à la descente de police pour trafic de fentanyl. Il a mis sa vie en danger pour faire tomber une organisation criminelle. Il devrait être célébré et placé sous leur protection, pas dans une cellule de prison. »

« Quelle preuve avez-vous de cet accord ? »

« Un passeport avec la photo de M. Royal au nom de Byron West a été saisi lors de l'arrestation de mon client. Pourquoi lui auraient-ils donné une nouvelle identité s'il n'était pas sous leur protection ? »

« Êtes-vous sûr que le passeport était authentique ? »

« Absolument. Nous sommes impatients de révéler les manières sournoises du gouvernement. Une fois que nous aurons mis en lumière le double jeu auquel le gouvernement s'est livré, nous sommes convaincus que le juge abandonnera les charges lors de la comparution de M. Royal. »

« Nous couvrirons l'audience... »

« Que ceci serve d'avertissement à quiconque cherche à conclure un accord avec les autorités. Soyez prévenu, on ne peut leur faire confiance. »

64

La salle d'audience était bondée de journalistes et de simples curieux. Je me suis glissé sur un banc et j'ai étudié les personnes assises au premier rang, du côté de la défense.

Aucun des hommes de Royal n'était là. Pluck était derrière les barreaux, mais où était le reste de ses hommes ? Le bruit courait que Royal avait balancé les Petrov.

J'ai balayé du regard les personnes dans les autres rangées. Aucun visage connu.

Un huissier audiencier, avec une bonne quinzaine de kilos en trop, s'est levé.

« Veuillez vous lever. La Cour du douzième district judiciaire, section criminelle, ouvre la séance, sous la présidence de l'honorable Michael Jacoby. »

Tout le monde s'est levé tandis qu'une porte s'ouvrait. Un homme à la chevelure touffue, en robe noire, s'est avancé pesamment jusqu'à son siège. Le juge s'est installé dans son fauteuil et a dit : « Les audiences de mise en accusation sont publiques, mais étant donné l'intérêt que suscite la première affaire, j'ai décidé d'aller un peu plus loin. J'autoriserai l'enregistrement des débats. »

Il a chaussé ses lunettes de lecture et a dit : « Appelez l'affaire, s'il vous plaît. »

« Affaire numéro 343433BZ, l'État de Floride contre Nathan M. Royal. »

« L'accusé est-il présent ? »

Royal et son avocat se sont levés. « Oui, Votre Honneur. »

Le juge a pris un document. « L'accusé est inculpé de fraude, de violation des conditions de sa mise en liberté sous caution et d'entrave à la justice. Comment plaidez-vous ? »

« Non coupable, Votre Honneur. »

« Très bien, monsieur Royal. J'espère que vous prenez ces accusations plus au sérieux que celles qui ont mené à votre condamnation pour agression. Une condamnation pour laquelle votre peine sera prononcée lors d'une autre audience. »

L'avocat de Royal, White, s'est levé. « Votre Honneur, nous aimerions que vous examiniez notre requête en abandon des poursuites. »

« Et quel est votre fondement juridique pour un abandon des poursuites ? »

« Avez-vous lu nos conclusions ? »

« Pas encore. Résumez-les pour la Cour. »

« Monsieur Royal a conclu un accord avec le bureau du procureur. Cet accord stipulait que mon client fournirait des informations en échange de l'abandon de toutes les charges liées à sa fuite et de la suspension du prononcé de la peine pour une condamnation antérieure pour agression. »

White a pris quelque chose sur la table de la défense. Il

l'a présenté au juge. « Ceci est un passeport délivré au nom de Byron West. Mais la photo est celle de Nathan Royal. Fournir à mon client un nouveau… »

Le juge Jacoby a vivement retiré ses lunettes de lecture de son visage. « Une minute, Maître. » Le juge a regardé le procureur. « Monsieur O'Leary, quelle est la réponse de l'État ? »

Celui-ci s'est levé précipitamment. « Votre Honneur, l'État est reconnaissant des informations fournies par monsieur Royal, mais s'oppose à un abandon total des poursuites. »

« Avez-vous promis d'annuler toutes les charges contre l'accusé ? »

« Oui, mais nous sommes sur le point de déposer d'autres chefs d'accusation, graves… »

« Quel est le statut de ces chefs d'accusation ? »

« Nous travaillons sur les documents. Cela ne devrait plus tarder… »

Jacoby a fait rebondir son marteau sur son pupitre. « Affaire classée. Appelez la suivante. »

Royal a levé le poing en l'air et a serré son avocat dans ses bras. Les photos crépitaient au rythme d'un tapis rouge hollywoodien.

Royal était libre. Je me suis éclipsé de la salle d'audience avant qu'il ne puisse m'apercevoir.

J'AI ATTRAPÉ LA DERNIÈRE PLACE DE PARKING. C'ÉTAIT LE *Taco Tuesday*, ce qui expliquait pourquoi le North Naples Country Club était aussi bondé que pendant la semaine de Pâques.

Il y avait un monde fou, mais à moins d'une débandade, rien ne pouvait gâcher ma journée. Combien de temps leur avait-il fallu pour rassembler toutes les plaques d'immatriculation qui leur servaient de papier peint ?

Une bière à la main, Mario était assis à une table haute et regardait un match de golf. Je me suis glissé sur une chaise en face de lui. « Hé, dis-leur de mettre la chaîne *WINK News.* »

« Qu'est-ce qui se passe ? »

« Dépêche-toi, il est presque six heures. Et commande-moi une Tito's avec des glaçons. »

Il s'est dirigé vers le bar. Le barman a pointé une télécommande dans ma direction, et la cinquième chaîne a commencé à diffuser.

Mario a posé mon verre. « Qu'est-ce qui s'est passé pour que tu veuilles regarder ça ? »

J'ai montré la télé du doigt alors que le générique de *WINK News* se terminait. Le restaurant était bruyant, mais des sous-titres défilaient en bas de l'écran.

« Bonsoir, sud-ouest de la Floride. Nous commençons notre journal avec un nouvel élément d'une histoire dramatique et complexe qui confirme le dicton selon lequel la réalité dépasse la fiction. »

« L'affaire, qui concerne un homme ayant simulé sa propre mort, a pris une nouvelle tournure. Hier, Nathan Royal, l'homme que la police croyait mort dans l'explosion d'un bateau, a comparu devant un tribunal du comté de Collier. M. Royal a plaidé non coupable lors de sa mise en accusation, mais cela ne s'est pas arrêté là. »

« Dans un rebondissement inattendu, l'avocat de Royal a expliqué que son client avait passé un accord avec le procureur pour fournir des informations en échange de l'abandon des charges qui pesaient sur lui. Le bureau du procureur a reconnu l'accord, et le juge a classé l'affaire. M. Royal a été libéré et a quitté le tribunal. »

« Cependant, comme vous allez le voir, sa liberté n'a pas duré longtemps. »

Une vidéo de Royal, les mains menottées dans le dos et emmené au poste de police, a rempli l'écran.

« À peine quelques heures plus tard, M. Royal a de nouveau été arrêté à son domicile de Fort Myers. Les chefs d'accusation concernent cette fois un complot pour meurtre. Selon nos sources policières, M. Royal et un autre homme, Brett Caden, ont été filmés en train de conclure un marché pour tuer quelqu'un contre de l'argent. M. Caden, un résident de Naples, a été arrêté ce matin. »

Mario m'a regardé avec des yeux ronds. J'ai plongé la main dans les poches de mon short cargo et j'en ai sorti mes lunettes à caméra espion.

Mario a souri. Le présentateur a continué : « S'ils sont reconnus coupables, les deux hommes pourraient être emprisonnés pour des décennies. Nous continuerons à vous tenir informés sur cette affaire inhabituelle. Voyons maintenant quelle météo nous attend pour le reste de la semaine. »

J'ai vidé le reste de ma vodka et j'ai jeté un billet de cinquante sur la table. « On s'en va. On a du travail. On se retrouve chez moi. »

Alors que nous sortions au soleil pour rejoindre nos voitures, Mario a allumé une cigarette. J'ai dit : « Donne-m'en une. »

J'en ai pris une du paquet qu'il me tendait. « Une clope pour fêter ça ? »

J'ai hoché la tête, j'ai allumé le bâton de cancer et j'ai tiré une grande bouffée. « À plus tard. » J'ai tiré une dernière fois dessus et je l'ai écrasée dans le cendrier extérieur.

66

Conduire jusqu'à Orlando était une vraie galère, mais c'était nécessaire. La Route 4 était bondée de touristes qui allaient ou revenaient des parcs d'attractions du coin. Disney savait parfaitement comment gérer les foules dans ses parcs ; pourquoi les autorités compétentes ne leur demandaient-elles pas conseil pour la circulation ?

Une fois que j'ai dépassé la sortie pour les studios Universal, la route s'est dégagée. J'ai pris la Route 192, et j'ai serpenté dans l'obscurité jusqu'à un parc industriel à Windsor Hills. Le gardien à l'entrée a passé un appel, et je me suis garé sur le parking quasi désert d'un entrepôt.

J'ai attrapé la sacoche en cuir qui se trouvait au pied du siège passager et je me suis dirigé vers l'entrée. Une enseigne argentée était suspendue au-dessus de la porte : Unique FX.

Une minute après avoir envoyé un texto, la porte s'est ouverte. Le casque audio autour du cou, Maddox Ross m'a tendu le poing. « Tu as l'air en forme, Beck. »

« Merci. Toi aussi, Maddox. »

J'ai désigné son t-shirt du doigt. « Je ne savais pas que tu aimais la musique classique. C'est ce que tu écoutes ? »

Il a hoché la tête. « J'étais plutôt grunge, mais George Lucas m'a fait découvrir Puccini et Debussy quand j'étais stagiaire sur *Jurassic Park*. »

Je l'ai suivi à l'intérieur. « De Kurt Cobain à Frédéric Chopin. »

Maddox a gloussé. « Si Lucas avait écouté de la cornemuse, j'aurais essayé. Mais la vérité, c'est que la musique classique aide la créativité à s'exprimer. Je ne sais pas pourquoi, c'est peut-être le côté émotionnel, mais les idées semblent venir plus facilement. »

« On ne change pas une équipe qui gagne. » J'ai montré du doigt une structure verte qui occupait un coin sombre. « Qu'est-ce que c'est que ça ? »

« On construit un truc pour les studios Universal. Ils envisagent un accord avec Marvel pour créer une attraction avec Thor et Hulk. »

« Oh, ce sont des éclairs ? »

« C'est loin d'être terminé, mais si ce n'est pas assez explicite, il va falloir qu'on revoie notre copie. »

« Non, ça rend bien. »

« Comment va M. Larson ? »

« Ray va bien. Il m'a demandé de te passer le bonjour. »

« C'est un homme bien. Sans lui, je ne me serais jamais lancé à mon compte. Il a vraiment cru en moi. »

Larson était on ne peut plus malin. Il ne s'agissait pas seulement de sa confiance en Maddox ; il savait aussi que l'expérience que Maddox acquerrait en travaillant avec le créateur de *Star Wars* lui ouvrirait des portes. C'est pourquoi il avait investi une partie de l'argent qu'il avait gagné dans son procès pour préjudice corporel. « C'est un homme exceptionnel. »

« Le meilleur qui soit. »

« Tu es allé à la fac avec le fils de Larson, Tommy. Tu le vois toujours ? »

« Bien sûr. On était colocs à Texas A&M, et quand on est colocataires, l'amitié dure généralement toute la vie. »

Un rugissement a retenti du fond de l'entrepôt. « C'était quoi, ça ? »

« Columbia étudie la possibilité d'une nouvelle suite à la franchise *Jumanji*. C'est un projet secret, alors garde ça pour toi. »

Je l'ai suivi dans l'un des bureaux qui longeaient un mur. « Évidemment. Ça se passe bien ? »

« Oh que oui, l'authenticité qu'on obtient en utilisant l'IA pour construire des répliques est effrayante. »

« On ne peut plus distinguer le vrai du faux. »

« C'est tellement vrai. On a aussi utilisé l'IA pour ton modèle. »

« C'était mieux que prévu, mais tout ce truc d'IA est si réaliste que ça en fait peur. »

Il a fermé la porte derrière moi. « L'ère des deepfakes est arrivée, Beck. »

Je lui ai tendu le sac contenant cent mille dollars en espèces. « On apprécie vraiment ton aide. »

« Quand tu veux. Tant que ça reste entre nous et que j'ai la capacité de m'en occuper, je vous aiderai. »

« Tu veux aller dîner quelque part ? »

« Bien sûr. Je connais un bon restaurant italien avec une carte des vins pleine de Barolos prêts à être dégustés. »

Toby attendait à la porte. Il était tout excité de voir Mario. Les chiens n'oublient jamais quelqu'un, tout comme les humains.

Je me suis dirigé vers le salon. « Tu joueras plus tard, Toby. On a du travail. »

« Viens avec nous, mon grand. »

Debout près du canapé, j'ai dit : « Prends l'autre bout. »

Nous l'avons soulevé et reculé. « C'est bon, il n'est plus sur le tapis. »

« Mettons la table basse près de la télé. »

Nous avons posé la table. Je me suis mis à genoux et j'ai enroulé le tapis. « Prends le petit tournevis dans le tiroir à côté du frigo. »

Mario m'a tendu l'outil. J'ai soulevé avec précaution une partie du parquet, révélant le coffre-fort que j'avais fait encastrer dans les fondations.

« Il a pris l'eau avec Ian ? »

J'ai posé mes doigts sur le lecteur d'empreintes. « Non, il a un joint étanche. »

Le coffre a clignoté en rouge et la serrure s'est déverrouillée. J'ai plongé la main à l'intérieur et j'en ai sorti un sac de sport. J'ai ouvert la fermeture éclair, révélant des liasses de billets de cent dollars emballées. « Pose-le sur le canapé. »

La porte du coffre a cliqué. J'ai posé mes doigts sur le lecteur et il s'est verrouillé. J'ai déroulé le tapis pour le remettre en place et j'ai vérifié qu'il s'alignait avec les marques de décoloration laissées par le soleil. J'ai dit : « Très bien, remettons les meubles en place. »

Nous avons vidé le sac, alignant l'argent sur le comptoir. J'ai attrapé une boîte de sacs en papier brun.

Mario a demandé : « Comment ça s'est passé à Orlando ? »

En fourrant une douzaine de liasses dans un sac, j'ai répondu : « À part le trajet et le fait que Maddox aime boire du vin cher, c'était bien. »

« Le dîner a coûté combien, cette fois ? »

« Mille dollars. Mais c'était une bonne affaire. Tu aurais dû voir le mannequin que les gars des effets spéciaux ont fabriqué. On aurait dit un vrai gamin. Le sang avait la bonne couleur et la bonne consistance. C'était flippant. »

« Crois-moi, je suis dégoûté d'avoir manqué ça. »

« Royal a eu ce qu'il méritait. »

« Amen. Tu ne m'as jamais dit comment ils savaient où Royal se cachait. »

« J'ai mis un traceur GPS dans le talon de ma chaussure. »

« Génial. Combien pour Stone, O'Reilly et leurs gars ? »

« Ils voulaient trente mille. Je propose qu'on leur donne quarante mille chacun. »

« Ça les vaut bien. Ils devraient travailler à Hollywood. »

J'ai retiré l'élastique d'une des liasses et je l'ai divisée en deux. « L'histoire de l'ambulance nous a coûté quinze mille. »

« Larson prend sa part habituelle ? »

« Oui. Il a appelé ce matin. Puzo a renoncé à sa licence d'avocat. »

« Il ne pourra plus faire de mal. »

« On devrait donner quelque chose à Larson pour l'utilisation de sa Ferrari. »

« Bien sûr. »

« Je n'aurais jamais cru aimer ça, mais conduire sa Ferrari va me manquer. » J'ai soulevé la liasse entamée. « Je vais lui donner l'autre moitié de ça. »

« C'est juste. »

Alors que je mettais huit liasses dans le sac de Larson, Mario s'est mis à rire. « Qu'est-ce que tu donnes à Abernathy ? »

« Puisque c'est moi qui l'ai inventé, je vais garder ses honoraires. »

Mario a dit : « Les deux éléments les plus importants de cette affaire, le garçon et Abernathy, n'ont jamais existé. »

« Peut-être, mais ils squattaient la tête de Caden. »

« Ça, c'est sûr. »

« Je veux rendre à Peterson deux cent mille dollars sur les trois cent mille qu'il nous a payés. »

« C'est beaucoup. »

« C'est ce qu'il faut faire. Il nous reste quand même quatre cent mille dollars net. On prendra cent cinquante mille chacun et on gardera cent mille de côté. »

« Ça me va. Tu as quoi de prévu après ? Quelque chose de croustillant ? »

« Ventura a un truc, mais je ne sais pas si c'est pour nous. »

« Qu'est-ce que c'est ? »

« Ça implique des gens un peu brutaux à l'aide sociale à l'enfance. »

« Ça a l'air intéressant. »

« Et déprimant. Je n'ai pas tous les détails, mais on dirait qu'un père est allé en prison et a perdu la garde de son enfant pour des abus qui n'ont peut-être pas eu lieu. »

« Hmm. Mec, si c'est vrai, ce serait quelque chose à régler. »

« Ouais, mais c'est peut-être un peu trop personnel. »

« Les parents ont de l'argent ? »

« Je n'en ai pas parlé avec Ventura. »

« On devrait y réfléchir. »

« C'est ce que je compte faire. Mais d'abord, j'ai besoin de quelques semaines de vacances. »

« Tu pars quelque part ? »

« Je ne suis pas sûr. »

« Pourquoi tu n'essaies pas de te remettre avec Laura ? »

Il me connaissait trop bien. « On verra. Allons déposer cet argent. »

————

J'ESPÈRE que vous avez eu autant de plaisir à lire *Course à la vengeance* que j'en ai eu à l'écrire. Si c'est le cas, je vous serais reconnaissant de bien vouloir laisser un bref commentaire sur Amazon ou votre site de lecture préféré. Les commentaires sont le meilleur ami d'un auteur, et même une ou deux lignes sont utiles. Merci. Dan

LIVRES DE DAN PETROSINI

Art Of Payback

Autres œuvres de Dan Petrosini

Dan est un auteur à succès figurant sur les listes de best-sellers de USA Today et d'Amazon. Il a écrit sa première histoire à l'âge de dix ans et aime raconter des histoires ou des blagues.

Dan trouve ses idées d'histoires en explorant la question : « Et si ? »

Dans presque toutes les situations où il se trouve, Dan se demande : « Et si ceci ou cela se produisait ? Et si cette personne mourait ou faisait quelque chose d'inhabituel ou d'illégal ? »

Le tourbillon incessant de son esprit lui fournit une matière abondante pour tisser des histoires intéressantes.

Passionné de livres et de films aux rebondissements imprévisibles, Dan façonne ses histoires pour empêcher les lecteurs d'en deviner l'issue. Il écrit tous les jours, force les mots à sortir si nécessaire, et a écrit plus de vingt-cinq romans à ce jour.

Ce n'est pas une question de vouloir écrire, pour Dan, c'est une nécessité.

Dan est convaincu que les gens peuvent réaliser leurs rêves s'ils se concentrent et agissent, et il les y encourage.

Son dicton préféré est : « Le prix de la discipline est toujours inférieur au coût du regret ».

Dan rappelle aux gens de chasser la négativité de leur vie. Il la croit contagieuse et conseille d'éviter les personnes négatives. Il sait qu'adopter un état d'esprit véritablement positif donne l'impression que la vie est truquée en votre faveur. Quand il s'en écarte, il se dit : « On ne peut pas passer une bonne journée avec une mauvaise attitude. »

Marié, père de deux filles et propriétaire d'un bichon maltais capricieux, Dan vit dans le sud-ouest de la Floride. Originaire de New York, Dan a enseigné dans des universités locales, écrit des romans et joue du saxophone ténor dans plusieurs groupes de jazz. Il boit aussi beaucoup trop de vin et ne se prend jamais, au grand jamais, au sérieux.

Il publie une newsletter bimensuelle présentant des articles, ses écrits, ainsi que des offres spéciales et de bonnes affaires.

www.danpetrosini.com